Eugen Wendmann
Im roten Bereich

Eugen Wendmann

Roman

Dieser Roman ist allen Motorradbesessenen gewidmet

Eugen Wendmann

Im roten Bereich

MOHLAND

Bibliografische Information der Deutschen Bibliothek
Die Deutsche Bibliothek verzeichnet diese Publikation in der Deutschen Nationalbibliografie; detaillierte bibliografische Daten sind im Internet über http://dnb.ddb.de abrufbar.

Eugen Wendmann
Im roten Bereich

4. Auflage
© by MOHLAND Verlag D.Peters Nachf.

Titelfoto	Volker Kaiser
Gesamtherstellung:	Büchermaus, 25862 Goldebek
Verlag:	MOHLAND Verlag D. Peters Nachf.
	Inh. Gisela Eichhorst-Kaltenbach
	Dorfstraße 9, 25862 Goldebek
	www.mohland.de

ISBN 978-3-932184-21-5

Vorwort

Ich habe in diesem Buch aufgeschrieben, was 1997 auf und neben unseren Straßen ablief. Im Nachhinein kamen mir jedoch Bedenken, dass ich damit einige Leser zu Handlungen animieren könnte, die sie aus eigenem Antrieb nicht tun würden. Letztendlich ist jeder für sein eigenes Leben verantwortlich.

Trotzdem empfehle ich denen, die hundert Jahre alt werden wollen und nur über einen schwachen eigenen Willen verfügen, dieses Buch nicht zu lesen.

Den anderen kann ich nur sagen: Gas ist rechts!

Das Buch

In diesem Roman wird wiederholt ein risikoreiches Verhalten im
Straßenverkehr, ein chauvinistischer Umgang mit Frauen und eine
bedenkliche Einstellung zu Alkohol und Drogen beschrieben.
An dieser Stelle sei darauf hingewiesen, dass ein solches Verhalten
nicht zu akzeptieren ist.

1

Ich sah mir diese schwachsinnige Motorradsendung im DSF an. Sie testeten irgendeine Ducati. Die 916 SS oder so und behaupteten, dass sie der Renner schlechthin sei. Der Testfahrer fuhr das Ding so schlecht, dass man ihm den Führerschein hätte entziehen sollen. Er eierte mit weit herausgestrecktem Knie aber ohne die geringste Schräglage um die Kurven und beteuerte immer wieder, wie kurvengierig die rote Italienerin sei. Das konnte ja durchaus sein, aber woher wollte dieser Antifahrer das denn wissen? Ich regte mich auf. Wofür baute man eigentlich diese wunderschönen Rennmaschinen, wenn im Endeffekt nur lauter Schwachköpfe auf ihnen herumsaßen und sich das blaue vom Himmel redeten? Wie hatte dieser Lackaffe es eigentlich zu diesem Job gebracht? Testfahrer war mein Traumjob, aber es schien Bedingung dafür zu sein, nicht fahren zu können. Vielleicht hatten die Hersteller Angst, dass man die Schwächen ihrer Motorräder aufdecken könnte und ließen nur Nulpen aufsteigen. Das Schrillen des Telefons bewahrte mich vor dem drohenden Tobsuchtsanfall.

„Ja"

„Hallo Eugen, ich bin's." Es war Bernd.

„Hi"

„Was machst du gerade?"

„Nichts. Ich sehe Fernsehen."

„Pass auf, mein Nachbar hat mir erzählt, dass die Bullen auf der Schnellstraße blitzen. Genau auf der Geraden!

„Na endlich", antwortete ich. „Bin gleich da."

Ich ließ den Kombi im Schrank und zog die alten ausrangierten Lederklamotten an. Dann machte ich mich auf den Weg zu Bernd. Er war schon in der Garage am Schrauben. Ich übernahm Schraubenzieher und Schlüssel und entfernte mein Nummernschild. Wir fuhren über kleine Feldwege zur fünf Kilometer entfernten Schnellstraße. Bernd war die Strecke schon abgefahren und wusste genau, wo sie standen. Die Straße war zweispurig und nicht besonders breit. Es herrschte gerade Feierabendverkehr und so würde es schwierig werden, genügend Anlauf zu bekommen. Wir versuchten es trotzdem. Ich fuhr vor und drehte die ersten beiden Gänge voll aus, dann waren schon die ersten Autos im Weg. Rein in den Dritten und Slalom fahren, immer schön eng am Mittelstreifen. bei 210 ging es in den Vierten. Auf unserer Spur war viel los. Viele Leute arbeiteten in der Stadt und fuhren jetzt bedrömelt nach Hause. Ein Grund mehr, richtig Gas zu geben. Schließlich wollten sie auch etwas erleben. Die Gegenfahrbahn war jedoch ziemlich frei, und so konnten wir auf Top Speed beschleunigen. Wir hatten leichten Rückenwind und die Fire Blade drehte den letzten Gang bis zur Grenze zum roten Bereich. Das hieß 280 laut Tacho. Wie viel km/h das nun tatsächlich sind, war schwer herauszufinden. Die Motorradzeitschriften testeten zwar dauernd wie wild herum, gaben auch die mit der Lichtschranke gemessene Höchstgeschwindigkeit an, vergaßen jedoch immer die abgelesene Tachogeschwindigkeit dazuzuschreiben. Gut, sie haben 256 km/h gemessen, aber vielleicht habe ich ein besonders schnelles Exemplar, oder ich liege einfach windschnittiger hinter der Verkleidung. Schließlich beschwerten sich die Tester darüber, dass die Verkleidung im Hochgeschwindigkeitsbereich nicht genügend Schutz bietet. Ich berührte mit meinem Kinn den Tank und bemerkte nichts davon. Tja, man müsste die Geschwindigkeit des eigenen Motorrads eben mit der Lichtschranke messen lassen. Und das taten wir gerade.

Es waren noch etwa 500 m bis zum Messpunkt. Auf der linken Spur kam uns ein Linienbus in etwa 200 m entgegen, dafür war die eigene Fahrbahn circa 200 m frei. Wir zogen also rüber, um den Bus passieren zu lassen und dann wieder auf die Linke Spur zu wechseln. Der Bus schoss an uns vorbei und in seinem Windschatten tauchten zwei große LKWs auf. Unsere Seite war nur noch knappe 100 m frei und dreispurig war bei der Breite des Gegenverkehrs unmöglich. Der Erste wäre noch rechtzeitig vorbei gewesen, aber der Zweite hätte die Lücke dicht gemacht. Also mussten wir runter vom Gas. Runter in den Fünften, den Vierten und bei 220 wieder Vollgas, rauf auf die Gegenfahrbahn und bis zur Lichtschranke freie Fahrt. Ich hatte 272 auf dem Tacho, als wir an den Kontrollgeräten vorbeidonnerten. Wir blieben noch ein paar Kilometer über 200, dann bogen wir auf einen kleinen Feldweg ab. Die Gegend kannten wir wie unsere eigene Hosentasche, und so waren wir über kleine Schleichwege schon bald wieder bei Bernd angekommen. Es dauerte einige Tage, bis die Zeitung uns die Messergebnisse mitteilte.

Rekord: 251 km/h !
Wie zwei Raketen rasten zwei Motorradfahrer durch eine Geschwindigkeitskontrolle im Kreisgebiet. Bei erlaubten 100 km/h überschritten sie die zulässige Höchstgeschwindigkeit um 151 km/h !
Auf sie warten jetzt Führerscheinentzug, vier Punkte in Flensburg und eine Geldstrafe von 800 DM.
Am Wochenende kontrollierte die Polizei im Kreisgebiet 1600 Kraftfahrzeuge...

251 hatten sie also gemessen. 21 km/h weniger als mir das Tacho anzeigte. Die Fire Blade ging jedoch regelmäßig auf 280 laut Tacho. Das wären dann immer noch 259 echte km/h. Bei extrem guten Bedingungen ging sie auch schon mal an die 290. Das würde dann 269 echte bedeuten. Damit lag meine maximal erreichte Höchstgeschwindigkeit deutlich über der von den Motorradzeitschriften

getesteten. Woran konnte das liegen? Weil die Zeitschriften die Geschwindigkeit mitteln? Sie testeten die Geschwindigkeit immer in beide Richtungen. Lief das Moped in eine Richtung durch günstige Windverhältnisse gut, so lief es logischerweise in die andere Richtung schlecht. Zum Schluss kam auch noch die Frage auf, wie genau die Messungen der Polizei überhaupt sind. Vielleicht hatten sie uns ja auch mit über 251 geblitzt und schon einige km/h für die Tachotoleranz abgezogen. Es blieben also wieder viele Fragezeichen stehen. Das Ganze hat uns ehrlich gesagt nicht viel gebracht, aber es hat uns auch nichts gekostet. Von der angedrohten Strafe haben wir bis jetzt auf jeden Fall noch nichts gehört.

2

Der Wettergott schien es böse mit den arbeitenden Bikern zu meinen. Den ganzen Tag über hing die Sonne an einem ausnahmslos blauen Himmel, und ein frisches Lüftchen aus westlicher Richtung machte obendrein Hoffnung auf neue Geschwindigkeitsrekorde. Eine Stunde vor Feierabend zogen dann die ersten grauen Wölkchen auf. Der Wind sorgte für Verstärkung. Ich ließ pünktlich auf die Minute alles stehen und liegen und machte mich auf den Weg. Es war mittlerweile klar, dass es ein verregneter Abend werden würde, aber ich war noch guter Hoffnung, die 280 noch vor dem ersten Tropfen zu sehen zu bekommen. Ich startete die Fire Blade und steuerte eine Landstraße an, die etwa sechs Kilometer pfeilgerade verlief und auf der ich schon des öfteren den roten Bereich im letzten Gang zu packen bekam. Die ersten sieben oder acht Kilometer dorthin würde ich benötigen, um den Motor schonend warm zu fahren. Mein

Körper nutzte die Zeit anscheinend, um reichlich Adrenalin auszuschütten. Auf jeden Fall wuchs die Gier nach Tempo in mir. Mein rechtes Handgelenk juckte und mein Hirn spulte immer wieder die gleiche Zahl ab. 290, 290, 290, ... Nach fünf Kilometern landeten die ersten Tropfen auf meinem Visier. Ich bekam augenblicklich einen Tobsuchtsanfall und schrie in den Helm. Aber noch bestand Hoffnung. Die Wolken zogen schnell und vielleicht würden es die folgenden besser mit mir meinen. Bei Kilometer sechs hörte es dann auch tatsächlich auf zu nässen. Ich atmete erleichtert auf und drehte den Motor auf etwas über fünftausend Umdrehungen. Nach einem weiteren Kilometer ging ich auf sechstausend Umdrehungen. Das waren immerhin schon hundertsechzig Sachen. Die Autos fingen langsam an, im Weg zu sein. Ich hatte den achten Kilometer hinter mich gebracht und die schnurgerade Landstraße war in Sichtweite gekommen. Noch etwa vierhundert Meter, dann rechts abbiegen und ohne Ende Vollgas geben. Mein Herz fing an zu rasen. Alles war in Alarmbereitschaft versetzt. Meine Augen, meine Reflexe, mein Verstand. Ich setzte den Blinker und nahm mir vor, die Fußraste schleifen zu lassen. Runter in den Zweiten, einen kleinen Schlenker und - war der Asphalt hier etwa nass? Tatsächlich. Gas weg, leicht anbremsen und in leichter Schräglage ums Eck. Scheiße. Wie konnte das sein? Vor hundert Metern war der Asphalt noch zuverlässig trocken, und hier ließ der 180er schon ein leichte Wasserfontäne hinter sich aufsteigen. Ich machte mir noch Hoffnung, dass die Welt hundert Meter weiter wieder in Ordnung sein könnte. Ein Platzregen der übelsten Sorte spülte meine Hoffnung wie einen Haufen Scheiße in die Kanalisation. Ich ließ den Hinterreifen noch einige male auf dem glatten Asphalt radieren, dann wendete ich und fuhr frustriert nach Hause. Auf nassen Straßen konnte man kein Motorrad fahren! Jedenfalls nicht so, wie ich es mir angewöhnt hatte. Ich stellte die Fire Blade in die Garage und versuchte meine Wut am

11

CD-Player abzulassen. Metallica. Zwischen 'sad but true' und 'holier than thou' hörte ich mein Telefon bimmeln. Ich nahm ab, ohne die Musik leiser zu drehen. Am anderen Ende schien keiner zu sein. Auf jeden Fall hörte ich niemanden. Also legte ich wieder auf. Nach 'holier than thou' hörte ich es dann wieder. Ich griff zum Hörer. 'the unforgiven' begann etwas ruhiger und ich vernahm deutlich eine Stimme. Kevin. Ich drückte auf Pause.

„Hey Kevin"

„Hey Eugen. ICH BIN KURZ VORM EXPLODIEREN!"

„Der Regen?"

„Den ganzen Tag warte ich auf meine YZF. Dann ist es endlich so weit und irgend ein Arschloch beschließt, es aus allen Öffnungen pissen zu lassen."

„So spielt das Leben."

„ABER NICHT MIT MIR! Ich bin fest entschlossen, heute noch in den roten Bereich zu kommen."

„Das kannst du vergessen. Bei dem Regen schwimmst du spätestens bei zweihundert weg."

„Ich weiß. Aber was hältst du von einer Megatüte zum Abreagieren."

„Ich muss morgen arbeiten", antwortete ich betont nüchtern. In Wirklichkeit ließ mich die Vorstellung von einer richtigen Dröhnung nervös werden. Mein Puls beschleunigte sich, und Körper und Geist wurden erneut in Alarmbereitschaft versetzt. Ein zweites Mal könnte ich ihnen den ersehnten Kick nicht vorenthalten. Das war mir klar. Trotzdem wollte ich mich von Kevin überreden lassen. Das gab mir das Gefühl, eigentlich gar kein Kiffer zu sein. Wie auch immer. Er überredete mich.

„Okay", sagte er, „dann fährst du jetzt in die Stadt, holst fünf Gramm und kommst anschließend zu mir."

„Warum ich?"

12

„Weil ich schon den Vorschlag hatte."

„Also musst du es auch holen."

Wir diskutierten eine Weile hin und her, bis Kevin einen fairen Vorschlag machte.

„Na gut. Dann würfeln wir drum. Wer die niedrigere Zahl würfelt, der muss holen."

„Aber woher soll ich wissen, welche Zahl du gewürfelt hast?"

„Ich werde es dir sagen. Das Ganze funktioniert natürlich auf Vertrauensbasis. Oder vertraust du mir nicht?"

Ich zögerte kurz, brachte es dann aber doch relativ entschlossen heraus „Doch, ich vertraue dir." Wir legten die Hörer zur Seite und gingen die Würfel holen. Ich suchte in einer meiner Küchenschubladen, in der ich all den unwichtigen Krempel aufbewahrte, der zu schlecht für die anderen Schubladen aber zu gut für den Müll war. Ein Würfel war nicht dabei. Also hatte ich auch keinen. Ich ging wieder zurück und griff nach dem Hörer.

„Hast du einen?" fragte Kevin.

„Ja"

„Dann lass uns jetzt würfeln."

Ich hörte seinen Würfel über den Tisch rollen und klapperte mit meinen Fingernägeln auf die Tischplatte, um das Rollen meines Würfels zu simulieren. Mir war klar, dass ich eine hohe Zahl würfeln würde. Eine fünf oder eine sechs. Ich entschied mich schließlich für die fünf, weil die sechs mir zu auffällig erschien.

„Booh", raunte ich ins Telefon, „eine fünf."

„Ha", lachte Kevin, „ich hab eine sechs."

„Du spinnst."

„Du hast gesagt, dass du mir vertraust. Es ist genauso unwahrscheinlich, dass du 'ne fünf gewürfelt hast, wie dass ich eine sechs habe."

Damit hatte er recht. Die Chance, eine fünf zu werfen, betrug ein

Sechstel. Die auf eine sechs ebenfalls. Ich fand mich mit der Niederlage ab und legte auf. Trotzdem nervte mich der Gedanke, in die Stadt fahren und bei irgendeinem dieser heruntergekommenen Dealer Hasch kaufen zu müssen. Mir kam die Idee. Ich rief bei Bernd an und lud ihn zum Kiffen ein. Er lehnte erst ab, ließ sich jedoch von mir überreden. „Okay", sagte ich, „dann fährst du jetzt in die Stadt und holst fünf Gramm."

„Wieso ich?" fragte er.

„Weil ich schon die Idee hatte."

„Gerade deshalb musst du es doch holen."

Ich brachte schließlich den fairen Vorschlag zu Würfeln. Wir verließen kurz das Telefon, um die Würfel zu holen. Ich hörte seinen klappern und hämmerte mit den Fingernägeln auf die Tischplatte.

„Ja", rief er endlich in den Hörer, „eine fünf."

„Na gut", sagte ich, „dann viel Spaß beim Fahren. Ich hab nämlich eine sechs."

Bernd protestierte kurz, gab dann schließlich nach und erschien eine Stunde später mit mindestens acht Gramm bei Kevin.

Wir machten es uns bequem und Kevin fing sofort an zu bauen. Er war erschreckend professionell darin geworden und konnte wunderschöne Tüten mit einer Hand drehen. Ich versuchte, mir nichts dabei zu denken. Drei Joints später tat ich es dann auch tatsächlich nicht mehr. Das Zeug war gut. Alles war gut. Bernd und ich versanken langsam ins Nirwana und lauschten Kevins unendlichem Redefluss. Langsam wurde mir klar, dass ich es unmöglich schaffen könnte, am nächsten Morgen zur Arbeit zu gehen. Warum auch? Ich stemmte mich aus meinem Sessel und schaltete den CD-Player aus. Kevin verstummte. Die beiden guckten mich ungläubig an. „Ich muss meinen Chef anrufen", erklärte ich und griff zum Telefon, ohne mir Gedanken über die Art meiner Krankheit zu machen.

„Günther Schelling", meldete er sich.

„Hallo", sagte ich, „hier ist Eugen."

„Eugen, was ist los?"

„Ich kann Morgen nicht zur Arbeit kommen."

„Was? Du weißt, dass wir jeden Mann brauchen!"

„Ich hatte einen Motorradunfall."

„Ach du Scheiße. Ist dir was passiert?"

„Es geht, Glück gehabt."

„Und dem Motorrad?"

„Geht auch. Glück gehabt."

„Nun lass dir doch nicht alles aus der Nase ziehen."

„Mir hat ´ne Fahrradfahrerin die Vorfahrt genommen. Ich hab gebremst und das Vorderrad hat sich bei regennasser Fahrbahn sofort quergestellt. Ich hab mich nicht abgepackt, aber mein Bein hab ich mir dabei tierisch verrenkt. Weil ich mich auf der Straße abgestützt habe, um mich nicht lang zu machen. Bin mindestens zehn Meter geschlittert."

„Und du bist dir sicher, dass du morgen früh nicht wieder fit bist?"

„Na hör mal", sagte ich, „glaubst du etwa, dass ich gerne auf krank mache? Du weißt, dass ich ein Arbeitstier bin."

„Hm, du hörst dich auch noch ziemlich angeschlagen an."

„Der Schock."

„Na ja, dann wünsche ich dir gute Besserung."

„Danke." Ich legte den Hörer auf und ließ mich wieder in meinen Sessel fallen. Irgend jemand sorgte für die Musik und Kevin fing wieder zu quasseln und zu drehen an. Ich weiß nicht, wie viele Joints wir uns noch in die Lungenbläschen zogen. Auf jeden Fall hatte ich alle Lampen an, als Kevin auf das Thema kam, das wohl zu jedem Männergespräch wie das Amen in der Kirche gehörte.

„Habt ihr schon die Tusse gesehen, die in die alte Schmiede gezogen ist?"

Wir schüttelten unsere Köpfe.

„Ein Mordsgerät. Mindestens einsachtzig und 'ne Mähne bis zum Arsch. Wahnsinn. Ich glaub das ist 'ne ehemalige Prostituierte. Sollten wir mal besuchen."

Bernd und ich hielten das für eine gute Idee. Aber wir gaben zu bedenken, dass es schon fast Mitternacht war und sie mit Sicherheit schon schlafen würde.

„Um so besser", sagte Kevin. „Ich kenne die Wohnung noch von Frank. Der hat früher mal da gewohnt. Das Schlafzimmer ist direkt über der Garage und sie schläft immer mit offenem Fenster."

Das war zwar sehr unwahrscheinlich, aber auch mindestens genauso wünschenswert. Also beschlossen wir, ihm zu glauben. Wir rätselten eine Weile, wie viel sie wohl nehmen würde und kamen auf fünfzig Mark pro Kopf. Unsere Portemonnaies gaben zusammen nur schlappe siebzig Mark her, aber Bernd hatte eine ganz brauchbare Armbanduhr, die wir sicherlich in Zahlung geben könnten. Die Welt war in Ordnung. Wir machten uns auf den Fußmarsch und kamen zwanzig Minuten später und immer noch reichlich benebelt bei der Schmiede an. Im Haus war es stockdunkel. Das Fenster über der Garage war mit einem Rollo verdunkelt und schien tatsächlich einen Spalt weit offen zu stehen. Kevin hatte sich scheinbar schon des öfteren hier rumgetrieben. Er kannte einen einfachen Weg, um zum ersehnten Fenster zu kommen. Wir kletterten auf ein kleines Holztor und von dort auf das Flachdach der Garage. Das Fenster war fest verschlossen. Der Rahmen warf lediglich einen leichten Schatten, der von unten den Eindruck weckte, dass es leicht geöffnet wäre. Kevin und Bernd nahmen sich vor anzuklopfen. Ich war mir sicher, dass sie eh nicht öffnen würde und beschloss, über das Dach in die Schmiede einzudringen. Die Garage war direkt an der Giebelseite angebaut. Es war nicht ganz einfach, auf das mit Pfannen gedeckte Dach zu kommen. Ich stellte mich auf den äußersten Rand der Garage und schob mit der linken Hand eine Dachpfanne nach oben. Jetzt konnte ich mich an der unteren Pfanne festklammern und mich heraufziehen. Ich schob eine weitere Pfanne hoch, um festen Tritt zu bekommen. Kevin und Bernd riefen mich. Scheinbar hatte ihnen jemand geöffnet. Ich zog das eine Loch wieder zu, krallte mich mit der linken Hand in dem anderen fest und versuchte zurück auf die Garage zu gelangen. Komischerweise bekam ich keinen festen Boden unter den Füßen. Ich ließ mich weiter herunterrutschen und hielt mich nur noch mit den Fingerkuppen. Sie riefen mich erneut. Ich war wirklich neugierig, wer ihnen geöffnet hatte. Wenn es tatsächlich die langhaarige Nutte wäre, dann würden sie mich sicherlich gleich aussperren und die hundertfünfzig Mark alleine durchbringen. Verdammte Scheiße, wo war bloß dieses blöde Garagendach geblieben. Ich setzte alles auf eine Karte und ließ mich los. Es war eine Niete. Ich rutschte die Dachpfannen entlang und setzte dann mit Schwung über die Dachrinne hinweg zum freien Flug an. Es ging rasend schnell. Unglücklicherweise hatte ich mich im Fallen gedreht und landete auf dem Rücken. Glücklicherweise jedoch auf einigermaßen weichen Rasen, wenige Zentimeter neben einem massiven Blumenkübel. Ich weiß nicht, ob ich Ohnmächtig wurde, oder ob ich nur mein Zeitgefühl verlor. Auf jeden Fall standen Bernd und Kevin im nächsten Augenblick schon über mir. Sie schleppten mich ins Haus und setzten mich auf ein Sofa neben einer verbrauchten Vierzigjährigen mit langen schwarzgrauen Haaren. Hatte ich etwa wegen der Kopf und Kragen riskiert? Es dauerte einige Zeit, bis ich wieder klar wurde. Und mit der Besinnung kamen die Schmerzen im rechten Bein. Zuerst einigermaßen erträglich, dann immer schlimmer. Ich ließ mir die Hose von der abgetakelten Schönheit herunterziehen und entdeckte diesen wunderschönen blauen Bluterguss. Wahrscheinlich war ich mit dem Bein auf dem Blumenkübel gelandet und hatte mir einen derben Pferdekuss eingefangen. Der Frau schien es zu gefallen, dass sich ein junger Mann wie ich solch eine Verletzung wegen ihr zugefügt hatte. Sie bot mir an, bei ihr zu übernachten. Mir blieb keine andere Wahl. Ich schleppte mich ins Schlafzimmer und schlief augenblicklich ein.

Ich wachte so gegen neun Uhr mit höllischen Schmerzen auf. Sie lag neben mir, schien mich jedoch nicht missbraucht zu haben. Wir frühstückten noch zusammen, dann fuhr sie mich nach Hause. Am nächsten Tag humpelte ich dann zur Arbeit.

„Mein Gott", sagte mein Chef, „dich hat es aber wirklich hart erwischt. Verkauf bloß dein Motorrad. Motorradfahren ist viel zu gefährlich. Das hab ich schon immer gesagt."

„Nicht Motorrad fahren auch", antwortete ich.

Er sah mich nur kurz fragend an und wendete sich dann wieder seiner Arbeit zu. Ich wusste genau, was ihm durch den Kopf ging. Dieser Eugen, dachte er mit Sicherheit, der hat wirklich einen Dachschaden.

Mir war es egal, was er von mir dachte. Außerdem hatte ich ja auch recht. Schließlich wäre mir der ganze Scheiß nicht passiert, wenn die Straßen trocken geblieben wären.

3

Ich war schon seit einiger Zeit unbemerkt hinter einer ZZR hergefahren. Der Fahrer trug einen knalligen Lederkombi, farbig passend zu seiner Kawa, und fuhr einen mehr als zahmen Fahrstil. Ich vermutete, dass ich einen Spießer vor mir hatte. Unversehrtes Nummernschild, langer Spritzschutz hinter dem 180er und vor jeder Kurve die Bremsleuchte. Also beschloss ich, ihm zu zeigen wo der Hammer hängt.

Ich kannte die Strecke wie meine eigene Hosentasche. Vor uns lagen eine langgezogene Rechtskurve, die ich maximal mit 200 nehmen konnte und eine Linksrechtskombination, die gut war für 180 Sachen. Er fuhr 110 km/h. Schon seit Kilometern. Ich ließ mich also zurückfallen, um die Kurve Limit zu nehmen und am Kurvenausgang an ihm vorbeizuballern. Das letzte was ich von ihm sah, bevor er aus meinem Blickfeld verschwand, war sein Bremslicht. Sekunden später schoss ich in die Kurve. Ich war noch nicht einmal halb rum, da flog er förmlich auf mein Vorderrad zu. Gas weg, kurz aufrichten und die Spur einen Meter nach links verschieben, dann wieder voll rein. Ich zog meinen Kopf ein, um nicht seinen linken Endtopf zu rammen, dann war ich vorbei. Das Ausweichmanöver zwang mich dazu, eine noch extremere Schräglage als geplant einzunehmen. Ich hatte wieder die 200 auf der Uhr und setzte mit der Fußraste auf. Bei diesem Tempo äußerst heikel. Der Hinterreifen driftete leicht aber kontrollierbar. Er zeigte mir, dass ich am Limit fuhr, gab mir jedoch gleichzeitig das Gefühl, alles im Griff zu haben. Ich kam rum und beschleunigte voll auf die Gerade. Die Fire Blade ging etwa 240 im Vierten, dann musste ich auch schon wieder voll in die Eisen, runter in den Dritten und ab in die Kurvenkombination. Ich fuhr auf der Ideallinie ohne weitere Fußrastenverluste rum und drehte den Hahn wieder voll auf. 11000 Umdrehungen, Schalten, Vollgas geben, dann wieder maximal verzögern, um nicht blind über die Kreuzung zu jagen. Ich griff voll in die Vorderradbremse und konzentrierte mich darauf, die Bremsscheiben so einzuklemmen, dass der Reifen fast blockiert wurde. Aber eben nur fast, denn schwarze Striche mit dem Vorderreifen können böse enden. Also tastete ich mich wieder zum Limit. Auf dem schmalen Grad zwischen nicht genug und zuviel. Ich kam rechtzeitig zum Stehen. Links ging es auf den Zubringer zu einer vierspurigen Umgehungsstraße. Ich setzte den Blinker und bog gemächlich ab. Ich hatte ihn schon fast vergessen, als ich im Augenwinkel wahrnahm, wie etwas auf die Kreuzung zuflog. Er schien es wissen zu wollen und hatte sich an meine Fersen geheftet. Und ich Idiot war auf eine schnurgerade Straße abgebogen, die nach etwa einem Kilometer direkt in die Umgehung mündete. Auf einer kurvigen Landstraße war ich mit meiner CBR ein unschlagbarer Gegner für ihn gewesen, aber die Umgehung brachte ihm Vorteile. Die Kawas liefen alle so sauschnell! Selbst eine ZX7R konnte einem auf der Autobahn schon arg zu schaffen machen, und die ZZR1100 war auf gerader Strecke noch 'ne Ecke schneller.

Ich lehnte mich über den Tank, um das Vorderrad am Boden zu halten und drehte den Ersten weit in den roten Bereich. Beim Schalten würde ich 3500 Umdrehungen verlieren, und ich wollte nicht unter die 8000 abfallen. Den Zweiten ebenfalls bis 11500 Umdrehungen. Schalten, den Dritten von 9500 bis 11000 Umdrehungen ziehen, schalten. Es lohnte sich, die ersten beiden Gänge in den roten Bereich zu drehen, um nicht nach dem Schalten in den zu leistungsschwachen mittleren Drehzahlbereich zu sacken. Das Wechseln in die oberen Gänge kostete nur gute 1000 Umdrehungen. Hier beschleunigte man optimal, wenn man nicht über die 11000 hinausging. Ich schob meinen Arsch bis gegen den Soziussitz zurück, hob ihn ein wenig an und presste mein Kinn auf den Tank. Dadurch drückte mein Helm ein wenig hoch, so dass die Oberkante der Visierung mein Blickfeld nicht mehr beeinträchtigte. Arme eng anwinkeln, in den Fünften und schließlich in den Sechsten schalten. In Motorradzeitschriften wird oft darüber gejammert, dass die Verkleidungen in den Hochgeschwindigkeitsbereichen zuwenig Windschutz bieten. Schwachsinn! Mit dem Kinn auf dem Tank spürt man kein Lüftchen. Und die Kiste rennt! Die Straßen waren relativ frei und ich kam schnell auf die 280. Mir wäre viel Verkehr lieber gewesen, denn er würde bei diesen günstigen Bedingungen sicherlich noch drüber kommen. Ich war mit dem Kopf zu weit vor, um in die Rückspiegel sehen zu können, aber ich spürte, dass er dran war. Noch nicht ganz, aber zusehends. Dann kam die Umgehung. Der Zubringer und eine Autobahnabfahrt führten auf sie herauf, so dass im Auf- und Abfahrbereich die Geschwindigkeit auf 80 km/h beschränkt war. Ich peilte die Lage und beschloss, auf Grund der günstigen Verkehrslage und der Bedrohung in meinem Nacken den Hahn voll offen zu lassen. Die Straße verengte sich kurz bedrohlich, dann war ich mit einem Satz auf der breiten Bahn. Zwei Spuren in meine Richtung. Das Paradies für jeden ZZR Fahrer. Ich war mir eigentlich sicher, dass er vernünftiger war als ich, aber eben nur eigentlich. Also riskierte ich einen kurzen Blick zurück. Er war dran! Uns trennten noch etwa 100 Meter, aber mir war klar, dass er, wenn er nur 10 km/h schneller fahren würde, in einer guten halben Minute an mir vorbeiziehen würde. Eine schreckliche Vorstellung. Ich bekam Panik. Auf seinem Ein und Alles zu liegen, Vollgas zu geben und überholt zu werden, dass war so ungefähr das Schlimmste, was einem Typen wie mir passieren konnte. Alles andere war mir eigentlich scheißegal. Man muss im Leben eben Prioritäten setzen. Das hatte ich getan. Mein Motorrad. Und noch hatte ich dreißig Sekunden Zeit. Vor uns lag eine leichte Linkskurve, die unter einer Brücke hindurchführte. Hinter der Brücke führte dann eine weitere Auffahrt auf die Umgehungsstraße. Ich blieb auf Top Speed. Gleich hinter der Brücke sah ich sie. Einen weißen Mercedes der auf der Umgehung fuhr und ein roter Wagen, der auf sie herauf wollte. Der Mercedes zog auf die Überholspur, der andere auf die rechte. Beide Spuren waren dicht. Einen Seitenstreifen zum Überholen gab es nicht. Die Lücke zwischen den beiden betrug etwa zwei Meter. Die Gefahr lag darin, dass sie mit größter Wahrscheinlichkeit nicht gleich schnell fuhren. Man musste damit rechnen, dass einer der beiden am anderen vorbei ziehen, und der weiße wieder auf die rechte Spur wechseln würde. Auf der dritten Spur zwischen die beiden durchzunageln wäre also ein reines Glücksspiel gewesen. Völlig unkalkulierbar. Eben verrückt. Also sah ich darin meine Chance. Ich peilte den Mittelstreifen an und jagte ihn mit 282 entlang. Die beiden kamen näher. Blieben nebeneinander. Auf den letzten hundert Meter ging dann wie gewohnt alles blitzschnell. Sie flogen in rasender Geschwindigkeit auf mich zu und ich durch sie hindurch. Aus mir löste sich ein lauter Schrei der Erleichterung, dann ein hysterisches Lachen. Ich blieb noch eine Weile bei meinen Tempo, dann wagte ich einen Blick nach hinten. Er war weg. Ich hatte ihn richtig eingeschätzt. Er war ein netter, zufriedener junger Mann, der gespart hatte, um den Mädels mit einem schnellen schicken Motorrad zu imponieren. Er glaubte an seine Zukunft und an das Leben. Ich war nur ein verschuldetes asoziales Arschloch, in dem sich die Lebensmüdigkeit eines Neunzigjährigen mit dem Unbesiegbarkeitsgefühl eines Achtzehnjährigen verband. Und wieder einmal hatte sich gezeigt, dass schon verdammt dicke Kaliber auffahren müssen, um einen Verrückten auf seiner Fire Blade lang zu machen.

4

Auch 1997 funktionierte die Zivilisation in Deutschland einwandfrei. Schon morgens wusste man, dass ein Tag zu bewältigen war, an dem man weder erschossen noch ausgeraubt, weder durch Kälte noch durch Nässe, weder durch Hunger noch durch irgend etwas anderes bedrängt wurde. Kurz gesagt: Man erstickte in einer unerträglichen Sicherheit. Man saß sein Leben förmlich auf seinem feigen Arsch ab. Wir versuchten dieser Situation zu entgehen, indem wir mächtig am Gas hingen. Andere soffen, rauchten Gras oder überfielen Banken. Viele wurden auch einfach lethargisch und lebten wie Wellensittiche in ihren Käfigen gefangen. Jeder Gedanke an ungewisser Freiheit ließ sie vor Angst erzittern. Jedem das Seine, uns die schleifenden Rasten.

Es war an einem Sonntag Vormittag so Mitte Mai. Ich war schon seit einiger Zeit unterwegs gewesen - sportlich bis sehr sportlich - und hielt an der Tanke. Säule 2 Super bleifrei. Neben mir an Säule 4 betankte eine Hyäne ihren 911er Porsche. Schwarze Haare, mit zuviel Gel frisiert, Goldkettchen, Goldringe und Golduhr. In der linken Hand die Tankpistole, den rechten Ellenbogen lässig auf das deutsche Kultauto gestützt. Ich überlegte mir, wie ich ihn provozieren könnte. Mir war noch nichts eingefallen, als er eröffnete.

„Was guckst du?" sagte er und fuchtelte mit der linken Hand in meine Richtung.

„Nichts", sagte ich, um Zeit zu schinden. Er stützte seinen Ellenbogen wieder auf und starrte mich an. Ich überlegte fieberhaft. Dann setzte ich nach.

„Ich wundere mich nur, dass man so´ne lahme Ente so schnittig verpacken kann.

„Hast du Probleme?" fuhr er auf. Er ließ die Tankpistole stecken und klopfte aufs Blech, um die zweite Hyäne zu alarmieren. Sie öffnete die Beifahrertür und sprang heraus.

„Überhaupt nicht", antwortete ich nüchtern und wandte mich dem Beifahrer zu. „Du", sagte ich und zeigte mit dem Finger auf ihn, „dreh schon mal das Gebläse auf null, damit ihr euch nicht gleich meine Abgase ins Auto saugt." Die beiden waren vor dem Kopf gestoßen. Sie waren es eigentlich gewohnt, dass man ihnen nicht widersprach. Es hatte sich herumgesprochen, dass solche Typen Messer oder gar Pistolen bei sich trugen und Probleme mit ihrem Temperament hatten. Mir war das egal. Ich war auch nicht nackt. Ich machte den Tank voll, stellte den Tageskilometerzähler auf null und drehte den Benzinhahn von Reserve auf ON. Dann machte ich mich auf, um zu zahlen. Die beiden Hyänen kamen mir in der Tür entgegen und rempelten mich an. Der Fahrer viel dabei in das Zeitschriftenregal. Ich entschuldigte mich und steckte meine Hand in die Innentasche meiner Jacke. Sie machten es mir nach, legten aber nach einigen Sekunden den Rückwärtsgang ein. Ich beeilte mich mit dem Zahlen und stürmte heraus. Der Porsche machte ordentlich Drehzahlen und donnerte los. Ich streifte mir Helm und Handschuhe über, startete den Motor und nahm die Verfolgung auf. Ich war unerwartet schnell dran. Sie waren mit schlappen 220 Sachen unterwegs und bremsten vor einer langgezogenen Linksrechtskurve herunter. Ein entgegenkommender PKW zwang mich, ebenfalls zu bremsen.

Ich ließ den Abstand zwischen uns etwas größer werden, beschleunigte dann maximal aus dem Dritten, schaltete in den Vierten und zog noch in der Linkskurve mit 240 an ihnen vorbei. Der Porsche zog ruckartig auf meine Spur, erwischte mich jedoch nicht mehr. Am Ende der Kurvenkombination hatte ich 250 auf der Uhr. Die Fire Blade hatte einen guten Tag und drehte im letzten Gang bis 11200 Umdrehungen. Nach einigen Sekunden hatte ich schon einen beachtlichen Vorsprung herausgefahren. Das Problem lag jedoch darin, dass wir geradewegs auf eine Ortschaft zusteuerten. Ich wusste, dass die beiden sich nie an Tempo 60 halten würden. Im Gegenteil, sie würden die Chance nutzen, um an mir vorbeizuziehen, mir dabei eine Cola-Dose an den Helm zu werfen und am Ende des Dorfes zu halten, um das Rennen als siegreich beendet zu erklären. So weit wollte ich es natürlich nicht kommen lassen. Auf der anderen Seite war es eine der wenigen Regeln an die ich mich hielt, nicht in Ortschaften zu rasen. Ich konnte mir nichts Dümmeres vorstellen, als ein kleines Kind zum Krüppel zu fahren, nur weil ich selber nicht mit dem Leben klar kam. Also musste ich von dieser

Straße runter. Das wiederum würden sie als Aufgabe deklarieren. Kurz vor dem Vorfahrtsschild ging ich voll in die Eisen. Ich bog rechts ab, blieb kurz stehen und signalisierte meinen Verfolgern wild gestikulierend, dass sie mir folgen sollten. Sie taten es. Es war ein kleiner Feldweg mit Steinen und Sand auf dem Asphalt. Ich beschleunigte auf den Geraden, fuhr die Kurven jedoch außerordentlich verhalten. Der Porsche verlor einige Meter, blieb aber dran. Nach etwa einem Kilometer ging es dann auf eine gut ausgebaute, kurvige Landstraße. Ich legte an Kurvenschräglage zu und schüttelte den Carrera ab wie einen Opel Vectra. Und das, ohne meine Fußrastenstopper zu belasten. Nach zwei oder drei Kilometern waren sie dann ganz verschwunden. Ich drehte um und fuhr zu Kevin.

„He Kevin", sagte ich, „hast du schon mal davon gehört, dass man mit einem Auto höhere Kurvengeschwindigkeiten als mit dem Motorrad erreicht?"

„Ja", antwortete er, „bei Schnee."

5

Es gab viele Möglichkeiten, ein Motorrad in eine passable Schräglage zu bekommen. Man konnte kerzengerade sitzen bleiben und sich durch bloßes Gegenlenken aus dem Gleichgewicht bringen. Schob man zum Beispiel den rechten Griff ein wenig vor, so fiel das Motorrad sofort nach rechts und befand sich in der für den Endschalldämpfer aufreibenden Kurvenlage. Für kurze Ausweichmanöver war es meist ratsam, das Motorrad zu drücken. Man blieb dabei als Fahrer aufrecht und drückte nur das Bike in die nötige Schräglage. Diese Technik ermöglichte es, blitzschnelle Richtungswechsel vorzunehmen, setzte die maximale Kurvengeschwindigkeit jedoch stark herab. Für schnelle Kurven war das Hanging Off zu empfehlen. Dabei durfte das Körpergewicht nicht auf dem Arsch lasten, sondern musste über die Fußballen auf die Rasten übertragen werden. Das ermöglichte, nach belieben auf dem Sitz hin und her zu rutschen und sich regelrecht neben das Motorrad zu hängen. Dadurch konnte man es bei schnellen Kurven aufrechter stehen lassen und die Schräglagenfreiheit effektiver ausnutzen.

Mindestens genauso viele Möglichkeiten gab es, der tristen Realität für einige Stunden den Rücken zu kehren.

Wir saßen auf irgendeinem Festival und experimentierten gerade mit einem mächtigen Ecken grünem Türken herum. Es schien ein guter Kauf gewesen zu sein. Auf jeden Fall schlug er direkt ein.

„Mein Gott", stöhnte Kalle, „das Zeug macht mich verdammt rallig."

Wir nickten.

„Vielleicht sollten wir uns mal drei richtig geile Weiber suchen."

„Hat doch eh keinen Zweck."

„Hier nicht, aber wir sind keine hundert Kilometer vom Kiez entfernt."

Wir schwiegen uns eine Weile an und ließen uns allerhand durch den Kopf gehen. Meist nackte Tatsachen.

„Ich hab ein gutes Gefühl", sagte Kevin schließlich. „Ich glaub wir schaffen es."

Bernd und ich waren uns da nicht so sicher, ließen uns aber überreden, auf dem Parkplatz nach einem fahrbaren Untersatz Ausschau zu halten. Wir liefen die Autoreihen einzeln ab und untersuchten mehrere Schnapsleichen. Bei einer fanden wir einen BMW Schlüssel und im Portemonnaie den dazugehörigen Fahrzeugschein. Ein 3.20i. Genau das richtige für unser Vorhaben. Wir misteten ihn gehörig aus und machten uns auf die Suche nach dem passenden Nummernschild. Es waren noch etwa acht oder neun Autoreihen. Die letzte endete genau auf der Ausfahrt zur Straße. Den BMW fanden wir nicht. Dafür hatten wir von der Straße aus einen wunderbaren Ausblick auf drei Streifenwagen und einem Haufen Polizisten. Sie waren fair. Sie hatten sich in etwa vierhundert Meter Entfernung gerade so nah aufgestellt, dass die Besoffenen, die sich mit dem Auto auf den Weg machen wollten, sie beim Verlassen des Parkplatzes erkennen konnten und waren doch weit genug entfernt, um diese beim hastigen Umdrehen nicht erkennen zu können. Wir beobachteten sie eine Weile. Es war schon relativ spät, und die ersten Besucher machten sich auf den Heimweg. Sie stoppten jedes zweite Fahrzeug. Wenn ziemlich viele Autos auf einmal passierten, dann ließen sie auch mal drei oder vier hintereinander durchfahren. Dafür wurden von den folgenden dann auch mal wieder drei Autos auf einmal herein gewunken. Aber wenn sich die Fahrzeuge in gleichmäßigen Abständen befanden, dann konnte man sich darauf verlassen, dass sie jeden zweiten Fahrer überprüften. Die Chance, besoffen an ihnen vorbeizukommen, betrug also gerade mal fünfzig Prozent. Das war einwandfrei zu wenig, wenn man bedachte, was einem im Falle der anderen fünfzig Prozent erwartete. Man musste schon ziemlich bekloppt sein, um sich dafür zu entscheiden, es trotzdem zu versuchen. Ich war mir sicher, dass sie auch dieses mal allerhand Idioten am Arsch kriegen würden.

Wir gingen wieder in Richtung Musik. Es waren noch etwa dreißig Meter bis zum Festivalgelände, als mir dieser schwarze 3er ins Auge fiel. Neueres Baujahr mit erstklassigen Alufelgen. Ich hatte nichts übrig für Autos, aber wenn ich mich für einen hätte entscheiden sollen, dann wäre es wohl dieser gewesen. Und er war es auch. Wir erkannten die gesuchte Nummer so ziemlich gleichzeitig. Es hielt sich niemand am Wagen auf und der Halter würde sich in den nächsten ein oder zwei Stunden garantiert auch nicht blicken lassen. Und wenn schon. Bernd bestand darauf zu fahren. Er hatte mit einigen Flaschen Bier und einer halben Pulle Korn zwar erheblich mehr intus als ich, aber ich war für meine schlechten Nehmerqualitäten in Sachen Alkohol bekannt. Wir stimmten zu. Ich setzte mich nach hinten. Das Auto machte auch von innen eine tadellose Figur. Der Typ schien einen Schatten zu haben. Wie konnte man so einen Wertgegenstand inmitten lauter besoffener Idioten abstellen und sich mit dreihundertachtzig Mark im Portemonnaie ins Koma saufen? Jetzt hatte er nur noch dreißig Pfennig zum Telefonieren. Wir blieben kurz vor der Ausfahrt stehen. Bernd wollte den richtigen Moment abwarten. Er ließ ein knappes Dutzend Autos vorbei, dann fuhren wir los.

Es waren noch etwa hundert Meter und eine leuchtende Kelle hatte gerade einen alten Opel Rekord erwischt. Vor uns fuhren noch vier Autos in gleichen Abständen. Es schien, als würden wir die besseren fünfzig Prozent erwischen. Das nächste Auto ließen sie durch, dann stoppten sie einen Golf und ließen den folgenden wie erwartet vorbei. Jetzt hatten wir nur noch einen vor uns. Sie ließen ihn ebenfalls durch! Bernd legte eine Vollbremsung hin und knallte den Rückwärtsgang rein. Einer der Cops mit geschulterter Maschinenpistole sah mir direkt in die Augen. Er schien ein netter Kerl zu sein, aber relativ humorlos. Ein Streifenwagen setzte sich mit Blaulicht in Bewegung. Bernd bewies ungeahnte Fähigkeiten und raste mit höllischer Geschwindigkeit in Richtung Parkplatz. Mit dem Kofferraum voran. Trotzdem kam das blaue Licht schnell näher. Ich hatte mich schon fast mit dem Schlimmsten abgefunden, als Bernd voll in die Eisen ging und laut ʹMaisfeld linksʹ schrie. Ich riss die Tür auf und sprang in riesigen Sätzen über den Asphalt hinein in das rettende Grün. Kaum hatte ich die ersten Pflanzen hinter mir, da sprangen schon drei Polizisten aus dem Streifenwagen. Der Mais war noch nicht sehr hoch. Etwa eineinhalb Meter. Ich ließ mich auf die Knie fallen und krabbelte so schnell ich konnte durch die Reihen. Alle zehn Meter schlug ich dann einen Haken und wechselte in eine andere Reihe. Man musste dabei äußerst vorsichtig vorgehen, um sich dabei nicht durch auffällige Maisbewegungen zu verraten, auf der anderen Seite aber schnell genug sein, um sich nicht von den Cops aufspüren zu lassen. Die rannten nämlich aufrecht die Reihen entlang und leuchteten wie wild mit ihren Taschenlampen herum. Nach ein oder zwei Minuten war ich weit genug entfernt. Ich richtete mich vorsichtig auf und checkte aus der Dunkelheit die Lage ab. Die drei Taschenlampen bewegten sich jetzt nur noch langsam und steuerten wieder auf den Streifenwagen zu. Richtung BMW, zwei Uhr, entdeckte ich dann in etwa zehn Meter Entfernung eine runde Kugel knapp über dem Mais. Ich arbeitete mich zu ihr vor. Sie war der Kopf von Bernd. Jetzt mussten wir nur noch Kevin finden. Oder er uns. Unser Vorsprung schien uns groß genug, um uns mal wieder bemerkbar zu machen. Wir schleuderten Maiskolben auf die Ordnungshüter und brüllten herum. Die Cops ließ das kalt. Sie sahen nur regungslos in unsere Richtung und spielten in ihren Hosentaschen herum. Es dauerte relativ lange, bis Kevins Kopf vor uns aus dem Maisfeld auftauchte.

„Sie haben über Funk Verstärkung gefordert", hechelte er. „Polizeihunde, die stehen irgendwo schon in Bereitschaft."

Das Festival lag auf der anderen Seite der Straße. Dort würden wir vorerst nicht untertauchen können. Also mussten wir schleunigst Land gewinnen. Wir spurteten in aufrechter Haltung davon. Nach ein oder zwei Minuten jagte dann auch ein grüner VW Bus die Straße entlang. Er hielt, und das Kläffen der Köter ließ uns schneller werden. Das Maisfeld endete und dahinter lag ein freies Feld. Das war immerhin noch besser als eine Straße. Wir rannten über das taunasse Gras und wurden von einer Horde neugieriger Kühe verfolgt. Auffälliger ging es nun wirklich nicht mehr. Nach etwa zwei-

hundert Metern zeichneten sich dann hohe Bäume am Horizont ab.
Wir steuerten sie an und hatten Glück. Es war ein Wald. Unsere
behörnten Verfolger blieben traurig am Zaun stehen. Die hatten wir
schon mal abgeschüttelt. Jetzt mussten wir nur noch den Hunden
die Tour versauen. Sie jagten spurlaut und zeigten damit deutlich an,
dass sie uns dicht auf den Fersen waren. Wir liefen hintereinander
und merkten uns genau, welche Pfade wir benutzten. Nach etwa
hundert Metern hatten wir bereits den gegenüberliegenden Waldrand erreicht. Eine Straße verlief an ihm entlang. Der Lichtkegel
eines Autos ließ uns böse Befürchtungen hegen. Würden die wirklich so einen Aufwand treiben, nur um drei besoffene Autofahrer zu
schnappen? Oder hatten sie etwa schon herausbekommen, dass
der Wagen geklaut war? Vielleicht waren sie auch nur wütend, weil
wir mit den Maiskolben auf sie geworfen hatten. Das ganze konnte
natürlich auch so eine Art Übung für wichtigere Verfolgungsjagden
sein. Sie sagten sich wahrscheinlich, dass sie flüchtende Schwer-
verbrecher nie fassen würden, wenn sie nicht einmal drei vollgekiff-
te Asies aufspüren könnten.

Wir machten auf der Stelle kehrt und gingen auf unseren benutzten Faden wieder fünfzig Meter zurück. Der Wind wehte leicht von
rechts. Also drehten wir uns nach links und sprangen aus dem Stand
etwa zweieinhalb Meter von unserer Fährte weg. Die Hunde würden mit der Nase auf unser Spur kleben und gar nicht mitbekommen, dass in zweieinhalb Meter Entfernung eine andere ihren Anfang nimmt. Für sie müsste es so scheinen, als hätten wir uns am
Waldrand spurlos aufgelöst. Die Hundeführer würden das Gebiet
dann weiträumig absuchen müssen, um auf unsere neue Fluchtrich-
tung zu kommen.

Nach etwa hundertfünfzig Metern wiederholten wir diese Tak-
tik. Der Wald war immer noch ziemlich schmal und die Straße wurde weiterhin von einem Lichtkegel beleuchtet. Wir bewegten uns

vorsichtig, um möglichst geräuschlos voranzukommen. Das Hunde-
gebell war nähergekommen, aber wir vertrauten darauf, dass sie
uns jetzt nicht mehr auf direktem Wege verfolgen würden. Wir legten noch einige hundert Meter im Schritttempo zurück, bis wir
schließlich vor einem etwa fünf Meter breiten und ziemlich tief wir-
kenden Fluss standen. Der Plan stand schnell fest. Wir würden uns
in den Fluss begeben und einige hundert Meter in seinem Wasser
treiben lassen. Dann brauchten wir uns nur noch ans Ufer begeben
und könnten uns in Ruhe davon machen. Aber er war auch genauso
schnell wieder verworfen. Es war kalt. Wir hatten keine Lust, stun-
denlang mit nassen Klamotten durch die Gegend zu irren. Außerdem war der Trick so alt, dass die Polizei sicherlich schon längst in
Fließrichtung auf uns wartete. Also liefen wir auf unserem Pfad zurück. Nach etwa einhundert Metern und schon beängstigend nah an
den hektischen Leuchtbewegungen der Taschenlampen viel uns dann
diese riesige Eiche auf. Ihr Stamm hatte etwa einen Umfang von vier
Metern und die ersten Äste trieben erst fünf Meter über dem Boden
zu den Seiten heraus. Ein gewaltiger Ast mit einem Durchmesser
von mindestens dreißig Zentimetern suchte sich seinen Weg in hori-
zontaler Ebene direkt durch das Astgewirr einer etwa vier Meter
entfernt stehenden Buche. Wir machten zwei Sprünge bis zur Buche
und kletterten sie hinauf. Dort, wo sie sich ins endlose gabelte, fanden wir schließlich den immer noch ziemlich kräftigen Eichenast.
Wir balancierten auf ihm entlang und erreichten schließlich den dicken Stamm der Eiche. Etwa fünf Meter über dem Boden. Von hier
aus war es leicht, mit Hilfe der zahlreichen Äste weiter hinaufzustei-
gen. In mindestens zwölf Meter Höhe führte ein weiterer dicker Ast
über die stark belaubte Krone einer kleineren Eichen. Wir ließen
uns auf dem Ast nieder und hofften, dass man uns vom Boden aus
nicht sehen würde. Auf jeden Fall konnten wir die Taschenlampen
nicht mehr sehen, und das war ein gutes Zeichen. Die Hunde bellten

mal hier und mal da. Mal waren sie laut und hitzig, dann wieder etwas pessimistischer. Wir ließen nicht mal einen Furz. Die Bewegungslosigkeit und das konzentrierte Horchen ließen den grünen Türken zurückkommen. Ich wurde wieder rallig. Vor meinen Augen sah ich all die Nutten, die den Männern mit ihren hochgebundenen Titten das Hirn verdrehten und ihnen das Geld aus der Tasche zogen. Mir war klar, dass die Chance, diese Nacht so eine zwischen die Finger zu bekommen, verschwindend gering war. Aber ich fragte mich, ob da unten wohl irgendeine Tusse mit String, Wonderbrow und langen blonden Haaren unter der grünen Mütze durch den Wald stolperte. Das Bellen der Hunde hielt mich davon ab, nachzusehen.

6

Ich hatte mich mit Bernd verabredet. Wir wollten in die Disco. Aber in keine von diesen merkwürdigen Zappelhallen, sondern in eine richtig bodenständige Dorfdisse. Wir hatten unsere halbe Jugend in solchen Schuppen verbracht. Wie gewohnt onanierte ich vorher, um mich ein wenig von der Schwanzsteuerung zu befreien. Diese Angewohnheit basierte auf jahrelanger Erfahrung. Wenn man Druck auf der Nille hatte, spendierte man den Weibern zu viele Drinks. Die revanchierten sich nie. Man konnte sich das Geld sparen und davon bei Gelegenheit eine Frau kaufen. Die Zeitungen waren voll von Inseraten. ´Traumfrau Ilona sexy, vollb., erotisch´ oder ´Carmen, rothaar., KF 36 Straps-Maus, f.o.Tabus´. Ich verbrachte ganze Tage damit, die verschiedenen Modelle zu besichtigen. Wenn sie mir gefielen, dann blieb ich, wenn nicht, dann machte ich kehrt und fuhr zur nächsten. Einige machten schon für fünfzig Mark einen anständigen Blowjob. Ich notierte mir die Adressen. Auf jeden Fall onanierte ich und fuhr zu Bernd. Er wartete schon. Es standen drei Discos zur Auswahl. Wir entschieden uns für die entfernteste, da am meisten Kurven zwischen uns und ihr lagen. Als wir ankamen, hatte der Nachwuchs seine Maschinen schon säuberlich vor der Tür zur Präsentation aufgereiht. Lauter hochbeinige Enduros. Wir stellten unsere angeschliffenen Boliden daneben. Dann betraten wir den Laden. Das Durchschnittsalter war geringer als vermutet. Aber die neue Generation hatte scheinbar schönere Weibchen hervorgebracht als die bisherigen. Wir steuerten den Tresen an und orderten Apfelschorle. Neben mir bestellte eine Sechzehnjährige Cola-Cognac. Sie trug eine hautenge blaue Stoffhose und ein dazu passenden Rolli. Kleine runde Titten und einen unglaublich knackigen Arsch. Die hätte in jedem Playboy posieren können! Ich überlegte mir, ob es bei einer Sechzehnjährigen noch strafbar wäre. Sie bemerkte meine Blicke und lächelte mich an. War die neue Generation etwa auch freizügiger? Ich spendierte ihr die Mischung. Sie setzte an, trank einen großen Schluck, bedankte sich und verschwand. Nein, sie war nur abgebrühter. Ich nahm mir vor, demnächst zweimal zu onanieren. Wir nippten an unseren Getränken und beobachteten das Treiben. Die Musik war ganz in Ordnung. Nach einiger Zeit gesellten sich dann zwei Typen in Lederjacken neben uns. Sie waren jung, aber gegen den Rest der Besucher schon relativ alt. Vielleicht so achtzehn oder neunzehn Jahre. Sie bestellten sich Bier und rauchten Zigaretten. Nach einer Weile sprachen sie uns an. Sie gehörten zu der Gang der Endurofahrer, waren aber begeisterte Fans von Rennmaschinen. Der Stufenführerschein war ihr Handicap. Ich sagte, dass es in Ordnung wäre, wenn man seine Erfahrungen auf einer leistungsärmeren Kiste sammeln würde. Alles andere wäre reiner Selbstmord. Sie hatten nichts gegen Selbstmord. Die Jungs waren mir sympathisch. Es kamen noch weitere dazu. Und mit ihnen auch einige nette Mädels. Ich ließ sie in Ruhe, um es mir nicht bei unseren neuen Freunden zu vermiesen. Sie erzählten uns, dass sie am Sonntag zu einer Crosstrecke fahren würden und fragten, ob wir nicht mitfahren wollten. Wir stimmten zu und verabredeten uns für 13.00 Uhr.

Sie hatten elf Enduros zusammengebracht. Alle sechshundert Kubikzentimeter. Wir machten uns auf den Weg. Das Ziel war etwa sechzig Kilometer entfernt und Bernd und mir wurde schnell klar, dass wir bei ihrem Tempo eine glatte Stunde unterwegs sein würden. Um die monotone Fahrt ein wenig aufzulockern begannen wir, Faxen zu machen. Mal zogen wir bei 70 km/h das Vorderrad in die Luft, mal ließen wir uns zurückfallen und überholten dann mit 280 Sachen und mal ließen wir die Fußrasten schleifen. Es half und wir kamen relativ schnell an.

Die Crosstrecke war eine stillgelegte Kieskuhle. Wir stellten uns an den Rand und sahen auf sie hinunter. Die Motorcrossfreunde hatten sich allerhand einfallen lassen. Sie hatten kleine und größere Sprunghügel aufgeschüttet und die Strecke immer wieder durch kleine Bauminseln verlaufen lassen. Von da oben konnte man über die Hälfte des Pfades einsehen. Den Rest musste man sich denken. Es war kein Betrieb, und so machten sich die ersten beiden Jungs gleich auf den Weg. Eine TT 600 und eine alte DR. Es ging gleich zum Anfang so steil hinunter, dass ich befürchtete, dass sie sich lang machen würden, noch bevor sie die errichteten Hindernisse erreichen würden. Sie hielten sich recht wacker und gelangten unversehrt in die Grube. Dann fuhr sich die DR fest. Die TT war mit mehr Geschwindigkeit auf den weichen Sand gefahren und zog locker durch. Wie immer war es ratsam, den Hahn weit aufzudrehen. Der Fahrer von der Suzi stieg ab und gab vorsichtig Gas. Ich weiß nicht, ob er sie mehr schob, oder ob sie ihn mehr zog. Auf jeden Fall kam er irgendwann wieder auf festeren Boden, stieg auf und fuhr los. Er war wieder zu zaghaft und saß zwanzig Meter weiter wieder fest. Die TT überwand währenddessen die ersten Hügel und verschwand im hinteren Teil der Strecke. Der Typ schien einiges draufzuhaben. Die aufspritzenden Sandfontänen machten das deutlich. Der auf der DR war wieder am Kämpfen. Er stand jetzt direkt unter uns und hatte sich auch noch mit unserem dummen Gelaber auseinander zu setzen. Er kam wieder frei und fuhr sich wieder fest. Danach trat er entnervt den Rückweg an. Und damit tat sich eine noch viel größere Schwierigkeit auf. Wie sollte er den steilen Abhang, der in die Kieskuhle führte, jetzt wieder heraufkommen? Er stieg ab und brachte das Ding im ersten Gang irgendwie nach oben. „Das hätte ich ja mit der Fire Blade besser gemacht", sagte ich. Er sagte nichts. „Ohne sie zu starten", setzte ich nach. Dann machte sich der nächste auf den Weg. Er war mit einer XT 600 unterwegs. Ihm ging es nicht viel besser. Er versuchte zwar, mit etwas mehr Gas zu arbeiten, war aber irgendwie zu gehemmt. Bernd und ich brachten wieder unsere Sprüche. Die anderen hielten sich zurück. Ihre Blamage stand ja noch bevor. Die TT kam ohne weitere Probleme aus der Kuhle heraus und wurde von einer KTM LC 4 abgelöst. Die KTM kam auch gut voran. Der Junge schien schon des öfteren im Gelände gefahren zu sein und legte auch einige kleine Hüpfer hin. Nichts berauschendes, aber immerhin. Er blieb lange drin und wechselte schließlich mit einer XL. Der auf der XL brachte rein gar nichts zustande. Wir lachten uns kringelig. Bernd und ich. Ich nehme an, dass unsere Freunde es bereuten, uns mitgenommen zu haben. Sie rückten einige Meter von uns ab und steckten ihre Köpfe zusammen. „Vielleicht sollten wir uns mal ein bisschen am Riemen reißen", schlug Bernd vor. Ich stimmte zu. Schließlich kamen die letzten beiden aus der Kuhle. Beides Yamahas. Sie fuhren uns ihre Kisten direkt vor die Füße. Ihre alten verbeulten 600er. Irgend etwas sagte

mir, dass wir jetzt an der Reihe waren. Der Bumerang kam zurück und segelte direkt auf unsere Köpfe zu. Wir versuchten uns noch herauszureden, von wegen fremde Motorräder und so, kamen damit aber nicht durch. „Wenn ihr die zu Schrott fahrt", sagten die beiden, „dann ist das scheißegal. Die sind eh bald um."
Wer austeilt muss auch einstecken können. Wir hatten in den letzten eineinhalb Stunden mächtig verteilt. Jetzt mussten wir dafür gerade stehen. Ich zog mir Helm und Handschuhe über und stieg auf. Es war Jahre her, als ich das letzte Mal auf einer Enduro gesessen hatte. Alles war anders. Der Lenker breiter, die Sitzposition aufrechter, der Wendekreis kleiner und der Schwerpunkt höher. Ich drehte ein paar Runden außerhalb der Kuhle, um mich schnell mit dem nötigsten vertraut zu machen. Immerhin, ich konnte mit so einem Ding noch ganz manierlich auf einem Rad fahren. Dann steuerte ich aufs Loch zu. Vom Motorrad aus betrachtet schien der Abhang noch steiler und tiefer zu sein, als ich ihn von der sicheren Zuschauerposition in Erinnerung hatte. Ich zwang mich, ihn ohne unsinnige Bremsmanöver herunterzufahren und zog mit Vollgas auf den sandigen Untergrund der Piste. Das Heck drohte mich gleich auf den ersten Metern zu überholen. Ich stellte mich auf die Rasten und balancierte mit Gas und Körpergewicht aus. Jetzt nur nicht an Tempo verlieren. Ich kam durch und erreichte festeren Untergrund. Immerhin, ich war schon nicht mehr der Schlechteste. Jetzt brauchte ich nur noch in den hinteren Teil der Strecke gelangen, den man aus ihrer Position nicht einsehen konnte. Dort würde ich den Einzylinder ein wenig hämmern lassen und mächtige Sandverwehungen erzeugen, und schon hätte ich meinen Auftritt hinter mich gebracht. Ich blieb auf den Rasten stehen und fuhr mit höllischem Tempo ihren Blicken davon. Und mit höllischem Tempo meine ich in diesem Fall sechzig km/h. Hinter einer kleinen Baumgruppe blieb ich stehen und sah mich um. Sie waren nicht mehr zu sehen. Ich könnte jetzt ungestört

ein wenig herumcrossen und mir das nötige Feingefühl für einen gelungenen Abgang aneignen. Ich legte den ersten Gang ein und ließ mächtig Sand spritzen. Die Gänge waren viel kürzer ausgelegt als gewohnt. Spätestens bei dreißig Sachen ging es in den Zweiten und bei sechzig in den Dritten. Auf weichem Untergrund ließ ich den Ersten jetzt weg. Der Reifen konnte die Leistung eh nur zu einem kleinen Teil in Vorwärtsdrang umsetzten. Die meiste Kraft flog in Form von unzähligen Sandkrümeln durch die Luft. Da war es sinnvoller, den Zweiten drin zu lassen, um sich die Schaltarbeit zu sparen. Ich nahm einige Hügel. Zuerst vorsichtig, dann immer etwas schneller. Auch hier ging es um so leichter, um so schneller man war. Die Feigheit machte einem das Leben unnötig schwer. Trotzdem achtete ich darauf, dass ich langsam genug blieb, um nicht am Scheitelpunkt abzuheben. So ein Hügel konnte schnell zur Sprungschanze werden. Mir war nicht nach fliegen zumute. Die Sache fing an Spaß zu bringen. Nach einiger Zeit war ich schon in der Lage, ganz akzeptable Kurvengeschwindigkeiten zu erzielen. Ich hielt meinen Fuß raus, so wie ich es im Fernsehen gesehen hatte, und zog mit viel Gas um die Ecke. Links herum und rechts herum. Der Vorteil in so einer Kieskuhle war, dass man die Kurven fahren konnte, wie man wollte. Man war nicht an den Verlauf einer Straße gebunden. Ich fuhr einige Kombination und nahm die ersten Hügel mit anschließendem kleinen Hüpfer. Ich hatte schon ein wenig die Orientierung verloren, als ich einen befahrbaren Abhang entdeckte. Er war ungefähr so hoch wie der, den wir heruntergefahren waren, um auf die Crosstrecke zu gelangen, aber nicht ganz so steil und besser befestigt. Ich nahm an, dass er ein zweiter Ausgang wäre und beschloss, ihn zu nehmen und dann um die Kieskuhle herum zu den Jungs zu fahren. Damit hätte ich es mir erspart, den steilen Hang unter ihren Augen bezwingen zu müssen. Ich gab mächtig Gas, um mir das Leben zu erleichtern. Die XT machte sich trotz ihres abgetakelten Aussehens ganz gut und glättete die Unebenheiten mit steigendem Tempo immer besser ab. Ich blieb auf den Rasten stehen und machte den Hahn im dritten Gang voll auf. Ich war schnell. Verdammt schnell. Zu schnell um noch zu bremsen, als ich sah, dass dem steilen Aufstieg ein noch steilerer Abstieg folgte. Der befestigte Abhang war gar kein Ausgang. Er war eine Sprungschanze. Kurz bevor ich abhob sah ich die Jungs auf den Zuschauerplätzen stehen. Ich glaubte Bernd zu erkennen. Gerade eben hatte ich noch selber dort gestanden und mich über die anderen lustig gemacht. Jetzt stand ich selber bis zum Hals in der Scheiße. Ich hatte die Schanze ja noch nicht einmal von der anderen Seite erkannt. Ich flog. Der Motor überdrehte. Ich nahm Gas weg und blieb auf den Rasten stehen. Jetzt nur nicht nach vorne oder zur Seite kippen. Am besten auf beiden Reifen gleichzeitig Landen. Was wusste ich schon. Vielleicht war es auch am besten auf dem Hinterrad zu landen. Ich war ein Rastenschleifer. Ich konnte mit 280 Sachen sicher durch eine eineinhalb Meter breite Lücke steuern und so stark verzögern, dass einem das Blut in die Augen zu schießen schien. Jetzt saß ich auf einer Enduro und flog in weitem Bogen durch die Luft. Am höchsten Punkt war ich etwa fünf Meter über festen Boden. Die Erdanziehungskraft zog mich mit aller Kraft nach unten, und ich befürchtete einen harten Aufprall. Die Schanze war so geformt, dass sie einen Großteil der Energie schluckte. Sie lief mit immer schwächer werdenden Gefälle aus. Ich setzte mit dem Hinterrad auf und dann ziemlich unsanft mit dem Vorderrad. Mein ganzes Gewicht fiel auf die Arme. Ich knickte in den Handgelenken ein und gab unfreiwillig Vollgas. Die Bodenwellen schüttelten mich durch. Ich hing mit dem Oberkörper über dem Tank und mit dem Gesicht direkt vor dem Tacho. Immer wenn ich dachte, dass ich mich wieder nach hinten schieben und Gas wegnehmen könnte, brachte die nächste Unebenheit mich wieder aus der Balance und sorgte dafür, dass ich auch weiterhin auf den Handgelenken lag und Vollgas gab. Ich wurde höllisch schnell. Über 60 km/h! Irgendwann lief die Schanze dann endlich aus und ich befand mich wieder auf ebenem Boden. Mein Körpergewicht verlagerte sich mehr auf die Füße, ich drückte mich mit den Händen zurück und nahm ein wenig Gas weg. Dann fuhr ich eine Rechtskurve mit herausgestrecktem Bein und spritzenden Sand und steuerte mit Vollgas den Ausgang der Kieskuhle an. Was konnte mir schon noch passieren? Ich hatte diesen Flug überstanden, also würde ich auch diesen albernen Steilhang hinaufkommen. So war es dann auch.

Ich zog kurz vor ihnen noch einmal das Vorderrad in die Luft und stellte die XT auf den Ständer. Keiner sagte etwas. „Sollen wir uns auf den Rückweg machen?" fragte ich. Sie nickten. Ich stieg auf die Fire Blade und fuhr voran. Mit 100 km/h. Ich hatte fürs erste genug Adrenalin im Blut. Nach einer halben Stunde trennten wir uns. Bernd fuhr mit zu mir.

„Das war pures Glück", eröffnete ich.

„Ich weiß, aber davon imponierend viel", antwortete Bernd.

Die Jungs hatten offenbar nicht erkannt, dass ich das blinde Huhn war, das einen Korn fand. In den nächsten Wochen erzählten sie in der ganzen Gegend, was ich doch für ein begnadeter Crossfahrer wäre. Meine Flughöhe wurde gar auf zehn Meter angehoben, von der Weite ganz zu schweigen. Ich fuhr nie wieder mit ihnen in die Kieskuhle. Die Artillerie schießt nie in das gleiche Loch. So etwas bekomme ich nicht noch einmal auf die Reihe.

7

Ich fuhr so die durch die Gegend und ekelte mich. Die Welt glich einem Ameisenhaufen. Wir waren die Ameisen. Ich ekelte mich vor Glück, vor Hoffnung, vor Häusern, vor Versicherungen, vor Airbags und vor dem ganzen anderen mittelmäßigen Scheiß. Diese Welt hatte mir nicht mehr viel zu bieten. Andere schienen noch ganz gut zurechtzukommen. Auf jeden Fall fuhr ich so durch ein kleines Dorf, als mir eine gelbe 97er Fire Blade entgegenkam. Ich hatte es mir abgewöhnt, Motorradfahrer zu grüßen. In Deutschland fuhren eine Millionen Menschen Motorrad. Opas, Frauen, Spießer, alle waren sie dabei. Die Zeiten, in denen nur abgefuckte Rocker Biker waren, lagen lange zurück. Damals machte es noch Sinn, sich zu grüßen. Da war man noch eine kleine Gemeinde. Jetzt hatte man mit den meisten Motorradfahrern nicht mehr gemeinsam als mit jeden x-beliebigen Autofahrer. Der Typ auf der Fire Blade fing jedoch wie wild an, mit der linken Hand zu fuchteln und fuhr auf die Bushaltebucht. Ich stoppte ebenfalls. Es war Alexander. Ein ehemaliger Schulkollege von mir. Damals schlug ich ihm regelmäßig eine rein, klaute seine Uhr und erpresste Geld von ihm. Er war ein Verlierer. Als Kind ist es hart, ein Verlierer zu sein. Wenn man erst einmal Erwachsen ist, dann lassen es einem die Mitmenschen gar nicht mehr spüren. Ich schlug ihm auf jeden Fall keine mehr rein.

„Hallo Eugen", begrüßte er mich überschwänglich.

„Hi", sagte ich und fragte mich, warum ich überhaupt angehalten war.

„Darf ich vorstellen, Vinnie, meine große Liebe." Er zog den Kopf zur Seite und irgendeine Tusse lächelte mich durch ihr Visier an.

„Prächtig", sagte ich und fragte mich, warum ich das jetzt schon wieder gesagt hatte. Alexander war stolz. Endlich erfuhr er Anerkennung. Und natürlich wollte er mehr davon. Also erzählte er mir von seiner beruflichen Laufbahn, wie er Vinnie auf dem Motorradparkplatz eines Jahrmarktes kennen gelernt hatte, und was für ein draufgängerischer Motorradfahrer er geworden wäre. Er redete und redete. Ich konnte es nicht übers Herz bringen ihn stehen zu lassen, konnte es auf der anderen Seite aber auch nicht länger ertragen, ihn reden zu hören. Also schlug ich vor, ein wenig durch die Gegend zu fahren. Er nahm freudig an. Selbst schuld.

Ich blieb vorerst hinter ihm, um zu sehen, wie prächtig er sich entwickelt hatte. Mir war schnell klar, dass diese Fire Blade ihre größte Schräglage erlebte, wenn sie auf dem Ständer stand. Alexander war ein Verlierer geblieben. Ein Verlierer mit einem verdammt knackigen Arsch auf dem Soziussitz. Jedenfalls das hatte er mir voraus. Vorausgesetzt, dass man das als Vorteil betrachtete. Nach zwei oder drei Kilometern hatte ich genug gesehen und nahm an, dass die beiden ohne mich nie zum Adrenalin kommen würden. Also ließ ich mich etwas zurückfallen und drehte vor einer Rechtslinkskurve voll auf. Ich überholte ihn schon im ersten Abschnitt der Kurve. Rechts. Er mühte sich sichtlich mit seinen 100 km/h ab. Ich hatte 180 auf der Uhr und ärgerte mich, dass die Fußrasten nicht schliffen. Ich hatte ihnen nicht alles gezeigt, mich zu billig verkauft. Ich riss voll am Hahn und hatte etwa 300 Meter Vorsprung als Alexander endlich aus der Kurve eierte. Ich nahm Gas weg und ließ sie herankommen. Als er wieder dran war schaltete ich in den Ersten und legte einen wilden Wheelie hin. Er glückte mir ganz besonders gut. Die Fire Blade stieg am willigsten, wenn man im ersten Gang bei 7000 Umdrehungen kurz Gas wegnahm, das Motorrad durch die Motorbremse in die Vorderradgabel drückte und beim wieder ausfedern den Hahn voll aufriss. Ich kam in den Zweiten, ohne das Vorderrad all zu stark sacken zu lassen, und behielt es bis 145 Sachen in der Luft. Wir fuhren noch eine ganze Weile so weiter. Alexander wie ein Rentner und ich wie ein Verrückter. Beim Beschleunigen ließ ich das Vorderrad in den Himmel steigen, beim Bremsen den Hinterreifen. Ich war zufrieden mit mir. Wir fuhren durch eine Ortschaft als sie mich überholten. Er setzte den Blinker und fuhr rechts heran. Ich stoppte ebenfalls.

„Ich will bei ihm mitfahren", sagte Vinnie und stieg ab.

„Warum? Warum?" stammelte Alexander, „Zu zweit kann man eben nicht schneller fahren."

„Ich bin nicht zurechnungsfähig", sagte ich.

„Das sind wir doch alle nicht", antwortete sie.

„Ich fahr jetzt schneller, ich fahr schneller", winselte Alexander.

Ich klappte die Soziusrasten runter und ließ sie aufsteigen. Wir fuhren weiter. Ich hatte ihr gesagt, dass ich nicht ganz richtig in der Birne war, und trotzdem war sie aufgestiegen. Man konnte mir nichts vorwerfen. Ich gab reichlich Gas, um sie nicht zu enttäuschen und um die gelbe Fire Blade loszuwerden, was auch kein großes Problem darstellte.

Dann machte ich mich auf den Weg zu mir. Ich ließ sie absteigen, stellte das Moped in die Garage und schloss das Tor.

„Wir müssen hier auf Alexander warten", sagte ich.

„Der weiß doch gar nicht wo du wohnst", antwortete sie.

„Woher weißt du das?"

„Intuition, außerdem hättest du das Motorrad nicht versteckt, wenn du auf ihn warten würdest."

„Und du?"

„Ich warte auch nicht auf ihn." Wir gingen hinein und unterhielten uns. Nach ein oder zwei Stunden fuhr ich sie dann nach Hause. Sie schien ganz in Ordnung zu sein.

8

Ich wälzte mich schon seit Stunden schlaflos im Bett hin und her. Der Vollmond und die Hitze machten mir zu schaffen. Das Klingeln meines Weckers würde mich aus dieser endlosen Grübelei befreien. Aber das war noch vier lange Stunden hin. Ich drehte mich auf die andere Seite und lehnte mich an meiner Bettdecke an. Mir kam der Gedanke an eine Gummipuppe. Vielleicht würde sie mir die Zeit versüßen. Ich könnte mich an sie lehnen und ihr alle halbe Stunde einen verpassen. Immer in ein anderes Loch. Ich würgte die Vorstellung ab. So weit unten war ich noch nicht. Ich bräuchte eine Frau zum Reden. Aber mit welcher Frau konnte man schon reden? Ich verstand mich mit den wenigsten Menschen und die Wenigsten waren leider immer männlich. Bisher hatte ich mich recht erfolgreich mit der rechten Hand über die Runden gebracht und war zur Abwechslung einige Male zu Prostituierten gegangen. Gegen Nutten war nichts einzuwenden. Einige sahen ganz manierlich aus und sie waren nicht so illusioniert wie ihre nicht anschaffenden Geschlechtsgenossinnen. Wahrscheinlich sollte ich mich mehr an die leichten Girls halten. Unter ihnen waren garantiert einige, mit denen ich gut zurechtkommen würde. Außerdem wäre es verdammt kultig sagen zu können, dass meine Freundin vom Gewerbe ist. Ich nahm mir vor, in den nächsten Tagen mal wieder eine besuchen zu gehen. Ich drehte mich auf die andere Seite und riskierte einen Blick auf den Radiowecker. 03:15. Es war heiß. Meine Wohnung hatte sich durch das tagelang andauernde Hoch zu einer Sauna umgewandelt. Die Hitze saß überall. In den Steinen, den Möbeln und vor allem im Dachboden. Die Decke strahlte die Wärme wie eine riesige Herdplatte in den Raum. Ich war der, der gekocht werden sollte. Mein Gehirn wurde langsam gar. Ich stand auf und riss das Fenster so weit es ging auf. Draußen wehte nicht das geringste Lüftchen. Ich versuchte mit der Hand ein wenig Kühle hineinzufächern, gab aber schnell wieder auf. Mein Bett schreckte mich ab. Es war leer und frustrierend. Wo waren bloß die Frauen geblieben? Die Antwort war mir schon seit langem klar geworden. Sie waren dort, wo die Männer mit geschniegelten Haaren und modischen Klamotten waren. Dort, wo die Männer tolle Sachen sagten und ständig diesen sozialen Gesichtsausdruck mit sich herum trugen. Sollten sie doch bleiben wo sie waren. Ich wollte mit ihnen nichts zu tun haben. Weder mit dieser Art von Frauen noch mit diesen armseligen Hampelmännern. Da war mir meine Einsamkeit schon lieber. Wenn man es überhaupt Einsamkeit nennen konnte. Ich hatte Kevin und Bernd, und ich hatte mein Motorrad. Ich knipste das Licht an und holte einige Bilder aus der Schublade. Sie waren vom letzten Jahr. Meine Fire Blade im Schaufenster. Man sah ihr schon an, dass sie Charakter hatte, als sie noch keinen einzigen Kilometer auf dem Buckel hatte. Dann während der Fahrt. Wir hatten uns gegenseitig aus dem Auto heraus fotografiert. Kevin war gefahren und Bernd hatte geknipst. Die Fire Blade war während der Fahrt noch schöner als im Stand. Von vorne, von der Seite und von hinten. Besonders schön war sie, wenn ihr Vorderrad gerade in den Himmel stieg. Ich nahm mir vor, einige Bilder vergrößern zu lassen und an die Wand zu hängen. Ich ließ sie zur Erinnerung auf dem Tisch liegen, löschte das Licht und legte mich ins Bett. Es war inzwischen ein wenig kühler geworden. Meine Chancen auf Schlaf waren damit schlagartig gestiegen. Das helle Summen einer Mücke ließ sie genauso schnell wieder fallen. Mücken liebten mich. Das war ja schon mal was. Ich blieb regungslos liegen und konzentrierte mich darauf, ihren Landepunkt zu erahnen. Dann schlug ich zu. Zweimal auf mein Bein, einmal auf meinen Oberarm und einmal auf mein linkes Ohr. Jedes Mal hörte ich sie anschließend wieder zufrieden durchs Zimmer fliegen. Ich lauschte wieder ihrem Landeanflug und schlug mir auf die linke

Wange. Es blieb ruhig. Hatte ich sie etwa erledigt? Nach einer Minute legte sie dann wieder los. Ihr Summen war lauter und heller geworden. Sie hatte scheinbar schwer geladen. Ich schlug mir in den Nacken und spürte einen feuchten Fleck. Ich trocknete ihn mit dem Kopfkissen ab und wischte die Hand am Laken sauber. Sie war tot, aber sie hatte mich auch erwischt. Das Blut in meinem Kopfkissen war von mir. Also war es nur ein Remis. Die Nacht hatte mir nicht viel zu bieten, und ich wusste, dass kaum auf Besserung zu hoffen wäre, wenn ich in meinem Bett liegen bleiben würde.

Die Fire Blade war wie immer auf Schlag da. Ich ließ den Choke zehn Sekunden gezogen, dann hing sie am Gas. Es ging los. Ich blieb unter 4000 Umdrehungen und fuhr irgendwohin. Mal bog ich rechts ab, dann wieder links und oft fuhr ich eine Straße bis zum Ende durch. Ich hatte kein Ziel und die Nacht war noch lang. Es war angenehm, einfach mal sanft durch die Kurven zu gleiten und sich ein warmes Lüftchen um den Hals wehen zu lassen, ohne jedes Mal am Limit zu kratzen. Ich spürte, dass das Leben auch mir noch einiges zu geben hatte. Jedenfalls solange ich noch auf einem Motorrad mit über hundertzwanzig PS sitzen konnte. Ich fuhr gerade ahnungslos auf einer relativ breiten Landstraße mit wenigen leichten Kurven, als ich ein leises Dröhnen wahrnahm. Es schien einige Zeitlang unverändert zu bleiben, dann wurde es schlagartig lauter, um schließlich in einer lauten Explosion zu enden. Ich zuckte zusammen und nahm ein wenig Gas weg. Langsam begriff ich, was passiert war. Irgendein wahnsinniger Biker war ohne Licht mit mindestens 240 Sachen und höchstens einem Meter Abstand an mir vorbeigeschossen. Er schaltete sein Licht ein und das nur kurze Leuchten seines Bremslichtes verriet mir, dass er nicht viel von beschaulichen Kurvenfahrten hielt. Ich schaltete vier Gänge runter und gab Vollgas. Bei 180 ging ich in den Dritten, ließ wieder alle Pferdestärken an die Kette und legte mich in Schräglage. Als ich aus der Kurve herauskam hatte ich 215 auf der Uhr. Es war immer noch die gleiche Nacht. Heller Mondschein und ein langsam erhellender Horizont. Nur aus dem warmen Lüftchen um meinen Hals war jetzt ein heißer Orkan geworden. Mein Vordermann nahm eine Rechtskurve und ich konnte ihn einen kurzen Augenblick von der Seite über den Asphalt jagen sehen. Er hatte ein höllisches Tempo drauf. Ich kannte die Strecke und es war hell genug, um die Straße lesen zu können. Diesen Typen wollte ich auf gar keinen Fall ziehen lassen. Ich brachte es bis auf 255 vor der Kurve, verzögerte auf 200 und ließ es drauf ankommen. Es klappte. Bei ungefähr 400 Meter Rückstand und einen Verrückten als Kontrahent konnte man sich nicht besonders viel Vernunft leisten. Ich kam wieder auf 250 und ging vor einer Linkskurve voll in die Anker. Fast einige Meter zu spät. Bei Nacht sieht eben alles anders aus. Im Gegensatz zu meinem Fußrastenstopper kam ich trotzdem heil rum und drückte wieder voll drauf. Dann sah ich sein Bremslicht lange aufleuchten. Sein Vorsprung schmolz in Sekundenschnelle dahin. Als ich auf hundertfünfzig Meter heran war, begann ich selbst zu bremsen. Ich befürchtete, dass die Straße blockiert oder verschmutzt war. Endlich gab er die Bremsscheiben wieder frei und ließ alle Pferde laufen. Ich war nur noch ungefähr fünfzig Meter hinter ihm. Hatte er etwa auf mich gewartet, um mir eine Chance zu geben? Ich wusste es nicht, aber jetzt schien er mir keine mehr lassen zu wollen. Er hing höllisch am Gas. Ich hatte es mit einem verdammt schnellen Motorrad zu tun, dass sich auch in den Kurven nicht lumpen ließ. Da blieb nicht mehr viel Auswahl. Eine 1000er Yamaha, eine 96er oder 97er GSX-R 750, eine ZX9R oder vielleicht sogar eine Fire Blade. Er bremste spät vor einer Linkskurve. Ich versuchte sehr spät zu bremsen und setzte auf der Optimallinie auf. Perfekt. Er hatte sich ungefähr acht Meter abnehmen lassen. Das war verdammt wenig, wenn man bedachte, dass ich alles aus mir und der CBR herausgeholt hatte. Vor mir saß ein Könner auf einer Rakete. In die nächste Kurve ging er, ohne die Bremsklötze zu verschleißen. Ich war nicht ganz so mutig und verzögerte sogar ein wenig zu stark. Die acht Meter waren zum Teil wieder weg. Es ging links herum. Er war wieder unglaublich schnell hineingegangen. Ich ließ mich nicht ziehen und bremste an. Im Scheitelpunkt legte er dann einen wilden Slide hin. Sein Rücklicht schien seitlich über die Straße zu wandern, wurde dann kurz vor dem Grünstreifen gefangen und buckelte protestierend aus der Kurve heraus. Er hatte viel Gas wegnehmen müssen und gute zwanzig Meter verloren. Aber scheinbar hatte er nichts daraus gelernt. Er wiederholte das Schauspiel in der nächsten Kurve. Ich hatte ihn schon abgeschrieben, als das rote Licht aus irgendeinem Grunde doch noch auf der Straße blieb. Er hatte nur noch 10 Meter Vorsprung. Nach seinem nächsten Slide würde ich an ihm vorbeiziehen. Ich ging mit viel Reserve in eine Rechtskurve. Er war wieder am Limit hereingefahren, kam diesmal aber ohne Rutscher herum. Das kostete mich fünf Meter. Also ließ ich es wieder sportlicher angehen. Wir beschleunigten auf 240 Sachen und gingen vor einer scharfen Rechtskurve voll in die Eisen. Ich hatte ihm beim Anbremsen nur fünf oder sechs Meter abnehmen können, warf mich in volle Schräglage und beobachtete wie sein Rücklicht wieder wild über die Fahrbahn rutschte. Sein Motorrad buckelte, als wollte es ihn mit aller Gewalt loswerden, dann war er rum. Und ich war an seinem Hinterrad dran. Wir beschleunigten kurz, dann ging es mit Vollgas in eine lange Linkskurve. Er wurde langsamer und zog an den rechten Fahrbahnrand. Ich ließ den Hahn voll auf und jagte an ihm vorbei. Im Augenwinkel glaubte ich dann für einen Bruchteil einer Sekunde Kevin zu erkennen. Aber das war nicht sein Fahrstil. Er hätte sich die fünfzig Meter nie so schnell abnehmen lassen. Ich blieb noch einige Zeit am Gas und hatte schnell einen großen Vorsprung herausgefahren. Das Rennen war scheinbar gelaufen. Der Typ gab sich keine Mühe

mehr, mir zu folgen. Ich setzte den Blinker und fuhr rechts heran.
Es war Kevin. Er zog sich den Helm vom Kopf und ließ sich ins
Gras fallen. Es schien, als hätte er in dieser Nacht schon mehr mit
Gras zu tun gehabt. Er war zu bis obenhin.

„Alter Schwede", sagte er, „das war vielleicht ein Ritt!"

„Bist du nicht ganz dicht?"

„Alter Schwede", „Alter Schwede", „Alter Schwede"

Mir war schon lange klar gewesen, dass er von allen Lebens-
müden der verbrannteste war. Schließlich hatte er schon einige Jahre mehr in dieser surrealen Welt verbracht und einen denkenden
Menschen verwundet bekanntlich jede Stunde. Aber dass er sich
so zurauchte und dann mit wilden Slides über den Asphalt jagte, das
schockierte mich trotzdem.

„Alter Schwede, alter Schwede. Hauptsache Spaß, Gas ist
rechts. Alter Schwede, ..."

Nach einigen Minuten bekam er sich wieder eingerenkt und starrte schweigend in den Himmel. Ich setzte mich zu ihm und fragte
mich, wie viele einsame Vollmondnächte ein Mensch wohl überle-
ben könnte.

9

Wir hatten uns wieder mächtig gejagt. Unsere Fußrastenstopper waren blau angelaufen und die 180er hatten verbranntes Gummi an den Seiten hängen. Es war einer der Tage, an denen wir alle
drei in Topform waren. Wir fuhren in dieses Dorf. Fast schon eine
Stadt. Zwei Tankstellen, große Kaufhäuser, ein Schwimmbad, zahlreiche Restaurants und Eiscafés. Hier war erfahrungsgemäß immer

viel los. Die Frauen führten ihre Titten spazieren und die Männer sahen dabei zu. Wie überall. Nur liefen hier eben mehr Frauen herum. Und bessere. Es war merkwürdig. In einigen Gegenden bekam man wochenlang höchstens ein oder zwei klasse Frauen zu sehen, und einige Kilometer weiter protzten die Straßen nur so mit Sex. Es schien gewisse Flecken auf der Erde zu geben, die Schönheiten anzogen. Auf jeden Fall steuerten wir eine Tankstelle an. Die Säulen für Super bleifrei und Super Plus waren besetzt. Von zwei 750ern. Eine ZXR und eine GSXR. Die Jungs ließen sich Zeit. Zwei achtzehnjährige Bikiniträgerinnen sahen ihnen dabei zu. Wahrscheinlich würden sie erst aufhören zu tanken, wenn sie ein Date klar gemacht hätten. Und so was konnte lange dauern. Also fing ich an zu sticheln.

„Fahrt ihr genauso langsam wie ihr tankt?"

Sie sagten nichts. Die Bikinis auch nicht. Sie hakten die Tankpistolen wieder ein, stellten den Kilometerzähler auf null, fummelten am Benzinhahn herum und kratzten einige Fliegenkadaver vom Lack. Wir schoben unsere Motorräder daneben und warteten darauf, dass sie endlich bezahlen würden. Es dauerte. Schließlich schlenderten sie lässig in den Verkaufsraum. Die Bikinis verdrehten sich ihre Köpfe. Es schien, als hätten die beiden Biker gerade zwei neue Sozius aufgegabelt. Und zwar welche von der besseren Sorte. Ich betrachtete mir ihre Hinterreifen. Einen vollen Zentimeter Rand. Links und rechts. Die Mädels standen eindeutig uns zu. Ich griff mir die Tankpistole und zog den Schlauch über die GSXR hinweg. Die Bikinis grinsten in den Verkaufsraum. Was für eine ungerechte Welt.

Wir fuhren weiter und hielten an einer Eisdiele. Sie hatten einige Tische und Stühle im Freien aufgestellt. Wir bestellten und setzten uns so, dass wir die weiblichen Fahrgestelle auf der gegenüberliegenden Straßenseite beobachten konnten. Sie hatten allerhand zu bieten. Nach einer Weile kamen vier Typen auf Rennmaschinen der

Jahre 91 bis 93 vorgefahren. Eine FZR, eine ZZR und zwei GSXR. Alle vier die hubraumstarken Varianten. Sie stiegen ab und setzten sich zwei Tische weiter. Ich beobachtete sie aus den Augenwinkeln. Jeanshosen, Bundeswehrstiefel, alte Lederjacken und billige Helme. Sie waren die Typen, die alles in ihr Motorrad steckten und dann nicht einmal mehr Geld für vernünftige Lederklamotten hatten. Das sagte aber noch nichts über ihren Fahrstil aus. Gerade die Verrückten hatten es oft raus. Sie steckten ihre Köpfe zusammen und handelten irgend etwas aus. Dann stand einer auf und kam zu unserem Tisch herüber.

„Ich sehe, dass ihr einen verdammt heißen Reifen fahrt", sagte er. Wir nickten.

„Was haltet ihr von einem kleinen Rennen? Fünfzig Mark für den Sieger."

Wir sahen uns ungläubig an. Wollten die uns etwa im Ernst herausfordern?

„Einer von euch fährt mir hinterher", fuhr er fort. „Wenn er es schafft dranzubleiben bis wir wieder hier ankommen, dann hat er gewonnen. Wenn nicht, dann nicht."

Die Sache musste irgendeinen Haken haben. „Warum nicht", sagte ich, stand auf und betrachtete mir ihre Motorräder etwas genauer. Die Hinterreifen waren eckig abgefahren und hatten an beiden Seiten große Ränder. Die Fußrasten waren noch ganz. In all den Jahren noch nie über den Asphalt geschliffen. Traurig.

Ich machte mit ihm aus, dass man in den Ortschaften die 50 km/h strikt einhalten müsste. „Wer sich nicht daran hält verliert und bezahlt!" Er stimmte zu. Die Sache schien perfekt. In einer halben Stunde würde ich um fünfzig Mark reicher sein. Ich ließ mein Eis stehen, streifte Helm und Handschuhe über und startete die Fire Blade. Die Typen grinsten sich noch einmal blöde an, dann stieg mein Kontrahent auf seine GSXR 1100. Alter Hobel, sah ziemlich mitgenommen aus, könnte mir nicht einmal auf schnurgerader Strecke gefährlich werden. Er fuhr los. Ich hinterher. In der Ortschaft hielt er sich an die abgemachte Höchstgeschwindigkeit. Gleich hinter dem Ortsschild drehte er dann auf. Die Suzi kam noch ganz flott, konnte mich aber auf gar keinen Fall gefährden. Ich blieb dicht hinter ihr. Bei 240 ging er halbherzig in die Eisen. Wir näherten uns einer Rechtskurve. Ich hätte erst zweihundert Meter weiter einen Gedanken ans Bremsen verloren. Er nahm die Kurve langsam. Fast so lahmarschig wie ein Auto. Auf der geraden Strecke beschleunigte er dann wieder. Ganz ordentlich, aber nicht gigantisch. Nach einigen Sekunden bremste er. Scheinbar grundlos. Es dauerte einen Augenblick, bevor ich verstand, dass er die Kurvenkombination, die in weiter Ferne auf uns wartete, anbremste. Der Typ hatte wirklich überhaupt nichts auf dem Kasten. Oder wollte er mich hinhalten? Mich langsam einschläfern und dann kurz vor dem Ziel blitzartig aufreißen und mich irgendwie abschütteln. Die Radrennfahrer machten das so. Das hatte ich des öfteren auf Eurosport gesehen. Aber das war ihm nicht zuzutrauen. Dafür hatte sein Hinterreifen einfach noch nicht genug auf der Seite gelegen. Und auf gerader Strecke würde die alte Suzi mich auch nicht überrumpeln können. Endlich ging es in die Linksrechtskurve. Er fuhr so langsam, dass er mir den ganzen Spaß nahm. Ich wurde ungeduldig und beschloss, mich vor der nächsten Kurve ein wenig zurückfallen zu lassen, um jedenfalls mal wieder die Fußrasten auf dem Asphalt zu hören. Wir beschleunigten wieder ganz ordentlich und überholten zwei 750er. Es waren die Typen von der Tankstelle. Sie hatten die Weiber hinten drauf. In Jeans und T-Shirts. Ich bekam schon Angst beim Hinsehen. Es war mir klar gewesen, dass der Typ vor mir die Einschläge nicht mehr merkte, aber die beiden Bikinis hingen doch am Leben. Wie konnte man da so leichtsinnig sein? Ein kleiner Ausrutscher, einige Meter über die Straße rutschen, und man hatte die fiesesten

Verletzungen weg. Ich fuhr immer in Lederklamotten. Und am Liebsten in meinen fett gepolsterten Kombi. Die Suzi bremste wieder früh. Ich hätte den beiden Typen mit ihren Mädels auf dem Sozius lieber ein weltmeisterliches Anbremsmanöver und anschließend funkende Fußrasten geboten, aber es war ja abgemacht, dass ich hinter diesem Geradeausfachmann bleiben würde. Wir brachten es hinter uns und machten den Hahn wieder auf. Ich schaltete bei 10000 Umdrehungen, um ihm nicht ins Heck zu fahren. Was für ein lächerliches Rennen. Er setzte den Blinker und bog rechts ab. Von hier ab ging es Kilometerweit geradeaus. Sah er darin seine Chance? Oder setzte er darauf, dass ich mir den Tank leer fahre? Ich sah auf meinen Tageskilometerzähler. 8 Kilometer. Das konnte es nicht sein. Wir fuhren eine Weile mit 240 Sachen und legten auch einige Slaloms um störende Autos ein. Jedenfalls das hatte er raus. Dann leuchtete sein Bremslicht auf. Die Höchstgeschwindigkeit war heruntergesetzt auf 80 km/h. Eine Autobahn Ab- und Auffahrt erforderte diese Regelung. Er hielt sich dran. Das freute mich. Ich hasste es, bei zusätzlichen Geschwindigkeitsbegrenzungen zu rasen. Auf freier Landstraße hatte ich damit keine Probleme, aber sobald es mit der zulässigen Höchstgeschwindigkeit noch weiter herunterging hatte das auch meist seinen Sinn. Er setzte den Blinker. Das verwunderte mich. Wollte er mich etwa auf der Autobahn abschütteln? Ich schob den Blinkerschalter nach rechts und versuchte, eine Lachgasflasche oder ähnliches an seinem Motorrad zu entdecken. Er bog gemächlich ab und gab sich keine besondere Mühe, eine vernünftige Schräglage aufzubringen. Erst auf dem Beschleunigungsstreifen ließ er die Pferde dann laufen. Ich blieb dicht hinter ihm und schaltete weit vor dem roten Bereich. Wir waren gerade bei 270 Sachen, als er scheinbar unbegründet in die Bremse griff. Ich machte es ihm nach. Er zog nach rechts und hielt auf dem Standstreifen. Ich vermutete, dass er mir eine Panne vorspielen würde, um die fünfzig Mark einbehalten zu können. „Was ist?" fragte ich.

„Wir können anfangen." Er öffnete sein Visier, grinste mich an, schloss es wieder und wendete. Dann gab er Vollgas. In die falsche Richtung!

Ich brauchte nicht lange überlegen, um zu wissen, dass ich das nicht mitmachen würde. Sicherlich, es wäre kein Problem gewesen die zwei oder drei Kilometer auf dem Standstreifen als Geisterfahrer unterwegs zu sein, aber irgendwo ist Schluss. Als nächstes würde ich das dann bei Nacht und ohne Licht machen. Alles schon da gewesen. Vielleicht war ich doch ein wenig spießig, aber das wollte ich in diesem Fall auch sein. Ich legte den ersten Gang ein und gab Gas. Es war noch etwa 10 Kilometer bis zur nächsten Ausfahrt. Ich nahm sie und fuhr die Autobahn wieder zurück. Auf der richtigen Fahrbahn! Als ich ankam waren die vier Typen schon weg. Kevin hatte meinem Kontrahenten die fünfzig Mark gegeben. Ich gab sie ihm zurück und erzählte ihnen, wie er mich abgeschüttelt hatte.

Wir überlegten lange, ob es richtig gewesen war, ihm die Wettschulden zu bezahlen und kamen zu dem Ergebnis, dass die Wette so formuliert gewesen war, dass er nicht gegen die Regeln verstoßen hatte. Er hatte lediglich gegen ein Gesetz verstoßen. Aber das taten wir auch. Täglich. Stündlich. Er hatte mich mit meiner eigenen Waffe geschlagen. Mit Verrücktheit. Und obwohl mir seine Verrücktheit unsympathisch war, musste ich seinen Sieg akzeptieren.

10

Vinnie rief an und lud mich zu ihr ein. Sie sagte, dass sie sich für die Motorradfahrt revanchieren wolle. Ich wusste zwar nicht, was das zu bedeuten hatte, stellte mich aber auf das Schlimmste ein. In der Regel glaubten die Weiber schon, dass sie einem etwas Gutes tun würden, wenn sie nur mit einem redeten. In Wahrheit ist es so ungefähr das Letzte, was sich ein richtiger Mann wünscht. Sicherlich, man tut es, aber nur weil es einem unumgänglich erscheint, um hin und wieder mal einen guten Fick abstauben zu können. Ich hatte ihn bitter nötig und fuhr hin. Sie öffnete in einer Jeanshose mit Lederbesatz und einem schlapprigen T-Shirt. Was konnte ich schon erwarten, ich gab mir ja selber nicht besonders viel Mühe, meine Vorteile zum Vorschein zu bringen. Sie hatte eine kleine Einzimmerwohnung mit einem Schlafsofa und zwei Korbsesseln. Das Schlafsofa war aufgeklappt und die Bettdecke am Kopfende als Rückenlehne zusammen gepresst. Ich setzte mich auf einen der beiden Sessel. Sie lümmelte sich in ihr Bett. Ich hatte sie nie als gute Hausfrau eingeschätzt, aber das was ich sah übertraf meine Vorstellungen. Diese Frau würde nie Kinder aufziehen können. Mir war es recht. Wir begannen mit unserer Konversation. Es waren die üblichen Themen. Der Lebenslauf, die Arbeit, das Wetter, Kinofilme und ein wenig Politik. Ich fing an mich zu fragen, ob ein Fick diese ganze Prozedur überhaupt wert sei. Sie schien ebenfalls nicht sehr angetan zu sein. Nach einer guten Stunde zog sie dann Bilanz.

„Pass auf", sagte sie, „ich hab gesehen, wie du Motorrad fährst und ich habe in meinem Leben schon allerhand miterlebt. Wir brauchen uns hier nicht gegenseitig einen vorzumachen. Ich weiß genau was du willst." Ich stutzte. Wusste sie es wirklich? Oder war sie nur eine verwirrte Tusse die sich einbildete, dass ich an ihrer Persönlichkeit interessiert wäre?

„Ich dreh uns jetzt erst mal einen Joint und dann mache ich es dir richtig nett."

Hatte ich das richtig verstanden? Hatte sie gesagt, dass sie es mir dann machen würde? Sie würde es mir machen, ohne mir vorher Monate meines Lebens abzunehmen? Sie würde mich vorher nicht zwingen Dinge zu sagen, die mir im inneren den Magen umdrehten? Das war kaum zu glauben. Es musste da leichte Verständigungsprobleme zwischen uns gegeben haben. Sie ließ ziemliche Routine beim Drehen von Joints erkennen. Ihre Finger arbeiten flink und präzise. Ich machte mich an Ihrem CD Ständer zu schaffen und fand allerlei gutes aus der Flower Power Zeit. Nach langem Hin und Her entschied ich mich für die Doors. Ich legte sie ein und bewegte mich in Richtung Sessel. Vinnie orderte mich ins Bett. Ich widersprach nicht. Sie legte die Tüte gewissenhaft auf den Tisch und verschwand in der Küche.

„Weißt du", hörte ich sie sagen, „so eine bin ich nicht."

Also doch, dachte ich, ich bin wieder einem Verständigungsproblem aufgesessen. Wie oft hatte ich diesen dämlichen Spruch schon gehört. Und was sollte er überhaupt bedeuten? Hätte sie gesagt, dass sie keine Lust habe, dann könnte ich das ja noch nachvollziehen, dann wäre es jedenfalls ihre eigene Entscheidung gewesen, aber so. Frauen wussten angeblich immer, was man zu tun hatte und was nicht, nur dachten sie leider nie darüber nach, ob es auch Sinn machte.

„Diesen Spruch bringen sie alle", rief ich genervt.

Ich hörte es klimpern. Sie kam wieder herein, stellte eine Flasche Wein und zwei Gläser auf den Tisch und schenkte ein.

„Nein", sagte sie, „so meinte ich das nicht. Ich meinte, dass ich nicht so eine bin die sagt, dass sie nicht so eine ist. Verstehst du?"

Ich nickte, war mir aber nicht so sicher.

„Ich bin nicht so eine, die dich hier hinhält und dir tausend Versprechungen abverlangt", fügte sie hinzu. „Wir machen es erst einmal und dann können wir immer noch sehen was wird."

Ich nickte. Sie rauchte den Joint an und drückte mir mein Glas Wein in die Hand. Ich trank einen Schluck und griff nach der Tüte. Sie hatte eine gute Ladung verarbeitet und ich war entschlossen, etwas davon zu haben. Ich hielt mir die Tüte vor den Augen und behielt es lange drin. Es war ein perfekter Joint. Ich inhalierte noch einige Züge. Vinnie auch. Als ich mit dem Rest beschäftigt war, drehte sie bereits den nächsten. Ich drückte aus und lehnte mich zurück. Sie schien noch fingerfertiger als beim Ersten zu sein.

„Du musst sagen, wann du ihn anrauchen willst", sagte sie. „Ich halte mich heute ein wenig zurück. Jedenfalls vorerst."

Ich nickte kurz, verschränkte die Arme hinter dem Kopf und beobachtete Vinnie. Sie zog sich ihr T-Shirt über den Kopf und ließ es durchs Zimmer fliegen. Sie hatte eine gute Hand voll von der knackigsten Sorte. Sie grinsten mich an. Ich bekam eine leichte Erektion, war jedoch zu Faul, um zuzulangen. Als nächstes war ihre Hose dran. Sie gab sich keine besondere Mühe, wie eine professionelle Stripperin zu wirken. Das, was sie auspellte, hätte jedoch auch das anspruchsvollste Publikum in Begeisterungsstürme versetzt. Bei mir gereichte es nur noch zu einem zufriedenen Lächeln. Das Haschisch hatte mich in Verbindung mit den Doors in eine absolute Trägheit versetzt. Vinnie hingegen schien sich langsam warmzulaufen. Sie ließ ihren Slip um den Zeigefinger kreisen und mit einem kleinen Dreh aus dem Handgelenk auf der Lehne meines Korbsessels landen. Dann machte sie sich an meiner Hose zu schaffen. Das Kreisen ihrer Hüfte ließ mein Ding stehen. Sie entledigte mich meiner Klamotten und saß auf. Es war ein langer Ritt. Mal im Schritttempo, mal im Trab und schließlich im wilden Galopp, dann wieder ein langsames Auf und Ab. Vinnie wusste, was ein Mann verlangte, und vor allem war sie dazu bereit, es ihm auch zu geben. Mit dieser Frau konnte man das Leben ertragen. Der Rest der Frauen forderte zuerst einen Haufen geheuchelter Liebe ein, bevor sie bereit waren, dem Mann auch nur die geringsten Freuden zu gönnen. Da konnte es ja gar nicht zu ehrlichen Gefühlen kommen. Man war von Anfang an gezwungen, sich gegenseitig etwas vorzumachen. Vinnie ließ sich freien Lauf und holte alles aus mir heraus. Ich kam bei L.a. woman.

56

11

Die meisten Frauen taugten nicht viel. Entweder waren sie hässlich oder sie brachten es nicht als Sozius. Häufig war beides der Fall. Nach Jahren voller Nieten hatte ich dieses Mal einen Gewinn gezogen. Vinnie sah gut aus und war verrückt. Auf jeden Fall war sie die einzige, die mich noch zusätzlich zum Rasen animierte. Wenn ich die Rasten nicht häufig genug schleifen ließ, unterstellte sie mir gleich, das ich nicht mehr fahren könnte, und wenn ich nicht mindestens zwei Kilometer am Stück Top Speed schaffte, dass ich zum Spießer verkümmere. Vinnie arbeitete nicht. Sie hatte es irgendwie geschafft einen Psychiater davon zu überzeugen, dass sie nicht arbeitsfähig war, was wahrscheinlich auch stimmte. Ihre Sozialhilfe brachte sie mit Cannabis und Koks um die Ecke. Sie war jung und knackig, aber bei ihrem Lebensstil würde sie in einigen Jahren durch sein. Und so dachte sie wohl auch von mir. Also versuchten wir möglichst schnell zu leben. Ohne lange Phasen der Eintönigkeit. Vinnie war auf die Idee gekommen, ihre Sozialhilfe mit Wetten aufzubessern. Sie hatte mit irgendeinem alten Bekannten gewettet, dass wir ihn zu zweit versägen würden. Natürlich ohne mich zu fragen. Er kam kurz nach Feierabend auf einer 96 er Suzi. Die neue 750er. Schnell und wendig! Ich wurde eingeweiht und eine Anwallung von falschem Stolz ließ es mir unmöglich sein abzulehnen. Es ging um 500 Mark. Ich wusste, dass Vinnie höchstens 50 Mark besaß. Wir mussten uns über die Strecke einigen. Auf gerader Strecke hatte ich nur eine Chance, wenn viele Autos zum Slalomfahren zwingen würden. Er war jung und machte einen ziemlich draufgängerischen Eindruck. Er war nicht gekommen, um sich den Schneid abnehmen zu lassen und schon gar nicht sein Geld. Wie so oft sah ich meine Vorteile in kurvigen Landstraßen. Ich inspizierte seinen Hinterreifen. Einen knappen Zentimeter glatten Rand auf beiden Seiten. Noch nie über den Asphalt gerubbelt. In der Mitte ein etwas stärker abgefahrenes Profil. Das bedeutete, dass er zwar fahren konnte aber nicht an meine Schräglagen herankam. Also schlug ich eine Strecke nach meinen Vorstellungen vor. Es wechselten kurvige Abschnitte mit freier Sicht und schmale Landstraßen auf denen viel Verkehr zu erwarten war. Ich erhoffte mir dadurch, dass ich in den Kurven Meter gut machen, und dass er auf den Geraden seinen Beschleunigungsvorteil auf Grund der vierrädrigen Schikanen nicht ausnutzen könnte. Er schien sich seiner Sache sicher und willigte ein. Das machte mich wiederum unsicher.

Er hatte uns schon auf den ersten vierhundert Metern um einige Längen zurückgelassen und fuhr wie ein Irrer auf dem Mittelstreifen entlang. Die vielen Autos, die ich mir auf dieser geraden Landstraße gewünscht hatte, erwiesen sich als Vorteil für ihn. Man konnte sich nämlich sicher sein, dass keines der anderen Fahrzeuge zum Überholen ansetzen würde, und so war die dritte Spur frei für uns. Mit Vinnie hinten drauf machte die Fire Blade bei 260 schlapp. Er entfernte sich also etwa mit 20 km/h. Wenn man das umrechnet, dann sind es fünfeinhalb Meter in der Sekunde. Und wir knallten eine ganze Weile da lang. Auf jeden Fall hatte er schon etwa dreihundert Meter Vorsprung, als sein Bremslicht aufleuchtete. Vinnie schlug mir in die Rippen. Das bedeutete wohl, dass ich spät bremsen und mit lautem Schleifen abbiegen sollte. Ich tat es. Es war beachtlich, wie brachial man ein gutes Motorrad verzögern konnte. Ich glaube, dass die wenigsten Fahrer sich eine Vorstellung davon machen können. Ich benutzte nur die Vorderradbremse, da das Hinterrad eh kein Gewicht mehr auf die Straße brachte und sofort blockieren würde. Das würde wiederum zum Schlingern führen und verbunden mit der schwachen Gleitreibung völlig unsinnig sein. Ich hatte es geschafft, genau am richtigen Punkt auf 80 km/h heruntergebremst zu haben. Ein kleiner Schlenker nach links und dann voll nach rechts abkippen. Das Motorrad setzte ungewöhnlich hart auf und leistete sich einen leichten Slide mit dem Hinterreifen. Ich nahm ein wenig Gas weg und die Motorbremse richtete das Motorrad ein wenig auf. Das Schleifgeräusch wurde leiser und die Reifen hatten wieder vollen Grip. Dann zog ich wieder am Hahn. Ich hatte den Zweiten Gang eingelegt und beschleunigte optimal heraus. So optimal es zu zweit eben geht. Die Suzi hatte mich um einige Meter herankommen lassen. Es ging rauf auf 210, dann wieder voll in die Eisen und scharf links herum. Ich ließ es funken und riss den Hahn genau nach dem Scheitelpunkt wieder auf. Die Strecke spielte mir meine Trümpfe zu und so rang ich ihm Meter für Meter wieder ab und verlor dafür Millimeter um Millimeter meiner Fußrastenstopper. Einen guten Sozius spürt man vom Handling kaum. Ich kann daher nicht sagen, dass Vinnie mir meine Kurvengeschwindigkeiten ruiniert hätte. Aber irgendwie waren die Schleifgeräusche beängstigend laut. Ich hatte meine Federung hart eingestellt. Die Kompressionsdämpfung und der Rückpralldämpfer des Hinterrades waren annähernd maximal, die Federvorspannung auf die härteste Stufe eingestellt. Vorne fuhr ich etwas weicher, aber noch deutlich härter als die Standardeinstellung. Eine zu weiche Federung führte zu einem schwammigen Kurvenverhalten und vor allem kostete sie Bodenfreiheit. Durch die Zentrifugalkraft wird das Motorrad bei schnellen Kurven regelrecht in die Federung gepresst. Gibt diese zu sehr nach, so wird das Fahrwerk praktisch tiefergelegt und das geht auf Kosten der maximal möglichen Schräglage. Wenn ich alleine unterwegs war, dann waren die Reifen schon ziemlich am Limit, wenn die Rasten aufsetzten. Die 96er Fire Blade hatte schon beachtlich Bodenfreiheit. Zu zweit sah das anders aus.

Nach einiger Zeit war ich wieder dran. Es lagen noch eine Links-Rechtskombination, eine scharfe Links- und eine Rechtskurve vor uns, die für etwa 160 Sachen gut war, dann ging es wieder rauf auf eine ziemlich laue Landstraße und nach einem guten Kilometer wieder auf die Straße, die zum Ausgangspunkt, dem Ziel führte.

Ich wusste also, dass ich die verbleibenden Kurven nutzen musste, um ihn zu überholen und einen möglichst großen Vorsprung herauszuarbeiten. Auf dem Rest würde er mir dann wieder überlegen sein. Für wen es am Ende reichen würde müsste sich zeigen. An mir sollte es nicht liegen.

Wir knallten mit 240 auf die Kurvenkombination zu. Er hatte etwa 25 Meter Vorsprung und ich den festen Willen, ihm diese durch spätes Bremsen abzunehmen. Die Kombination war mit 180 zu schaffen, und von 240 auf 180 zu verzögern war eine Sache von einigen Metern. Er sah das scheinbar anders. Sein Bremslicht leuchtete früh auf. Ich zog ein wenig nach links, blickte aufs Tacho - 245 - und schoss an ihm vorbei. Dann griff ich voll in die Eisen. Natürlich nur in die vorderen. Das Motorrad tauchte tief in die Gabel und ließ mir das Blut in den Kopf schießen. Bremsen war eine Kunst. Ein guter Bremser konnte etliche Meter vor jeder Kurve gutmachen. Beschleunigen war dagegen einfach. Im Ersten war es vielleicht noch ein wenig unberechenbar, aber danach brauchte man nur noch Vollgas geben, schalten und wieder Vollgas geben. Das konnte jeder. Deshalb brachte es bei etwa gleichwertigen Maschinen auch kaum viel ein. Ich zog wieder leicht nach rechts, ließ die Bremse los und knickte voll nach links ab. Optimallinie mit schleifender Fußraste, dann nach rechts. Die Fire Blade setzte wieder hart auf und ließ ihren Arsch kontrolliert rutschen. Ich nahm etwas Gas weg, fing sie und riss den Hahn wieder voll auf. Vinnie ließ einen lauten Begeisterungsschrei los und schlug mir vor Freude in die Hüften. Bei 220 ab in den Vierten, kurz Vollgas, dann wieder brachiale Verzögerung, runter in den Dritten, ein Stück der linken Raste opfern, wieder Vollgas, in den Vierten, Vollgas, runterbremsen auf 160, in den Dritten und ab in die Rechtskurve. Wieder setzten wir hart auf und legten einen wilden Slide hin. Ich fing die Kiste, riss voll auf und markierte mit einem schwarzen Strich die Optimallinie. Ein Blick in den Rückspiegel zeigt mir, dass die Suzi gute hundert Meter verloren hatte. Der junge schien die Nerven verloren zu haben. Ich schwang mich hingegen zu Bestleistungen auf. Es waren noch etwa 300 Meter bis zur Kreuzung. Von links näherte sich ihr ein kleiner LKW, beladen mit reichlich Kies und einer Mischmaschine. Er war noch etwa 150 Meter entfernt und hatte Vorfahrt. Ich hatte es eilig und bereits die 200 auf der Uhr. Also gab ich alles, schaltete in den Vierten und riss wieder voll auf. Kurz vor Ende der Straße warf ich den Anker. Der Vorderreifen ließ Gummi. Die Maurer waren bereits bis auf 30 Meter herangekommen. Ich schaltete in den Ersten, bog nach rechts ab, blieb scharf am Straßenrand und beschleunigte. Bei 7000 U/min bäumte sich die Fire Blade zu einem wilden Wheelie auf. Ich vermied mit dem Gasgriff einen Überschlag und schaltete bei 11000 U/min in den Zweiten. Vollgas. Ein Blick über die Schulter zeigte mir, dass der LKW auf die Überholspur gewechselt hatte. Der Fahrer hatte wohl gedacht, dass er sonst auf mich auffahren würde. Tja, ich war schnell da und auch schnell wieder weg. Da konnte eigentlich nichts passieren. Auf jeden Fall war er nie dichter als 8 Meter an mich herangekommen - schätze ich. Auf der Straße war nicht all zu viel los. Gas geben, schalten, ein wenig Slalom fahren und schon hatte ich die 250 auf der Uhr. Ich bremste wieder so spät wie möglich. Von links kam nichts, und so konnte ich ohne Zeitverlust auf den letzten Streckenabschnitt abbiegen. Ich blieb dabei im Zweiten, machte einen kleinen Schlenker nach links und knickte mit 70 Sachen nach rechts ab. Wir setzten wieder hart auf, legten einen wilden Slide hin und beschleunigten auf die Zielgerade. Ein Blick zur Seite zeigte mir, dass die Suzi nicht dichter herangekommen war. Wahrscheinlich hatte er beim Bremsen und Abbiegen die Meter verloren, die er beim Beschleunigen auf Grund seines niedrigeren Gewichts gut gemacht hatte. Es ging noch 800 Meter geradeaus durch dichten Verkehr, dann vorbei an der Bushaltebucht, dem Ziel. Ich blieb auf dem Mittelstreifen und schoss mit 260 an dem braunen Wartehäuschen vorbei.

Dann ging es mit 100 km/h zu Vinnie. Bloß nichts mehr riskieren. Der Typ auf der Suzi war ein guter Verlierer. Er gab ihr ohne zu murren die 500 Mark und obendrein noch den Tipp, sich vor mir in acht zu nehmen. Dann verabschiedete er sich und fuhr davon. Mit 80.

Wie nach jedem sportlichen Ausflug inspizierte ich mein Moped. An den Seiten des Hinterreifens hingen dicke Gummibrösel und die Fußrasten hatten mindestens 2 Millimeter verloren. Das war nichts neues für mich. Neu war jedoch, dass der Endtopf an dem nach vorne zeigenden Ende tiefe Schleifspuren trug. Es waren etwa drei Millimeter Aluminium auf der Straße geblieben. Und das war wohl auch der Grund dafür, warum wir in fast jeder Rechtskurve einen Slide hinlegten. Der Endtopf hebelte die Fire Blade im Soziusbetrieb bei starken Schräglagen aus. Und das bei härtester Federvorspannung! Ich wunderte mich, das dieser Risikofaktor bisher in keinem Motorradtest aufgeflogen ist, und das, obwohl dort auf freien Rennstrecken gefahren wird. Wahrscheinlich sollten die Zeitschriften nicht so lange an ihren Testfahrern festhalten. Wer sich die Dritten in den Mund schieben muss, der sollte einfach nicht mehr über die Eigenschaften von Rennmaschinen palavern. Mal abgesehen davon war das aber auch der einzige Fehler, den ich bisher an der Honda entdeckt habe. Und der lässt sich schnell mit einer Racingtüte beheben. Ich beschloss mir eine zuzulegen und Vinnie versprach, sich mit ihrem Gewinn daran zu beteiligen. Was sie natürlich nicht tat.

12

Bernd hatte einen jüngeren Bruder. Wolfgang. Eigentlich hatte er sich immer recht gut um ihn gekümmert, aber Wolfgang hatte sich aus irgendwelchen Gründen merkwürdig entwickelt. Er studierte. Bernd tat immer so, als ob ihn das nicht stören würde, aber ich wusste, dass er hart daran zu knabbern hatte. Sein Bruder dachte an die Zukunft, wollte sein Leben in angemessenen Wohlstand verbringen und für die eigene Sicherheit sorgen. Für einen Kamikaze wie Bernd war es schwierig, so etwas zu akzeptieren. Das wusste wohl auch Wolfgang, und um ihn ein wenig milde zu stimmen, lud er ihn zu einer Studentenparty ein. Bernd willigte nur unter der Bedingung ein, einen Kumpel mitnehmen zu dürfen. Nach langem Hin und Her stimmte Wolfgang zu. Bernd entschied sich für Kevin und mich. Das gefürchtete Trio schien Wolfgang jedoch zu beunruhigen, und so entschloss er sich kurzfristig, uns doch nicht mitzunehmen. Da wir uns schon so auf die kleinen Studentinnen gefreut hatten, entschlossen wir uns wiederum, trotzdem hinzufahren. Wolfgang hatte die Adresse verraten. Eine große Lagerhalle eines Spediteurs auf dem Lande. Etwa 40 km entfernt. 'ne knappe Viertelstunde also. Wir trafen uns bei Kevin. Die Schlafsäcke auf den Soziussitz geschnallt. Ich hatte die positive Angewohnheit nicht mit Alkohol zu fahren. Für mich war die Vorstellung mich im Suff abzupacken einfach unerträglich. Wenn die Fire Blade schon auf die Seite gelegt wird, dann mit weltmeisterlicher Geschwindigkeit und nicht aus purer Unfähigkeit. Außerdem kann man nicht immer verrückt sein. Das geht nicht lange gut. Bernd und Kevin hatten sich von meiner Angewohnheit anstecken lassen, und so hatten wir beschlossen, auf der Party zu nächtigen. Was wiederum nicht bedeuten soll, dass wir den Vorsatz hatten, uns hemmungslos dicht zu saufen. Bernd hatte darauf bestanden, nicht aus dem Rahmen zu fallen. Zum einen wollte er seinen Bruder nicht blamieren und zum anderen wollte er sich nicht vor seinem Bruder blamieren.

Wir schafften die Strecke in 13 Minuten und 37 Sekunden. Unser Schnitt wurde durch mehrere Ortschaften versaut. Wolfgang war noch nicht da, wir waren irgendwann in den letzten 6 Minuten an ihm vorbeigeschossen. Vor der Lagerhalle standen etliche Cabriolets und einige modische Roller. Wir stellten unsere Mopeds genau neben dem Eingang ab. Es roch nach Parfüm und Spießigkeit. Ein kleiner blasser Student kam auf uns zu.

„Wow", sagte er, „voll auf Rocker gemacht. Geil, was studiert ihr?"

Wir stutzten. „Psychologie", antwortete Kevin endlich.

„Die Psychologen. Typisch." sagte der Pinscher. „Find ich cool, ehrlich. Ihr analysiert die Reaktion der Studenten auf euer martialisches Auftreten, nicht wahr?"

„Genau", sagte ich, „du hast uns voll durchschaut. Aber verrat es nicht den anderen."

Bernd brachte noch seinen Namen und seinen Studienzweig in Erfahrung, dann schickten wir ihn zu seinen Leidensgenossen. Er hieß Joachim und studierte Volkswirtschaft. Wir machten uns auf den Weg zur Bar. Alle Getränke kosteten eine Mark. Das war äußerst fair. Ich gab die ersten drei, Kevin die nächsten drei und Bernd die dann folgenden drei Runden aus. Ich trank nur selten und hatte schon ziemlich einen sitzen, als ich wieder mit den drei Runden dran war. Also schraubte ich meinen eigenen Konsum drastisch zurück. Die Studentinnen wurden von Glas zu Glas immer schöner, machten jedoch nicht so den Anschein, als wollten sie zu den drei sympathischen Männern am Tresen Kontakt aufnehmen. Also gingen wir in die Offensive.

„Wie heißt du denn, du kleine Maus?" fragte Kevin eine der weiblichen Intelligenzbestien.

„Nenn mich wie du willst, du Penner", sagte sie, warf ihren Kopf in den Nacken und wendete sich ab.

„Okay", setzte Kevin nach, „komm doch zu uns an den Tresen, du kleines Zellufötzchen."

Um uns herum kam es zu einem Aufschrei der Empörung. Die kleine Studentin brach in einem Weinkrampf aus und musste von Studenten voller Mitgefühl gestützt werden. Man entfernte sich von uns und bildete einen Halbkreis in sicherer Entfernung. Es schien, als wollten sie uns nicht von der Bar weglassen. Ich bestellte die nächste Runde. Wir stürzten sie herunter. Einer der ganz besonders mutigen Studenten kam zu uns.

„Pass auf", sagte er, „ich hab keine Angst vor euch." Wir lachten. „Warum habt ihr das getan?" fuhr er fort.

„Sie hat uns sexuell belästigt", antwortete Kevin.

„Genau", pflichtete ich bei, „wir wussten uns nicht anders zu helfen."

Die Situation wurde für die Studenten verworren. Hatte hier vielleicht eine Radikalfeministin drei Männer zu einer Verzweiflungstat getrieben? Wir stürzten die nächste Runde runter. Sie ging auf Kosten des Hauses. Man war offensichtlich bemüht, die Wogen zu schlichten. Kevin bestellte die nächste. Es wurde irgendwie neblig in der Halle. Ein großer Student bäumte sich vor uns auf und beschimpfte irgend jemanden. Kevin zog ihm die Linke auf den Körper und feuerte die Rechte aufs Kinn. Seine Spezialaktion. Irgendwer trug den Jungen raus. Bernd war wütend, weil er meinte, dass wir nun doch aus dem Rahmen gefallen wären. Seine schlechte Stimmung legte sich, als er merkte, dass wir die Drinks nicht mehr bezahlen mussten. Nach einer Weile kam dann ein Haufen stattlicher Lackaffen auf uns zu.

„Ihr stört unser Beisammensein", eröffnete der Rädelsführer.

„Sag mal", fragte Kevin, „habt ihr vielleicht was zu kiffen hier?"

Sie stutzten.

„Genau", sagte Bernd, „Hasch ist doch die Studentendroge. Ihr müsst uns was zu Rauchen geben. Dann sind wir friedlich."

„Von uns kriegt ihr höchstens auf die Fresse", posaunte der Frontman. Bernd schlug ihm mit einem linken Schwinger die Deckung weg und drosch die rechte aufs Nasenbein. Die Schmalspursecuritys verschwanden.

„Hör mal zu", sagte ich, „wir kriegen die Drinks hier für 'ne Mark, mittlerweile ja sogar umsonst, und machen nichts als ärger. Ich schlage vor, dass wir uns Entschuldigen."

„Entschuldigen?" fuhr es aus Bernd und Kevin heraus. „Wofür entschuldigen? Wir haben den Zoff doch nicht verursacht." Das stimmte, aber trotzdem war ich entschlossen, der Sache eine positive Wendung zu geben. „Pass auf", sagte ich, „ich suche jetzt Wolfgang und frage ihn, wie wir uns revanchieren können." Die beiden lachten.

„Tu das", sagte Bernd, „aber Pass auf, dass du dich nicht zu gut mit den Gelehrten verstehst. Nicht das du demnächst auch noch studieren willst."

In der Halle schien Wolfgang nicht zu sein, also torkelte ich nach draußen. Es war überall neblig und mein Blickfeld war so klein, als ob ich Toilettenpapierrollen an den Augen befestigt hätte. Wolfgang war nicht zu finden. Ich überlegte, ob er sich vielleicht vor mir verstecken würde. Wahrscheinlich wäre es ihm zu peinlich, von mir angesprochen zu werden. Die Studenten standen steif herum und belauerten mich. Sie schienen mich für unzurechnungsfähig zu halten. Für einen Tiger kurz vor dem Sprung. In Wahrheit war ich bestenfalls ein besoffener Irrer. Wolfgang schien damit recht behalten zu haben uns auszuladen. Bis jetzt. Ich starrte zum Eingang. Meine Fire Blade lächelte mich an. Natürlich, dachte ich, die Studenten brauchen einen kleinen Kick, ein wenig Unterhaltung. Dann würden sie die kleinen Zwischenfälle vergessen. Ja, vielleicht würde es noch eine ziemlich unterhaltsame Nacht werden.

Nach mehreren Versuchen Passte der Zündschlüssel endlich ins Schloss. Ich drehte auf ON und startete. Zwei drei Minuten würde ich ihr zum warm werden geben, dann sollte die Luft brennen. Die Studenten schienen dies zu ahnen. Sie blieben auf Abstand und starrten mich an.

Es ging los. Ich legte den ersten Gang ein und fuhr in die Halle. Man machte mir Platz. Ich schaffte es schnell bis in die Mitte. Das Soundrohr von Micron bewährte sich. Ich machte Musik zwischen 5000 und 10000 U/min. Zumindest Kevin und Bernd schien es zu gefallen. Bernd rutschte auf den Knien hinter meinem Hinterreifen herum und Kevin ließ merkwürdige Begeisterungsschreie los. Die Studenten machten die Halle frei. Sie drängen sich an den Wänden und an dem Ausgang zusammen. „Die Wollen den Kreis! Den Kreis!" schrie Kevin. Ich zog die Vorderbremse an und ließ das Gummi radieren. Es wurde kein schöner Kreis, aber ein lauter und ein tiefschwarzer. Als ich rum war gab ich das Vorderrad frei und fuhr mit 9000 Umdrehungen und durchdrehenden Reifen zum Ausgang. Funken und Schleifgeräusche zeigten mir, dass der Mantel absolut hin war. Ich hatte einen hohen Preis für die Party bezahlt.

Ich brachte mein Moped auf den Ständer und wankte in Erwartung einer überschäumenden Stimmung zurück in die Halle. Bernd und Kevin empfingen mich am Eingang.

„Du hast die Party gesprengt." Ich sah mich um. Die Akademiker in späh hatten die Arena verlassen. Ich war ihnen wohl zu asozial gewesen. Gib einem verrückten Penner nie ein Motorrad in die Hand! Wir gingen zur Bar und schenkten uns ein. Ich trank Cola pur. Dann machten wir uns auf den Weg. Wir beschlossen in einem nahegelegenen Wald zu schlafen. Die Motorräder mussten mit, um möglichen Sabotageakten vorzubeugen. Es waren nur 300 Meter.

Wir fuhren Schritttempo. Auf einer Lichtung ließen wir uns nieder. Kevin holte einen Ecken Hasch hervor und drehte einen Joint. Der Mond schien, die Sterne funkelten und die Bäume ließen ihre Blätter im Wind tanzen. Die Welt war nicht schlechter geworden. Sie würde nie schlechter werden. Nie schlechter und nie besser. Alles war nur ein Greifen nach dem Wind. Jede Leiche stinkt gleich. Wer wird schon danach fragen, ob ich ein Biker oder ein Doktor war. Ich wollte entweder leben oder sterben. Nur zu existieren langte mir nicht. Mir nicht und den beiden Besoffenen, die neben mir im Schlafsack schliefen, auch nicht.

13

Wolfgang hatte aus dem Abend seine Lehre gezogen. Er gab keine Adressen mehr bekannt. Das störte uns nicht weiter. Wir konzentrierten uns wieder auf die harten Partys, den Motorradtreffs. Im Laufe der Jahre hatte man recht gut mitbekommen, bei welchen Motorradclubs sich die gesitteten Biker trafen, um gemeinsam ein Bierchen zu trinken und im warmen Wohnwagen zu übernachten und bei welchen die kaputten Jungs, um die Sau raus zu lassen.

Wie immer waren wir dort hingefahren, wo man die Sau rauslässt. Aber richtig. Wir hatten gute 200 Kilometer Fahrt hinter uns und außer unseren Schlafsäcken nichts dabei. Erfahrungsgemäß kamen wir hier auch ohne Verpflegung gut über die Runden. Vor einigen Jahren hatte ein Junge aus der Gegend Kevin als angeblichen Bankräuber identifiziert. Er war ganz außer sich gewesen und hatte allen erzählt, dass er Zeuge eines Überfalls geworden wäre, und dass er Kevin eindeutig wiedererkennen würde. Die umherstehenden Biker sympathisierten irgendwie mit dem Täter, weil sie annahmen, dass er das Geld für seine neue YZF benötigte, was ja auch nicht ganz abwegig war. Als er die Meute aufforderte, uns bis zum Eintreffen der Polizei festzuhalten, wurde er von einigen Yamaha-Freaks übel zugerichtet. Er überprüfte daraufhin seine Erinnerungen und stellte fest, dass der Täter eindeutig dicker gewesen war. Wie auch immer. Wir genossen seitdem beachtliches Ansehen bei diesem Treffen und kamen jährlich wieder. Auch dieses Jahr war das Treffen gigantisch. Es waren extra zwei große Wiesen bereitgestellt und weitestgehend von Kuhfladen befreit worden. Auf der einen Wiese standen die Motorräder und kleine Zelte für die Schnapsleichen. Die andere Wiese war voll mit Bierständen, einem großen Zelt, einer riesigen Musikanlage mit Tanzfläche und einer Burnoutplatte. Die Burnoutplatte wurde erfahrungsgemäß erst ab 23.00 Uhr genutzt, wenn der steigende Alkoholspiegel den Geiz der Biker außer Gefecht setzte. Einer nach dem anderen ließ es dann krachen und verheizte zur Freude der Umherstehenden seinen Hinterreifen. Wir stellten unsere Motorräder ab und machten uns auf den Weg zu einem der Bierstände. Wir nahmen den ersten, der uns in die Quere kam. Er war belagert von einem wilden Motorradclub aus Nordfriesland. Ich hatte in meinem Leben noch nicht viele Nordfriesen kennen gelernt, aber die, die ich kannte, waren alle ziemlich raue Burschen. Das karge Land, der viele Regen und ein permanent wehender Wind hatte sie scheinbar hart gemacht. Der Typ hinter dem Tresen begrüßte uns und gab uns zum Ärger der anwesenden Rocker die erste Runde frei Haus. Er hatte Kevin wiedererkannt. Wir schütteten den Drink herunter und bestellten den nächsten. „Frei Haus", verkündete der Typ am Zapfer laut und deutlich. Es schien, als legte er es darauf an, die Nordfriesen zu provozieren. Wir nahmen an und kippten die Mischung auf ex weg - Cola Cognac, halb-halb. Schon standen drei neue Becher für uns bereit.

Die Nordfriesen ließen ihrer Wut freien lauf. Komischerweise richtete sie sich nicht gegen den Verantwortlichen, sondern gegen uns. „He, ihr Penner", schrie ein 1,95 Meter großer Schweinebauer uns an, „wenn ihr die nächste Mischung nicht bezahlt, dann polier ich euch die Fresse für alt und für neu!" Er war scheinbar der Boss der Gang. Sie nannten ihn den Deichgrafen.

„Und noch eine Runde frei Haus für das sympathische Terror-Trio", schrie der Typ auf der sicheren Seite vom Tresen.

„Terror-Trio?" höhnte der Deichgraf. „Das ich nicht lache. Wenn der Becher leer ist seid ihr fällig!" Wir waren noch keine 15 Minuten da, und schon standen wir mit dem Rücken zur Wand, kurz vor der Exekution. Ich glaube nicht, dass der Biker am Tresen uns eins auswischen wollte. Vielmehr hatte er wohl noch eine Rechnung mit den Nordfriesen offen und hatte den Gerüchten die über uns kursierten zu viel Glauben geschenkt. Ausnahmsweise schien sich unser Ruf an diesem Tag negativ für uns auszuwirken. Aber damit mussten wir leben. Wenn man die Vor- und Nachteile der Mund zu Mund Propaganda gegen rechnete, dann ergab das selbst für den Fall, dass wir richtig die Fresse voll kriegen würden, eine positive Bilanz. Sie waren zu acht, und sie schienen selbst für nordfriesische Verhältnisse äußerst harte Jungs zu sein. Wir nahmen die Becher und prosteten uns zu. „Okay", sagte Kevin feierlich, „dieses Trio beginnt zwar keine Schlägerei, aber es beendet auch keine!" Dann schüttete er seine Mischung dem am nahestehendsten Friesen in die Fresse und schlug zu. Wir machten es ihm nach. Ich erwischte den ersten voll auf dem Nasenbein. Es knackte laut und schleuderte ihn zu Boden. Sein Kumpel drosch mir eine Rechte voll übers Auge. Ich sah kurz Sterne, konnte jedoch gleich antworten. Der, den ich zuerst erwischt hatte, war schon wieder zur Stelle und rammte mir seine Stirn auf die Nase. Es knackte wieder laut. Ich packte ihn und hämmerte meinen Kopf gegen seinen. Er hatte einen verdammt harten Schädel. Ich holte noch einmal aus und ließ es wieder krachen. Er blieb auf den Beinen. Der andere riss mich von hinten weg und ein dritter schlug mir drei oder vier harte Fäuste in die Fresse. Ich riss mich los und gab ihm zwei zurück. Er war beeindruckt. Ich nutzte die Zeit, um meinen Hintermann zu attackieren. Linke und rechte Gerade auf die Kinnspitze, dann am Kragen packen und die Stirn voll auf die Nase. Sie rissen mich zu Boden und hielten mich zu zweit fest. Kevin und Bernd erging es nicht anders. Wir hatten keine Chance mehr. Die übrigen zwei Schläger hätten uns nach belieben zusammentreten können. „Okay okay", sagte der Deichgraf, „wir geben auf."

„Das will ich auch für euch hoffen", brachte Bernd hörbar mitgenommen heraus. Sie halfen uns auf. Der Typ am Tresen lachte freudig. „Na, das hättet ihr nicht gedacht, was", sagte er zum Deichgraf.

„Nein", sagte der, „die sind echt."

Wir bekamen unsere Mischungen auch weiterhin auf Kosten des Hauses. Niemand ärgerte sich mehr darüber. Der Deichgraf erzählte uns, dass sie voll auf Suzuki abfahren würden. Die 750er und die 1100er. Alles ältere Baujahre, so bis zu den 94er. Sie bastelten viel an ihren Mopeds und versuchten ständig ein PS mehr oder ein Kilo weniger herauszuholen. Später führten sie uns dann ihre Kisten vor. Alle hatten extrem kurze Eglihöcker. Die Reifen zeigten uns, dass sie auch alle ganz anständige Schräglagen auf die Reihe brachten. An unseren Fahrstil kamen sie jedoch zweifelsfrei nicht heran. Der Deichgraf und seine Kumpanen waren ganz angenehme Zeitgenossen. Trotzdem trennten wir uns von ihnen, um uns nach weiblichen Motorradfans umzusehen. Wir entdeckten lediglich einige hässliche Exemplare zu denen wir einen ausreichenden Sicherheitsabstand hielten. Hässliche Frauen hatten es schwer in dieser Welt. Schöne Frauen konnten den größten Dreck labern. Man hört ihnen trotzdem zu und gab ihnen das Gefühl, intelligente und liebenswürdige

Wesen zu sein. Natürlich nur, um sie flachlegen zu können. Aber dazu kam es meist nicht. Die Frauen holten sich ihre nötige Selbstwertgefühlspflege ab, ohne den dafür in Aussicht gestellten Preis zu zahlen. Sie waren sozusagen Schnorrer, die auch noch die Dreistigkeit besaßen, ihr Verhalten als moralisch besonders edel zu verkaufen. Wir brachen unsere Suche ab und widmeten uns den Motorrädern zu. Bei den Motorrädern war es anders. Die meisten waren schön und sie enttäuschten einen nie. Sie gaben einem das, was sie versprachen und noch ein bisschen mehr. Auf der Burnoutplatte ließen es die ersten Biker qualmen. Ich bekam eine Gänsehaut, empfand aber auch ein wenig Mitleid. Ich kannte das Gefühl nur zu gut, wenn man mit einem dicken Kopf aufwachte und sich mit erschrecken daran erinnerte, dass man am Vorabend seinen Hinterreifen geopfert hatte. Ganz zu schweigen von den Strapazen, die man seinem Motor zugemutet hatte. Wir stellten uns trotzdem in die erste Reihe und spornten die Jungs an. Sie kamen aus dem Umland von Bremen und hatten einige Kumpels aus Holland mitgebracht. Die Holländer schonten ihre Motorräder, wahrscheinlich weil sie einen längeren Heimweg vor sich hatten, und klammerten sich an ihre Joints. Das schien uns auch die bessere Alternative zu sein. Wir fragten sie, ob sie vielleicht zwei oder drei Gramm verkaufen würden. Sie boten uns an, mit zu ihren Zelten zu kommen, sobald die Show hier beendet wäre. Es dauerte noch drei 180er lang. Die Holländer hatten ihre Zelte in Kreisform und in die Mitte ihren ganzen Reichtum aufgestellt. Eine YZF, zwei Fire Blades, eine 97er GSX 750R, eine ZX9R und zwei ältere ZXR 750. Wir hatten es zweifelsfrei mit ziemlich abgefuckten Typen zu tun.

„Haschisch kann ich euch nicht bieten", sagte der mit der YZF in gutem deutsch, „aber wir haben frischen Pilssaft."

Wir hatten keine Ahnung was Pilzsaft ist. Ich entschied mich für Gerstensaft und Bernd machte es mir nach. Kevin war wie so oft zu neugierig. Der Holländer erklärte, dass man von den Pilzen Hallus bekäme. Wenn man Glück hätte, würde man von nackten Weibern verfolgt, wenn nicht, dann von fetten Spinnen. Kevin setzte auf Glück und bekam ein Glas mit dickflüssiger brauner Brühe in die Hand gedrückt. Das Zeug schien einen unangenehmen Geruch zu haben, auf jeden Fall hielt Kevin sich die Nase zu und schüttete es in sich hinein. Die Holländer sahen uns entsetzt an. „Das war unser Vorrat für das gesamte Wochenende", sagte der mit der Yamaha. „Davon wären wir alle zusammen einen ganzen Abend breit gewesen." Er schien der Chef der Truppe zu sein. „Was?" sagte Kevin, „Ich dachte man muss das ganze Glas trinken. Ich hab so was noch nie gemacht."

„Steck dir lieber den Finger in den Hals."

„Warum?"

„Weil du sonst verreckst."

„Meinst du?"

„Weiß ich nicht."

Kevin stand auf und ging in die Dunkelheit. Die Holländer sahen sich noch etwas entsetzt an, dann begann der erste über die Situation zu lachen und die Runde wurde wieder geselliger. Sie waren begeisterte Fans der Superbike-Klasse und hatten selbst schon einige Runden auf Rennstrecken zugebracht. Der mit der Suzuki konnte auch beachtliche Schräglagen aufweisen. Sein Hinterreifen war bis zur Kante aufgeraut. Wenn er genauso gut bremsen würde, dann könnte er mir gefährlich werden. Die anderen schienen alle gute Fahrer zu sein, ließen das letzte Kännchen fahrerischen Könnens jedoch vermissen. Keiner von ihnen hatte angeschliffene Fußrasten. Ich erzählte ihnen die Story mit dem unfreiwilligen Flug in der Kieskuhle. Der mit der ZX9R gab eine wesentlich ausgefallenere Geschichte zum Besten. Er war früher Egli gefahren. Irgendeine mit Suzi Motor und 1100 Kubikzentimeter. Auf jeden Fall war er gerade mal wieder mit 240 km/h auf dem Mittelstreifen unterwegs. Seine Kumpels hinter ihm her. Die Straße war gerade so breit, dass ihm beim dreispurigen Überholen eineinhalb Meter Platz blieben. Das langte ihm eigentlich auch. Irgendein entgegenkommender Mercedesfahrer machte die Lücke dann aber dicht. Keiner wusste warum. Vielleicht wollte er der Egli nur einen Schrecken einjagen und hatte ihre Geschwindigkeit unterschätzt, oder er war einfach nur ein Riesenarschloch. Der Typ auf der Egli ging in die Bremsen und zog so weit rechts rüber wie es ging. Die Autos auf seiner Fahrbahn hatten ihn natürlich noch gar nicht im Rückspiegel gesehen und fühlten sich von dem entgegenkommenden Autofahrer provoziert. Einige von ihnen zogen selbst bis an die Mittellinie und zeigten den Mittelfinger. Wäre er einfach auf seine eigene Fahrbahn gezogen, er wäre dem nächsten Fahrzeug voll ins Heck gefahren. Also versuchte er es weiterhin mit der Mitte. Er hatte noch 150 Sachen drauf, als ein Auto von der rechten Fahrbahnseite wild hupend bis an die Mitte zog. Das entgegenkommende Arschloch war noch etwa zehn Meter weg, als es knackte. Die Egli krachte gegen die hintere Stoßstange. Der Typ schleuderte über das Auto und fiel ziemlich unsanft auf die Straße. Aber er hatte Glück. Es überrollte ihn niemand und nach einigen Metern schlitterte er in den Graben. Ein kleiner Busch bremste seinen Sturz endgültig ab. Er war wütend. Es war eine Wut, die aus dem tiefsten Innern kam. Er hatte seine Egli verloren, und das dürfte nicht ungesühnt bleiben. Er raffte sich auf und ging die Straße entlang. In die entgegengesetzte Richtung. Der Verkehr war voll zum Stillstand gekommen. Seine Kumpels sahen ihn mit großen Augen an. Er entdeckte die Egli. Total zerledert. Die ganze Straße war gepflastert mit Einzelteilen. Er hob einige auf und betrachtete sie bedächtig, dann legte er sie wieder vorsichtig ab. Hundert Meter weiter lag der Mercedes im Straßengraben. Auch ziemlich mitgenommen. Die Egli war von der Stoßstange abgeprallt und vor den

Mercedes des Arschlochs gerutscht. Irgendwie war sie dann unter die Räder gelangt und hatte das Auto ausgehebelt. Sie hatte ihren Mörder mit ihrem letzten Atemzug zur Strecke gebracht. Was für ein Motorrad! Der Typ ging dann wie von Sinnen auf diesen Mercedes zu. Seine Kumpels ahnten schon Böses, saßen aber wie gelähmt auf ihren Motorrädern. Die Fahrertür klemmte. Also stieg er durch die hintere ein und schlug dem Arschloch auf den Hinterkopf. Einmal, zweimal, dreimal, etliche male. Das Arschloch war schon längst bewusstlos, als die anderen Biker ihren Kumpel endlich aus dem Auto zogen. Die kleine Racheaktion hatte kein gerichtliches Nachspiel. Der Typ im Mercedes konnte sich scheinbar gar nicht mehr daran erinnern, dass er den Unfall unverletzt überstanden hatte und erst danach Federn lassen musste. Eine halbe Stunde nach dem Vorfall begannen dann die Schmerzen. Das Adrenalin verließ den Körper und ein stechender Schmerz in der rechten Hand blieb. Offensichtlich hatte sich der Typ beim Schlagen zwei Gelenkkapseln ruiniert. Ansonsten fehlte ihm nichts. Welch eine Ironie des Schicksals.

Kevin war immer noch nicht wieder aufgetaucht. Wir fingen an, uns langsam Sorgen zu machen. Also machten Bernd und ich uns auf den Weg. Er konnte überall hingegangen sein. Eigentlich wäre es fast unmöglich gewesen, ihn zu finden. Aber wir waren das perfekte Trio. Drei Irre und einen Gedanken. Also versetzten wir uns in seine Situation.

„Also", sagte ich, „er ist in diese Richtung gegangen, um zu kotzen."

Wir gingen ein Stück.

„Er suchte ein dunkles, etwas abgelegenes Plätzchen, an dem er ungestört reihern könnte", fuhr ich fort.

Wir latschten eine Weile vor uns her und stellten uns vor, wir hätten diese Überdosis Pilzsaft in uns.

„Dann hat er sich gefragt, ob er überhaupt den Fingern in den Hals stecken soll", vermutete Bernd. „Er hat sich überlegt, dass er auch in aller Ruhe seinen Abgang machen könnte."

Wir blieben stehen und sahen uns um.

„Er suchte einen würdigen Platz. Einen Platz, an dem der sich hinlegen könnte, in die Sterne gucken und frühestens in zwei Tagen gefunden werden würde."

Wir suchten den dunklen Horizont ab. Ein paar hundert Meter weiter zeichnete sich ein kleiner Wald ab.

„Er liegt in der Mitte einer Lichtung. Umgeben von Tieren, Bäumen, dem Universum und im Einklang mit sich selbst."

Wir machten uns auf den Weg und fanden die Lichtung. Kevin gab kein Lebenszeichen mehr von sich. Ich checkte den Puls. Flach und schnell. Kaum noch zu erfühlen. Sein Brustkorb ging nur noch minimal auf und ab. Damit konnte er höchstens ein Schnapsglas Luft ein- und ausatmen.

„Wir müssen ihm den Finger in den Hals stecken", sagte Bernd.

„Er hätte es selber tun können. Er hat sich extra vor uns versteckt. Es war seine Entscheidung."

Wir schwiegen eine Weile.

„Aber wir müssen ihn zumindest warm halten."

Ich stimmte zu. Da konnte er nichts dagegen haben. Bernd blieb bei ihm und ich machte mich auf den Weg, um unsere Schlafsäcke zu holen. Ich lief und machte mir schwere Gedanken. Sollte Kevin etwa an blöden Pilzen sterben? Völlig uncool, ohne jemals die Dreihundert gesehen zu haben? Vielleicht hätten wir ihm doch den Finger in den Hals stecken sollen. Schließlich war er nicht mehr ganz nüchtern gewesen, als er die Entscheidung gefällt hatte. Auf der anderen Seite würde er uns das nie verzeihen. Wir hätten seine Freiheit beschnitten, ihn in sein Leben, schlimmer noch, in sein Sterben gepfuscht. Ich legte noch einen Zahn zu. Es kam mir wie eine Ewigkeit vor, bis ich endlich unsere Motorräder erreicht hatte. Ich schnallte meinen und Kevins Schlafsack ab und wollte mich gerade auf den Rückweg machen, als ich einen Krankenwagen entdeckte. Genau neben dem Bierzelt, bei dem wir von den Nordfriesen so auf die Fresse bekommen hatten. Ich lief hin. Vielleicht sollte ich sie benachrichtigen. Kevin wäre stinksauer. Die Sanitäter schienen schwer in Arbeit zu sein. Zwei Tussen standen heulend herum und trösteten sich gegenseitig. Die eine hatte einen recht knackigen Arsch und ihre Titten hoben und senkten sich aufreizend, wenn sie wieder einen kleinen Weinkrampf bekam. Um das Opfer herum hatte ein Haufen neugieriger Rocker einen Kreis gebildet. Ich drängelte mich durch. Eine Frau lag auf dem Boden. So ungefähr fünfunddreißig und hässlich. Sie heulte ebenfalls. Zwei Sanis beugten sich über sie und redeten beruhigend auf sie ein.

„Was hat die?" fragte ich.

„Probleme mit dem Kreislauf", antwortete irgendeiner.

„Was?" fuhr es aus mir heraus.

„Wenn sie mit dem Kopf hoch kommt wird ihr schwindelig", klärte mich ein anderer auf.

Ich wurde wütend.

„Ich bin also extra hier hergelaufen, um diese fette Schlampe herumsimulieren zu sehen?" schrie ich. Die beiden Weiber umarmten sich und verfielen in einen besonders heftigen Traueranfall. „Ich hatte gehofft sie wäre tot", setzte ich nach. „Totgesoffen, oder von irgendeinen Typen vergewaltigt, oder zusammengeschlagen, oder was weiß ich was." Die beiden Sanitäter forderten die Umherstehenden auf, mich zu entfernen. „Ihr solltet euch schämen", schrie ich sie an. „Da hinten krepiert mein Kumpel und ihr hockt hier über einen blassen Haufen Zellu." Sie reagierten nicht. Ich drehte mich um und verschwand. Ich hatte eh nicht mehr vorgehabt, Kevin mit diesem Haufen elend auf eine Stufe zu stellen.

Als ich die Lichtung erreichte war Bernd gerade damit beschäftigt, auf Kevin einzuschlagen. Er hatte ihm gleich nach meinem Verschwinden den Finger in den Hals gesteckt und seitdem daran gearbeitet, ihn wieder auf unsere Seite zu ziehen. Wir legten meinen Schlafsack auf den Boden und rollten Kevin darauf. Dann deckten wir ihn mit seinem zu. Er gab keinen Mucks von sich. Aber ich hatte das Gefühl, dass er schon wieder mehr da war. Er konnte uns hören, da war ich mir sicher. Also fing ich an zu erzählen. Ich erzählte die Story mit der Egli und die mit der fetten Kuh und dem Schwindelanfall. Dann erzählte Bernd eine Geschichte, die er uns bisher angeblich immer verheimlicht hatte, weil er glaubte, dass wir ihn die Sache übel nehmen würden. Es drehte sich um eine Vergewaltigung. Zwei lange Beine, geiler Arsch daran, lange blonde Haare, Hauseingang, Fahrstuhl, Wohnung, wilder Fick auf dem Wohnzimmerboden, Brandwunden auf den Knien. Ich war mir ziemlich sicher, dass die Sache erstunken und erlogen war. Es war nicht so, dass ich Bernd keine Vergewaltigung zutraute, sondern ich hielt es für unmöglich, dass er sie uns hätte so lange verschweigen können. Also erfand ich auch etwas. Ich gab einen Banküberfall zum Besten. Natürlich schon einige Jahre her. Sechstausend Mark erbeutet. Bernd kam wieder mit irgend etwas, dann war wieder ich an der Reihe. Die Geschichten wurden immer flacher. Dafür wurde Kevins Atmung wieder tiefer. Bernd erzählte gerade von einer Geiselnahme, als Kevin sich zu Wort meldete.

„Ihr Arschlöcher", presste er heraus.

„Ich war es nicht", sagte ich. „Ich hätte dich sterben lassen."

„Ich war schon tot."

„Warst du nicht", wandte Bernd ein. „Ich hab die ganze Zeit deinen Puls überprüft."

„Du hast mich wiederbelebt, du Idiot!"

„Er hat dich wiederbelebt?"

„Ja, ich war schon weg. Er hat mir auf meinem Brustkorb herumgehauen und mir seine Alkoholfahne in die Nase gehängt."

„Das war nicht fair", gab ich Bernd zu bedenken.

Zwei Stunden später machten wir uns auf den Rückweg. Die fette Schlampe stand am Bierstand. Rechts und links von ihr die beiden hysterischen Weiber.

„Du blöde Kuh", sagte ich, „wegen dir werden bald wieder die Krankenversicherungsbeiträge erhöht." Die drei wandten sich überlegen ab. Wir legten uns neben unsere Motorräder und schliefen unseren Rausch aus.

Der nächste Tag begann äußerst positiv. Ich öffnete die Augen und blickte genau auf meine Fire Blade. Das schönste Motorrad, das je gebaut worden war. Ich stand auf und strich ihr über Tank und Sitzbank. Dann ging ich um die schwarze FZR herum. Sie war ebenfalls eine Augenweide. Ich beugte mich zu Kevin herunter und stellte erfreut fest, dass er noch lebte. Die ganze Sache war also halb so schlimm gewesen. Sicherlich, er hatte sich im roten Bereich bewegt, aber das taten wir ja eigentlich immer.

14

Ich hasste Spinnen. Und ich hatte ein riesiges Exemplar in meiner Küche. Sie hatte den Schuh in meiner Hand rechtzeitig bemerkt und sich im Schrank unter dem Wasserhahn in Stellung gebracht. Es waren alte Holzschränke, die mit breiten Luftschlitzen versehen waren. Wahrscheinlich sollte damit verhindert werden, das feuchte Lappen und ähnliches zu modern beginnt. Und genau durch solch eine Öffnung hatte sich die Spinne gezwängt. Ich umklammerte den

Schuh und zog die Tür auf. Sie war nicht zu sehen. Mir war klar, dass ich mich in meiner Wohnung erst wieder ungestört bewegen könnte, wenn ich dieses Mistding zermatscht hätte. Ich ging näher heran und suchte ihr Versteck systematisch ab. Aus verschiedenen Filmen wusste ich, dass mir dieses fette Viech jederzeit ins Gesicht springen und mir irgendeinen Giftstachel oder so durch die Haut rammen konnte. Also war ich aufs Schlimmste vorbereitet. Ich programmierte mich darauf, bei der geringsten Bewegung, bei dem leisesten Rascheln blitzschnell zuzuschlagen. Sie war nicht zu entdecken, konnte aber auf der anderen Seite auch nicht geflüchtet sein, da keine weiteren Öffnungen vorhanden waren. Ich vermutete, dass sie sich oberhalb der Tür hinter der Zierleiste befinden würde. Mein Kopf hineinzustecken hielt ich nicht für ratsam, da sie sich dann nur noch hätte fallen lassen müssen, um mir das Gehirn aus dem Schädel zu saugen. Ich spurtete ins Badezimmer und nahm meinen Spiegel von der Wand. Er passte nicht in den Schrank, also legte ich ihn davor ab und kippelte ihn hin und her. Es funktionierte nicht. Ich brauchte Licht. Mir viel meine batteriebetriebene Fahrradlampe ein. Ich schaltete sie ein und legte sie vorsichtig in den Schrank. Dann machte ich mich wieder mit dem Spiegel zu schaffen. Und tatsächlich hatte sich die Fliegenmörderin direkt hinter der Zierleiste verschanzt. Sie zuckte ein wenig, so als könnte sie sich nicht zwischen Angriff, Flucht oder Bewegungslosigkeit entscheiden. Ich würde sie töten, aber dafür brauchte ich einen Gegenstand, mit dem ich sie aus ihrem Versteck schmeißen könnte, ohne dass sie mir dabei auf die Hand fliegen würde. Ich nahm meinen Zollstock, klappte ihn auf 60 Zentimeter Länge aus und winkelte das erste Glied rechtwinkelig ab. Als ich gerade angesetzt hatte, klopfte es am Fenster. Ich zuckte zusammen und drehte mich um. Es war Gerald. Er sah mich ungläubig an. Gerald war der Freund von der Freundin von der Schwester eines Arbeitskollegen von mir. Er kam aus der Stadt und war auf einigen Feten in der Umgebung gewesen. Wir hatten uns einige Male unterhalten, wobei er jedes Mal unglaubliche Motorradgeschichten zum Besten gab. Ich war mir sicher, dass er noch niemals auf einem gesessen hatte. Ich ließ ihn herein. Er trug Bundeswehrstiefel, Jeans und eine Wachsjacke. In seiner Hand hielt er einen schwarzen Helm. Shoe. Ich warf einen Blick aus der Tür und entdeckte eine GSX 600F. Neu gekauft. Ich riss mich zusammen und bewunderte das gute Stück. Er schlug vor, eine Spritztour zu machen. Zu einem Kumpel von ihm. Einige Ortschaften weiter. Ich war mir sicher, dass Gerald einen auf Rocker machen wollte, und da war ich ihm als Mann an der Seite gerade recht. Mir war es egal. Ich freute mich darauf, mal wieder jemandem so richtig zeigen zu können, wo der Hammer hängt.

Wie die meisten schlechten Fahrer ließ er es in der Ortschaft gleich mächtig angehen. Ich ließ mich nicht ziehen und hatte am Ortsausgang bereits 300 Meter Rückstand. Mein Motor war noch kalt und an eine Aufholjagd noch nicht zu denken. Also ließ ich ihn ziehen. Er wartete vor der nächsten Ortschaft auf mich, zog mir jedoch mit guten 90 Sachen gleich wieder davon. Am Ortsausgang hatte er mich wieder um 200 Meter zurückgelassen. Ich blieb noch unter 5000 Umdrehungen. Etwa 800 Meter hinter der nächsten Ortschaft konnte man sich zwischen zwei unterschiedlichen Straßen entscheiden. Die eine führte durch mehrere Ortschaften und hatte bis auf zwei mittelscharfe Rechtskurven nichts aufzuweisen. Die andere schlängelte sich durch Wiesen und Äcker und hatte neben einigen scharfen Kurven auch zwei Kombinationen zu bieten. Ich nahm mir vor, an der entscheidenden Kreuzung vor Gerald zu fahren, um somit die Entscheidung fällen zu können. Er wartete wieder auf mich und jagte mir dann zwischen den Häusern davon. Die Fire Blade war inzwischen warm geworden. Hinter dem Ortsschild würde ich ihm zeigen, was schnelles Fahren ist. Ich beschleunigte aus dem zweiten Gang heraus, schaltete bei 160 in den Dritten und machte wieder voll auf. Mit 220 Klamotten zog ich an ihm vorbei, ließ ihn noch einige Meter zurückfallen und setzte den Blinker. Ein Blick in den Rückspiegel zeigte mir, dass er es ebenfalls tat. Ich bog im gemäßigten Tempo ab und ließ ihn wieder herankommen. Vor der ersten Kurve sollte er direkt an meinem Hinterrad kleben. Es waren etwa 400 Meter bis zur ersten Rechtskurve. Sie war gut für 130 Sachen. Ich beschleunigte auf die Geschwindigkeit und behielt meinen Hintermann im Auge. Er setzte nicht zum Überholen an. Das war gut so. Schließlich schaltete ich herunter in den Dritten, machte einen kleinen Schlenker nach links und warf mich in die Rechtskurve. Kurz hinter dem Scheitelpunkt drehte ich auf und brachte die Fire Blade auf 200. Es folgte die Linksrechtskombination. Ich konnte sie mit 150 einfahren. Also bremste ich einige Meter davor hart ab und ließ es zweimal kurz schleifen. Die Strecke wurde jetzt ein wenig unübersichtlicher. Eine dichte Mauer aus Büschen und Bäumen an beiden Seiten des Asphalts machte es unmöglich, die Straße bis zum Kurvenausgang einzusehen. Also nahm ich die nächsten Biegungen etwas verhaltener. Ich fuhr nur so schnell, dass ich jederzeit noch stark bremsen und ausweichen könnte. Das war immerhin noch so schnell, dass Gerald nicht im Rückspiegel auftauchte. Drei Kurven weiter konnte man es dann wieder so richtig rauslassen. Ich brachte den dritten Gang bis auf 11000 Umdrehungen, griff voll in die Eisen und kippte in eine scharfe Rechtskurve. Nichts lag auf. Dann war die nächste Kombination an der Reihe. Ich hatte sie schon mit 160 geschafft, blieb dieses Mal aber knapp darunter. Auf der anschließenden Geraden kam ich bis in den fünften Gang. Ich stoppte kurz vor dem Ortsschild, stellte mein Moped auf den Ständer, streifte Helm und Handschuhe ab und holte mein Bordwerkzeug aus dem Staufach. Mit einigen Schraubenschlüsseln in der Hand hockte ich mich hinters Hinterrad und wartete auf Gerald. Ich würde ihm erzählen, dass ich meine Kette etwas angezogen hätte. Er kam nicht. Ich wartete zwei oder drei Minuten, dann verstaute ich das Werkzeug, und machte mich auf den Rückweg. Vielleicht war er beleidigt umgekehrt, dachte ich. Obwohl er eigentlich keinen Grund dazu gehabt hätte. Schließlich war er mir zuvor in den Ortschaften um die Ohren gefahren. Ich nahm die blinden Kurven langsam, weil ich jederzeit damit rechnete, eine GSX F vor die Gabel zu bekommen. Die Suzi lag nicht auf der Straße. Sie lag in einem Maisfeld. Gleich hinter der ersten Kurve. Gerald saß am Straßenrand und bedauerte sich. Er hatte sich an meiner Geschwindigkeit orientiert, jedoch schnell den Mut verloren und die nötige Schräglage nicht aufgebracht. Was dann kam ist unschwer vorstellbar. Wahrscheinlich hat er in seiner Panik gleich in die Bremse gegriffen und sich das Motorrad zusätzlich aufrichten lassen. Es ging dann geradewegs auf den linken Fahrbahnrand zu und das einzige, was Gerald noch wahrnahm, war dieses offene Heckloch. Um das Motorrad nicht voll auf die Seite zu legen steuerte er direkt hinein. Nur er hatte wohl den Fehler gemacht, die Bremse nicht wieder loszulassen und die Suzi dann doch abgelegt. Aber jedenfalls war er weich abgefangen worden. Das war schon viel wert. Ich kümmerte mich um das Motorrad. Spiegel, obere Verkleidung und ein Blinker. Der Schaden hielt sich in Grenzen. Er würde noch damit fahren können. Ich gab ihm eine halbe Stunde Zeit, sein Adrenalin wieder in den Griff zu bekommen, dann fuhren wir zu ihm nach Hause. Ich blieb hinter ihm. Er nahm die Kurven jetzt nur noch mit 80. Die Ortschaften auch. Ich fiel trotzdem zurück. Er stellte seine 600er in die Garage und werkelte sofort daran rum. Nach einiger Zeit verabschiedete ich mich und machte mich auf den Heimweg. Ich hatte noch etwas zu erledigen.

Ich blieb in der Tür stehen und suchte die Küche mit meinen Augen systematisch ab. Sie war nirgends zu entdecken. Ich hielt es

für unwahrscheinlich, dass sie sich noch in ihrem alten Versteck auf-
hielt, kam jedoch nicht darum herum, es zu überprüfen. Die Lampe
brannte noch und der Zollstock lag bereit. Ich umklammerte den
Schuh und kippelte den Spiegel hin und her. Sie saß noch an der
selben Stelle. Ich stupste sie mit dem Zollstock herunter und hämmerte sie mit dem Schuh zu Brei. Von ihr blieb nichts übrig außer
gelber Schleim und kleine zuckende Beine. Wie albern, dass ich vor
so etwas Angst hatte. Ich säuberte Schuh und Schrank, hängte den
Spiegel zurück und legte die Lampe und den Zollstock in meine
Ramschschublade.

Es war ein Samstag. 19.00 Uhr. Mitten im Hochsommer. Ich
setzte mich auf den Treppenabsatz vor der Haustür, genoss die angenehm warmen Sonnenstrahlen auf meiner Haut und betrachtete
die funkelnde schwarze Schönheit. Sie schien schon wieder nach
Drehzahlen zu lechzen. Ich würde ihr wohl noch etwas bieten müssen. Ich bekam einen Anflug von Zweifel, dachte an Gerald und an
all die Dinge, die ihm bei seinem Ausritt ins Grüne hätten passieren
können. Dann dachte ich an die Spinne. Sie war regungslos in ihrem
Versteck geblieben und zerplatzt wie ein fallendes rohes Ei. Mir
schien Geralds Schicksal angenehmer zu sein. Ich zog meine Sachen über, drehte den Schlüssel auf ON und drückte auf den Star-
ter. Dann ließ ich es noch einmal so richtig krachen.

15

Wir hatten die Nacht mal wieder unter freiem Himmel verbracht.
Als ich zu Hause ankam schien bereits die Sonne vom wolkenfreien
Himmel. Ich ließ die Fire Blade mit aufgeschnalltem Schlafsack vor

der Garage stehen und trottete direkt in mein Bett. Zwei Stunden Schlaf wären noch drin, dann würde ein sonniger Motorradsonntag folgen.

Aus den zwei Stunden wurden dreieinhalb. Ich stopfte mir ein paar Brote herein und zwängte mich in den Kombi. Die Sonne hatte immer noch alles im Griff. Der Asphalt versprach für einige Bodenkontakte gut zu sein. Der Schlüssel lag nicht auf der Kommode. In meinen Kombitaschen war er auch nicht. Ich sah also in der Küche nach und auch im Badezimmer. Fehlanzeige. Hm, vielleicht hatte ich ihn stecken lassen. Ich packte Helm und Handschuhe und machte mich auf den Weg zu meinem Moped. Vor der Garage lag ein kleines einsames olivfarbenes Bündel. Mein Schlafsack! Ich zählte langsam bis fünf, um meinen Verstand nicht zu verlieren. Wo war die Fire Blade?! Ich ging alles noch einmal durch. Keine Frage, ich hatte sie mit aufgeschnalltem Schlafsack stehen lassen. Genau dort, wo jetzt nur noch dieses kleine Paket lag. Es war der Horror. Ich hatte den Schlüssel nicht abgezogen, und irgendein herzloser Mensch hatte mir alles genommen, was man mir nehmen konnte. Die pure Verzweiflung bekämpfte sich mit blankem Hass. Wo war Gott? Wie konnte er so etwas zulassen? Ich haderte mit dem Leben. Nach einigen Minuten fing ich mich schließlich. Es gab noch Chancen. Es gab immer Chancen. Man musste sie nur nutzen. Ich setzte mich in meinen Golf und fuhr los. Ich war noch keine hundert Meter gefahren, da viel mir die blaue DT 125 auf dem Fußgängerweg auf. Sie gehörte Janosch. Dem Sohn vom Bäcker. Janosch war sechzehn oder siebzehn Jahre alt und reichlich durchgeknallt. Er war der lebende Beweis dafür, dass der Charakter nicht erblich war. Oder seine Mutter hatte den Bäcker mit einem Sträfling auf Freigang betrogen. Auf jeden Fall traute ich Janosch alles zu. Selbst diese gefühlskalte Tat. Ich hielt an und legte meine Hand an den Motor. Er war noch warm. Nicht mehr ganz heiß, aber so kurz davor. Von ihm war weit und breit nichts zu sehen. Er wohnte etwa zwei Kilometer entfernt und in der näheren Nachbarschaft gab es keine Gleichaltrigen. Es war also ziemlich unwahrscheinlich, dass er hier irgendwo zu Besuch wäre. Vielleicht hatte er auch eine Panne und war zu Fuß nach Hause gegangen. Aber auch das hielt ich für unwahrscheinlich. Ich hatte eine ganz andere Version vor Augen. Er war mal wieder durch die Gegend gesurrt und hatte sich über die fehlenden hundertzwanzig PS geärgert. Dann kam er bei mir vorbei und hat mein Moped draußen stehen sehen. Er war also angehalten, um sich für die Zukunft schon mal ein bisschen Appetit zu holen. Den bekam er auch. Und als er den Schlüssel hat stecken sehen, da war ihm alles egal. Er hat seine Yamaha weggeschoben und sich dann mit meiner Honda davongemacht. In der Ferne heulte ein Motorrad auf. Offene Tüte, mindestens 750 Kubikzentimeter. Der Fahrer war im ersten Gang äußerst zaghaft und ließ auch den zweiten nur langsam bis etwa 8000 Umdrehungen laufen. Anfänger. Anfänger! Ich sprang in meinen Golf und fuhr in die vermutete Richtung. Nach einem Kilometer hielt ich an und stieg aus. Es war nichts mehr zu hören. Ich überlegte mir, wo ich an seiner Stelle fahren würde. Sicherlich war er heiß auf Beschleunigung und Geschwindigkeit. Das Kurvenverhalten würde ihn überfordern. Er brauchte eine gut ausgebaute, schnurgerade Landstraße. Ich wusste, wo er war. Zehn Minuten später stand ich am Straßenrand und sah dieser wunderschönen, laut dröhnenden Fire Blade nach. Was war Janosch doch für ein Arschloch. Er kam noch einmal zurück und jagte mit mindestens 250 Klamotten an mir vorbei. Ich hatte wild mit meinen Armen herumgestikuliert und ihn auf mich aufmerksam gemacht. Das hatte aber keinerlei Erfolg. Er ließ mich einfach stehen und kam nicht mehr zurück. Ihn mit meinem Golf zu verfolgen, wäre lächerlich gewesen. Also fuhr ich wieder zurück. Der Schlafsack vor der Garage ließ meine Wut wieder aufschäumen. Ich überlegte, ob ich Kevin und

Bernd anrufen sollte. Die könnten ihn mit ihren Yamahas stoppen. Die Gefahr, dass Janosch sich dabei abpacken würde, schien mir jedoch zu groß zu sein. Mir blieb nichts anderes übrig, als zu warten. Irgendwann müsste er wiederkommen. Wenn er sich nicht auf Fresse legen würde. Der Gedanke ließ mich noch wütender werden. Ich musste diesen Janosch zwischen meine Finger kriegen. Solange mein Golf vor der Tür stand, würde er mit Sicherheit nicht anhalten. Also ließ ich die Garage offen stehen und parkte den Wagen so hinter dem Haus meines Nachbars, dass er von der Straße aus nicht zu sehen war. Janosch sollte denken, dass ich noch auf der Suche nach ihm wäre. Es dauerte eine endlose halbe Stunde. Dann hörte ich ein dumpfes Grollen. Er fuhr zuerst langsam vorbei, kehrte dann und stellte die Fire Blade direkt neben dem Schlafsack. Als sie sicher auf den Ständer stand, riss ich die Tür auf und stürmte heraus. Er versuchte noch zu fliehen, hatte aber keinen Erfolg. Ich packte ihn wie einen Hund am Genick und drückte ihn zu Boden. Endlich hatte ich ihn. Aber meine Wut wich augenblicklich der puren Dankbarkeit. Und weil ich nicht wusste, an wen ich meine Erleichterung richten sollte, bekam sie ausgerechnet der ab, der sie am wenigsten verdiente. Janosch. Auf jeden Fall ließ ich ihn ungeschoren wieder los. Er entfernte sich einige Meter, blieb dann aber in Fluchtbereitschaft stehen. Ich kümmerte mich um mein Moped. Es war unversehrt. Zwischen der Sitzbank und dem Tank steckte ein kleiner Zettel. Ich zog ihn heraus und las die Entschuldigung. ´Stell dich nicht so an! Du hättest es doch auch getan. Janosch.´

Ich zerknüllte das Papier und schnippte es in die Garage.

„Hast du sie in den roten Bereich gedreht?"

„Nein."

„Das ist sie aber so gewohnt. Was soll sie von dir denken?"

Er zuckte mit den Schultern.

„Dann werde ich es ihr noch einmal besorgen müssen."

Ich hatte gerade 10500 Umdrehungen im letzten Gang auf der Anzeige, als ich an diesem abgedrehten Typen, der sich auf seiner DT 125 aerodynamisch flach gelegt hatte, vorbeischoss. In einigen Jahren würde ich mich verdammt ins Zeug legen müssen, um dem das Rücklicht zu zeigen. Da war ich mir sicher.

16

Ich war auf der Straße unterwegs, auf der Bernd und ich versucht hatten, unsere tatsächliche Höchstgeschwindigkeit mit Hilfe der Lichtschranke zu ermitteln. Ich hatte es weder eilig, noch hatte ich irgendwelche Selbstmordgedanken. Also ließ ich es locker angehen. Wahrscheinlich hätte ich sie normalerweise gar nicht gesehen, aber wenn man mit bescheidenen 150 km/h die Autos überholt, dann erkennt man die Insassen ziemlich genau. Es waren drei langhaarige Mädels von etwa 19 Jahren, und obwohl ich wusste, dass sie mich eh nicht ranlassen würden, wurde ich wieder zum Spielball meiner Hormone. Ich bremste stark ab und fuhr eine Weile vor ihnen her. Es tat sich nichts. Also zog ich auf die Gegenfahrbahn, ging stark in die Eisen und ließ sie rechts an mir vorbeiziehen. Jetzt waren sie wieder vor mir. Ich kam sozusagen von hinten. Sie hatten gemerkt, dass ich sie belagerte, und die auf der Rückbank rang sich sogar zu einem Lächeln durch. Sie hatte lange brünette Haare und einen Blasmund, den sie zu einem langen Kuss formte. Damit hatte sie mir schon mehr geboten, als man von den meisten anderen Frauen jemals bekommen würde. Ich beschloss, mich zu revanchieren, blieb auf der Gegenfahrbahn und führte einige wilde Wheelies vor. Ich timte meine Stunts dabei so, dass ich auf einem

Rad an ihnen vorbei zog und das Vorderrad etwa 10 Meter vor ihnen wieder auf den Boden brachte. Dann ließ ich mich wieder zurückfallen und wiederholte das Ganze. Die beiden Beifahrerinnen schienen sehr angetan von meinen Fahrkünsten zu sein. Sie tobten im Auto umher und ließen mich nicht mehr aus den Augen. Bei besonders gut gelungenen Wheelies klatschten sie sogar Beifall. Die Fahrerin machte eher einen gestressten Eindruck. Ich hatte gerade wieder vollen Bodenkontakt bekommen, als der Gegenverkehr mich zwang, auf meine Spur zu wechseln. Plötzlich hörte ich ein lautes Dröhnen neben mir. Eine Bimota SB 6. Der Fahrer ließ ordentlich Drehzahlen aus seinen beiden offenen Schalldämpfern hämmern und drohte mir die Show zu vermasseln. Also hielt ich mit meinem Micron gebührend dagegen. Er schaltete herunter. Ich wählte den zweiten Gang und wartete darauf, dass er anziehen würde. Er tat es. Ich auch. Wir blieben auf einer Höhe, bis einige Autos uns zwangen die Fahrbahn zu wechseln. Er fuhr links von mir und überholte die Fahrzeuge so scharf, dass ich mich hinter ihm einreihen musste. Die SB 6 enttäuschte mich von den Fahrleistungen. Ich hatte das Gefühl, als könnte ich jederzeit an ihr vorbeiziehen. Trotzdem wartete ich auf den geeigneten Moment. Er kam, als wir zum dreispurigen Überholen gezwungen wurden. Mein Vordermann schien schwache Nerven zu haben, zog auf die rechte Spur und bremste. Ich schoss an ihm vorbei und drehte jetzt ungehindert voll auf. Die Fire Blade hatte einen schlechten Tag erwischt und machte bei 275 dicht. Das ließ mich unsicher werden und gab mir schnell das Gefühl, als wäre die Bimota wieder dran. Ich kauerte mich also hinter die Verkleidung und blieb auf dem Mittelstreifen. Die Gegenfahrbahn war die nächsten achthundert Meter frei und auf der eigenen war nur ein einsamer LKW zu sehen. Er hatte also die Gelegenheit, mich ungehindert zu überholen. Ich winkelte die Ellenbogen dicht an und presste die Knie gegen den Tank, um den Luftwiderstand zu minimieren. Die 280 waren trotzdem nicht drin. Ständig hatte ich den Eindruck, als würde etwas rotes im Augenwinkel auftauchen. Ich nahm mir vor, hinter dem LKW wieder auf die eigene Spur zu wechseln, um ihn aus meinem Windschatten zu bringen. Es waren noch einige Augenblicke bis zum Überholen, als der Brummi unverhofft den Blinker setzte und auf die Gegenfahrbahn zog. Ich griff sofort in die Eisen und wechselte meinerseits die Spur. Die eigene Fahrbahnseite war durch einen Trecker versperrt, der sich die ganze Zeit im Sichtschatten vom LKW befunden hatte. Ich verzögerte weiterhin maximal, wusste jedoch, dass ich es nicht mehr schaffen konnte. Ich hatte dieses Verkehrshindernis einfach nicht mit eingeplant und hatte von einer Sekunde zur anderen keine freie Straße mehr. Mir blieb also nichts anderes mehr, als zu bremsen und zu hoffen, dass die Bimota mir nicht ins Heck knallt. Ich hatte schon viele knappe Situationen erlebt, war aber immer eiskalt geblieben und hatte eine Lücke gefunden. Hier gab es keine. Mein Gehirn arbeitete blitzschnell. Ich nahm meine Umwelt in Zeitlupentempo war und versuchte einen Ausweg zu finden. Das einzige, was mir nicht passieren durfte, war gegen eines der Fahrzeuge zu prallen. Einen freien Fall konnte man mit entsprechender Schutzausrüstung sogar mit 200 Sachen unverletzt überstehen, das Auffahren auf ein anderes Fahrzeug nicht einmal, wenn man nur dreißig km/h schneller fuhr. Der Vorderreifen blockierte. Trotzdem flog ich immer noch mit höllischer Geschwindigkeit auf die beiden zu. Ich beschloss, kurz hinter dem LKW ins Gras zu ziehen. Wenn mir die Fire Blade weggehen würde, dann hätte ich freien Flug auf eine frisch gemähte Wiese. Ich vertraute darauf, dass mein Kombi mit dem Stacheldraht fertig werden würde. Ich zog zum linken Fahrbahnrand, immer noch maximal bremsend. Es war wichtig, die Straße in einem möglichst spitzen Winkel zu verlassen. Dann hatte ich noch eine Chance auf dem Grünstreifen zu überholen, ohne mich abzupacken. Würde ich mit einen zu großen Winkel aufs Gras fahren, dann müsste ich gegenlenken, um nicht geradewegs auf das Feld zu schießen. Mir war klar, dass das nicht gut gehen könnte. Fünfzehn Meter vor dem Knall gab ich das Vorderrad frei, kuppelte aus und verließ gefühlvoll die Straße. Ich war immer noch verdammt schnell, vermutlich knapp unter 200, und wurde dementsprechend durchgerüttelt. Jetzt kam es nur noch darauf an, das Motorrad möglichst frei laufen zu lassen. Ich war schnell an dem Hindernis vorbei, riskierte es jedoch nicht, wieder auf die Straße zu ziehen. Bei 110 sah ich das erste Mal wieder aufs Tacho. So ganz schlimm konnte es nicht mehr werden, eventuell sogar glimpflich ausgehen. Einige Sekunden später hatte ich dann angenehme 60 km/h auf der Uhr. Ich lenkte leicht nach rechts und kam ungeschoren wieder auf die Straße. Ich dankte irgend jemandem dafür, legte den zweiten Gang ein und gab Gas. Mir war nicht mehr nach schnellem Fahren zumute, aber auf der anderen Seite wollte ich auch nicht wie ein vollgepisster Idiot vor den beiden herfahren. Der LKW scherte wieder ein und im Rückspiegel erkannte ich die Bimota. Sie war weit zurückgefallen. Sah so aus, als hätte der Typ das Rennen schon nach dem dreispurigen Überholmanöver beendet. Ich beschleunigte auf 200 und bog bei der nächsten Gelegenheit in einen kleinen Feldweg ab. Ich hielt und inspizierte die Fire Blade. Sie hatte die kleine Off-Road Aktion unbeschädigt überstanden. Nach einigen Minuten und einem Haufen Gedanken über das Was wäre wenn fuhr ich vorsichtig nach Hause und verfasste eine Anzeige.

Verkaufe CBR 900RR, offen,
Bj. 96, schwarz/gelb, 1a Zustand, 23000 km, nicht ge-
schrubbt, Preis VHB

17

Der Entschluss war gefasst. Ich würde mein Chaosleben beenden und eine vernünftige Existenz aufbauen. Vinnie passte da natürlich nicht hinein. Sie wäre keine Mutter und würde sich nicht um den Haushalt kümmern. Aber ich hatte da noch eine in der Hinterhand. Sonja. Sie war Bankkauffrau und hatte trotz ihrer guten Erziehung immer eine Schwäche für mich gehabt. Ich rief sie an und kündigte meinen Besuch an. Sie öffnete in einem langen Rock und einem engen Top, das ihre enorme Oberweite betonte. Wann immer ich einen Vorwand fand, schickte ich sie in die Küche, um ihren knackigen Arsch hin und her schlingern zu sehen. Wir redeten eine Weile über Kinder, dann über das schöne Wetter, über die Arbeit und über die Möglichkeiten der privaten Altersversorgung. Ihre Brüste schienen mit der Zeit zu schrumpfen. Nach zwei endlosen Stunden ging ich nach Hause. Ich fühlte mich schwach und ausgelaugt. Also legte ich mich früh schlafen.

Der erste Tag als vernünftiger Mensch begann mit einem ausgewogenen Frühstück. Die Arbeit war wie immer. Nur wurde mir bewusst, dass sie auch immer so bleiben würde. Wir normalen Menschen waren eben dazu verdammt, ewig die gleichen Dinge zu verrichten. Damit musste man fertig werden. Schließlich waren Frau und Kinder zu ernähren. Am Nachmittag begannen dann die Schmerzen. Zuerst waren sie kaum wahrnehmbar, dann immer ein wenig aufdringlicher. Auch an diesem Tag legte ich mich früh schlafen.

Der zweite Tag in meinem neuen Leben begann mit pochenden Schmerzen im unteren Darmbereich. Ich meldete mich krank und blieb im Bett. Im Laufe des Tages schienen die Schmerzen zu wandern. Nach unten! Um 19.00 Uhr kam Sonja. Sie kochte mir einen Tee und setzte sich zu mir ans Bett. Wir redeten über Kinder. Am besten wären drei, meinte sie. Alle zwei Jahre eins. Wir würden uns ein kleines Einfamilienhaus bauen und glücklich sein. Als ich ihr meine Liebe beteuern musste, passierte es. Die Schmerzen nahmen urplötzlich zu und wanderten. In die Kronjuwelen! Ich hegte einen furchtbaren Verdacht. Krebs. Ich ließ mir jedoch nichts anmerken. Sie verließ mich um 21.00 Uhr. Ich fühlte mich elend.

Am darauffolgenden Morgen waren die Schmerzen unvermindert. Ich blieb im Bett.

Nach einigen Tagen bekam ich dann besorgte Anrufe von Kevin, Bernd und Vinnie. Ich beruhigte sie und erklärte ihnen, dass das Kamikazeleben nichts mehr für mich sei. Sie lachten mich aus und sagten, dass ich mich wieder melden solle, wenn meine Anfälle vorbei seien.

Ich schleppte mich wieder zur Arbeit und hoffte, dass die Schmerzen genauso wieder verschwinden würden, wie sie gekommen waren. Es gingen ein oder zwei Wochen ins Land, ohne dass sich etwas besserte. Sonja besuchte mich täglich und redete über schöne Dinge mit mir. Ich wurde immer schwächer und ausgelaugter. Das Leben verlor den letzten Funken Sinn. Ich würde mich ins Krankenhaus begeben und mir die zu hässlichen Geschwüren mutierten Kugeln abschneiden lassen müssen. Danach würde ich dann zu einem sanftmütigen Eunuchen werden, der täglich seine Arbeit verrichtet und anschließend über das wundervolle Leben redet. Einer, der seine Mitmenschen respektiert und liebt. Ich lebte zwei Tage mit diesem Gedanken, dann stand der Entschluss fest. Ich musste sterben. Besser gesagt: ich wollte sterben. Es gab viele Möglichkeiten, sich von dieser Welt zu stehlen. Den Strick, die Pulsadern, Autoabgase, Tabletten und so weiter. Ich suchte nach einem etwas niveauvolleren Abgang und fand ihn auch. Mit 280 km/h gegen den Brückenpfeiler. Knack und weg. Das würde mir einen vernünftigen Zeitungsartikel bescheren und vor allem würde es mein Gesicht vor Bernd, Kevin und Vinnie bewahren.

Ich öffnete eine Flasche Wein und verfasste feierlich den Abschiedsbrief:

'Opa!

Nun bin ich doch vor dir in der Hölle angelangt. Wir beide waren immer vom gleichen Schlag. Wir haben beide erkannt, dass dieses Leben nichts anderes als ein Greifen nach Illusionen ist. Nichts weiter als eine riesige Lüge, ein Selbstbetrug. Du wirst dich vielleicht wundern, warum ich es nur so kurz ausgehalten habe, aber du darfst nicht vergessen, dass wir ein unterschiedliches Schicksal zugeteilt bekommen haben. Du durftest ja jedenfalls in einen Krieg ziehen, für mich wurde lediglich ein Arbeitsplatz bereitgehalten. Langer Rede kurzer Sinn: Tschüs!'

Ich adressierte den Brief und schickte ihn noch am gleichen Abend ab.

18

Ich hatte den Freitag Abend ausgewählt. Die Fire Blade hatte die letzten drei Wochen abgedeckt unter zwei alten Bettlaken zugebracht. Ich befreite sie und schob sie ins Freie. Sie war noch so schön wie am ersten Tag. Vielleicht sogar noch etwas schöner. Bei Frauen war es umgekehrt. Sie waren nur im ersten Moment schön. Die Meisten wurden schon während des ersten Gesprächs hässlicher. Einige wenige brauchten dafür Wochen. Vinnie schien eine von der besseren Sorte zu sein. Aber an die Fire Blade kam sie nicht im Entferntesten heran. Ich nahm einen Strick, band mir eine Henkersschlaufe um den Hals und befestigte das andere Ende mit einem doppelten Knoten an dem Aluminiumrahmen. Sicher ist sicher. Dann drehte ich den Zündschlüssel auf ON und betätigte den Anlasser. Sie kam auf Schlag. Ich ließ sie kurz laufen, schob den Choke vorsichtig rein und ließ den Micron-Topf mit einigen kurzen Zuckungen der rechten Hand Musik machen. Für einen kurzen Moment dachte ich, dass sich bei mir die erste Erektion seit drei Wochen anbahnen würde. Vielleicht tat sie es auch. Ich legte den ersten Gang ein und machte mich auf den Weg. Auf den allerletzten Weg. Ein heroisches Gefühl machte sich in mir breit. Wie gewohnt fuhr ich die Fire Blade behutsam warm. Die ersten 8 Kilometer nicht über 5000 Umdrehungen. Dann ließ ich den Motor so richtig schreien. Ich war auf der Straße, auf der ich die 1100er ZZR verblasen hatte. Die Rechtskurve, in der ich an der Kawa vorbeigezogen war, nahm ich mit 200 und 3 km/h! Was hatte ich schon zu verlieren? Die anschließende Kurvenkombination brachte ich mit 182 Sachen hinter mich. Das schleifende Geräusch tat mir gut. Ich nahm noch einen Umweg, um die Rasten noch ein wenig bearbeiten zu können. Es gelang mir außerordentlich gut. Die zusätzlichen Landstraßen führten mich direkt zur Umgehungsstraße. Auf Auffahrten kann man die besten Schräglagen erreichen. Sie haben den Vorteil, dass sie zum Ende hin immer schärfer werden. Man kann das Motorrad in aller Ruhe in Schräglage bringen und es dann Zentimeter für Zentimeter weiter herunterpressen. Ich schaffte es, auf einer Strecke von mindestens dreißig Metern ununterbrochen Funken zu sprühen. Das erste Auto überholte ich rechts, noch in voller Schräglage. Ich hatte schon die erlaubte Höchstgeschwindigkeit überschritten, als ich noch nicht einmal auf dem Beschleunigungsstreifen war. Bei 170 schaltete ich in den Dritten, zog direkt auf die Überholspur und ließ alle Pferde meiner Honda laufen. Sie war rasend schnell auf 260 und nur einige Sekunden später hatte sie über 280 auf der Uhr. Es war relativ viel los für einen Freitag Abend, und so hatte ich die Gelegenheit, einen ausgefeilten Slalom hinzulegen. Ich stellte mir vor, wie meine Show aus der Sicht der Autofahrer aussehen würde. Sie hatten ein wenig Abwechslung von ihrem spießigen Leben nötig. Also bemühte ich mich, möglichst scharf an ihren Seitenspiegeln entlang zu ballern. Der Brückenpfeiler schoss mit rasender Geschwindigkeit an mir vorbei. Ich nahm an, dass es noch mehrere geben würde und außerdem hoffte ich, dass die Fire Blade sich zu neuen Geschwindigkeitsrekorden aufmachen würde. Sie tat es nicht. Ich fuhr die Umgehungsstraße bis zum Ende mit Vollgas durch, kehrte und versuchte es in der Gegenrichtung noch einmal. Hier erreichte ich nicht einmal die 280. Also drehte ich am Ende noch einmal und versuchte es mit dem Wind im Rücken erneut. Der Drehzahlmesser ging weit in den roten Bereich und das Tacho zeigte 288 km/h an. Das war noch kein Rekord, aber es war verdammt nah dran. Es fehlten noch zwei klitzekleine km/h. Ich startete noch zwei weitere Anläufe, scheiterte jedoch bei beiden knapp. Scheißegal, ein Rekord musste her. Der Abend schrie nach einem Rekord. Ein Rekord würde ihn von den Hunderten von Freitagen, die man während seiner Zeit auf dieser armseligen Kugel erlebt, abheben. Es wäre nicht mehr irgendein Freitag. Es wäre der Freitag, an dem ich ...

Ich nahm mir vor, die Wedelkurve in Rechtsrichtung mit 180 Klamotten am Kurvenausgang zu nehmen. Die Wedelkurve war eine recht scharfe Kurve, etwa 12 km von meinem Wohnort entfernt zwischen zwei kleinen Ortschaften gelegen. Für Straßenunkundige war sie eine listige Angelegenheit. Sie fing scharf an, schien sich dann zu weiten und zog zum Ende wieder voll zu. Mein Rekord lag bisher bei guten 175 km/h. Die ersten zwei Versuche waren zum warm werden. Ich ließ es mit 175 sicher angehen. Dann legte ich ein Eisen mehr ins Feuer. Es war eine merkwürdig Angelegenheit. Die bisherige Höchstmarke konnte man jederzeit erreichen. Aber schon zwei oder drei km/h mehr bedeuteten totale Konzentration und Risikobereitschaft. Ich ließ es an beiden nicht missen. Der vierte Anlauf brachte mir 178 Sachen ein. Beim Fünften knickte dann mein Vorderrad leicht ein und zog einen fetten schwarzen Strich über den Asphalt. Die Fire Blade schob sich über den 130er Bridgestone. Ich hatte alle Hände voll zu tun, um das Motorrad nicht vollends auf die Seite zu legen. Das bedeutete gefühlvoll Gas weg zu nehmen, einen etwas größeren Kurvenradius zu wählen und sich mit dem Kniepatz auf der Straße abzustützen. Letzteres half wahrscheinlich herzlich wenig, gab mir jedoch ein besseres Gefühl. Ich hatte Glück und kam rum. Es hatte verdammt laute Schleifgeräusche gegeben, also nahm ich den nächsten Feldweg, um das Motorrad unter die Lupe zu nehmen. Ich brachte es auf den Ständer und stieg ab. Ein harter Ruck am Hals brach mir dabei fast das Genick. Ich hatte das verdammte Seil vergessen. Die Henkersschlaufe war sorgfältig gebunden und zog sich schon bei diesem relativ leichten Ruck zu. Ich bekam zwar noch Luft, spürte aber schnell, wie mein Kopf rot anlief. Nach einem Kampf von etwa einer Minute hatte ich mich befreit. Ich löste das Seil und warf es in den Straßengraben. Die Verkleidung hatte zum Glück nichts abbekommen. Der Racingtopf von Micron war ebenfalls unbeschadet geblieben. Hier zahlte sich wohl der schmalere Durchmesser im Vergleich zur originalen Tüte aus. Wahrscheinlich hätte die mich vollends aus der Kurve gehebelt. Die Fußrasten waren bläulich angelaufen und das Hinterrad-Bremspedal leicht angekratzt. Alles halb so schlimm. Aber fürs erste langte es mir. Ich fuhr zu Kevin. Bernd war bei ihm. Sie saßen sich am Küchentisch gegenüber. Zwischen ihnen drei Flaschen Bier. Zwei wahren geöffnet, eines verschlossen. Ich setzte mich dazu und öffnete meins.

„Was war los?" fragte Bernd.

„Ich hatte den Verstand verloren."

„Warum?"

„Kommt eben mal vor."

„Was war dein Plan?"

„Ich wollte normal werden. Sonja heiraten und Kinder kriegen."

„Das wolltest du nicht", sagte Kevin. „Du wolltest dich in den Strom fallen und treiben lassen. Du wolltest das Kämpfen um deine Seele aufgeben. Du wolltest einer dieser elendigen Zombies werden. ? Aber jetzt", warf Bernd ein, „jetzt bist du wieder da. Das Trio ist wieder komplett. Ich hab gewusst, dass drei Flaschen auf den Tisch müssen."

Wir prosteten uns zu und gelobten uns ein Leben im roten Bereich. In allen Belangen.

Und übrigens, das mit meinen Schmerzen hatte sich auch erledigt. Das Leben im roten Bereich schien sogar gesund zu sein.

19

Wir hatten eine optimale Strecke gefunden. Etwa eine halbe Stunde Fahrt von unserem Wohnort entfernt. Mit dem Motorrad gerechnet. Sie war übersichtlich, hatte viele scharfe Kurven und bildete einen Ring. Man brauchte also nicht ständig zu kehren, um ein zweites Mal in den Genuss zu kommen. Die Strecke war etwa 8 Kilometer lang und führte dabei durch eine kleine Ortschaft. Ansonsten hatte sie keine Hindernisse.

Wir fuhren an einem Sonntag Morgen so gegen 10.00 Uhr hin. Die erste Runde drehten wir verhalten, um die Straße abzuchecken. Dann legten wir die Reihenfolge fest. Kevin voran, Bernd in der Mitte und ich als Schlusslicht. Nach jeder Runde würden wir dann wechseln. Überholen verboten. Uns war klar, dass ein offenes Rennen zwischen uns dreien auf dieser Strecke voll ins Limit gehen und damit viel zu riskant wäre. Ich fuhr gerne hinten. Nicht um selbst persönliche Bestmarken zu fahren, sondern um die beiden dabei zu beobachten. Sie legten enorme Schräglagen hin und setzten hörbar auf. Kevin war auf der 95er YZF und Bernd auf der 93er FZR unterwegs. Die beiden Motorräder waren nicht zu unterschätzen. In der Endgeschwindigkeit waren sie der Fire Blade sogar überlegen, in den Kurven jedoch einen ganzen Tick langsamer. Das lag bestimmt nicht an ihren Fahrern, sondern am Fahrwerk, am Gewicht und vor allem an den Bremsen. Die Bremsen der FZR waren ein Witz gegen die der Fire Blade. Die YZF kam da auch nicht heran. Schlechte Bremsen ließen einen vor jeder Kurve einige Meter verlieren. Die beiden mussten schon ihre Anker werfen, wenn ich noch Vollgas gab. Sicherlich, es drehte sich höchstens um eine Sekunde die ich länger durchziehen konnte, aber wenn man sich überlegt, wie weit man in einer Sekunde kommt, dann ist das schon allerhand. Vor dem Ortsschild sah ich lange ihre Bremsleuchten. Wir fuhren mit korrekten 60 km/h durch. Hinter einem kleinen Gartenzaun standen zwei Jungen und sahen uns mit großen Augen nach. Sie gefielen mir und wir gefielen ihnen. Ich war froh, dass wir hier nicht rücksichtslos durchknallten. Wir beschleunigten mit heulenden Motoren aus der Ortschaft heraus. Die Micron machte sich langsam bezahlt. Kevin und Bernd hatte Aluschalldämpfer der Marke Eigenbau. Irgendein Zweiradmechaniker stellte sie her, stanzte ihnen den originalen Aufdruck ein und verkaufte sie. Sie ließen die Drehzahlen imponierend rüberkommen und schienen auch keine Leistung zu kosten. Die beiden bildeten sich sogar ein, dass die Yamahas mit den Dingern ein wenig besser als mit dem originalen Endschalldämpfer laufen würden. Auf jeden Fall hatte der Schrauber seine Sache verdammt gut gemacht. Die nächsten Kurven waren für mich wieder eine Gratisshow. Kevin holte alles aus sich heraus. Bernd stand ihm in nichts nach. Ich blieb dran und freute mich auf den Wechsel der Reihenfolge. Die Strecke führte ein kleines Stück über die Bundesstraße, dann ging es wieder herunter auf die kurvige Landstraße. Wir hielten und kontrollierten unsere Hinterreifen. Man konnte ziemlich genau erkennen, wie weit man den Reifen an diesem Tag auf die Straße gebracht hatte. Obwohl er in den letzten Wochen schon etliche Male bis zum Rand über den Asphalt gerubbelt war, zeichneten sich die neuen Abriebspuren deutlich ab. Sie waren irgendwie heller als die alten Wunden. Ich hatte noch zwei Millimeter Reserve. Auf die ging ich jetzt los. Ich revanchierte mich bei Kevin und Bernd für ihre tolle Vorstellung und verlor einige Gramm Metall. Vor dem Ortsschild ging ich stark in die Eisen. Ich blieb im fünften Gang und ließ den Motor bedrohlich vor sich her grollen. Am Gartenzaun standen jetzt auch der Vater und die Mutter. Sie standen hinter ihren Schützlingen und taten so, als wären sie nur gekommen, um sie am auf die Straße Laufen zu hindern. Eine alte Frau zupfte Unkraut. Ich legte am Ortsausgang einen kleinen Wheelie hin und drehte den ersten Gang bis 11500 Umdrehungen. Als ich an der Bundesstraße ankam hatten die beiden Yamahas etwa 100 Meter verloren. Wir fuhren einen knappen Kilometer geradeaus und bogen dann wieder auf die Landstraße. Den 180er hatte ich jetzt bis auf den letzten Millimeter ausgereizt. Es ging weiter. Bernd voran, dann ich und Kevin zum Schluss. Ich versuchte einige Kurven schneller zu nehmen, indem ich sie langsamer anging. Wenn man mit zu hoher Geschwindigkeit in eine Kurve fuhr, dann verpasste man meist die Optimallinie, kam zu spät zum Beschleunigen und verlor so im Endeffekt einige Längen. Ich ging sie zu langsam an und verlor ebenfalls einige Längen zu meinem Vordermann. Es dreht sich eben immer um das richtige Maß. In der letzten Kurve vor dem Ortsschild entdeckte ich die beiden Jungen mit ihren Eltern. Sie hatten wohl einen kleinen Spaziergang gemacht und standen an einer sicheren Stelle am Straßenrand. Die Kurve war gut für 130 Sachen.

Ich nahm sie gewöhnlich im Dritten, schaltete jedoch in den Zweiten, um den Zuschauern ein wenig mehr Sound zu bieten. Das Schreien der Micron unterstrich ich mit einem lauten Schleifgeräusch. Bernd führte uns mit 60 durch die Ortschaft. Ein alter Mann half der Frau jetzt beim Unkraut Zupfen. Zwei Jugendliche standen in der Bushaltestelle. Sie rauchten Zigaretten und blickten finster drein. Die FZR vor mir wusste anscheinend was ihnen fehlte und setzte zu einem wilden Wheelie an. Ich machte es ihr nach. Bernd legte ein höllisches Tempo vor. Es war anstrengend an zweiter Stelle zu fahren. Man musste sich auf sich und auf seinen Vordermann konzentrieren und hatte ständig angst, von hinten abgeschossen zu werden. Nach dem Wechsel war ich wieder an dritter Stelle. Ich versuchte es noch einmal mit dem langsameren Angehen der Kurven und fand das richtige Maß. Hätte ich es darauf ankommen lassen, hätte ich Bernd locker am Ausgang einer Rechtslinkskurve überholen können. Aber das hätte ja gegen die Regeln verstoßen. Die Familie stand noch an der Kurve, hatte sich jedoch günstiger positioniert. In die Ortschaft war mittlerweile Leben gekommen. An den Straßenrändern standen die Bewohner, um Unkraut zu zupfen, sich zu unterhalten oder einfach nur zwanglos herumzulaufen. Am Ortsausgang hatten sich die beiden Jugendlichen in Stellung gebracht. An ihrer Seite ein hübsches Mädchen. Vielleicht 15 Jahre alt. Mir war klar, dass ich zwei Jahre weiter alles daran setzen würde, mit ihr ins *Gespräch* zu kommen. Ich winkte ihr kurz zu und drehte den Ersten bis kurz vor den Begrenzer. Das würde sie mir warm halten. Hinter der nächsten Kurve stand ein schwarzer Passat in einem Heckloch. Der Fahrer war ausgestiegen und musterte uns aufmerksam. Ich gab mir Mühe, besonders elegant in die nächste Kurve zu fliegen. Kevin fuhr die Bundesstraße mit 120 km/h entlang. Hier lohnte das Rasen nicht. Wir bogen ab, und ich nahm wieder die Führungsposition ein. Ich nahm mir vor, den beiden ordentlich einzuheizen. Ich gab alles und hatte ihnen schon knappe achtzig Meter abgenommen, als ich mehrere Personen in der letzten Kurve vor dem Ortsschild stehen sah. Sie erkannten uns und liefen an den Straßenrand. Zu der Familie hatten sich zwei ältere Männer gesellt. Ich nahm die Kurve wieder im zweiten Gang, gab ein wenig zu heftig Gas und legte einen Slide hin. Die Fire Blade versuchte kurz mich abzuwerfen, beruhigte sich dann aber und ließ ein begeistertes Publikum zurück. Vor der Ortschaft ging ich hart in die Eisen. Es waren noch mehr Leute dazugekommen. Vor allem alte. Zu den zwei Jungendlichen und dem Mädchen am Ortsausgang hatte sich ein weiterer Teenager gesellt. Sie hatten ein wenig an Lässigkeit verloren und gestikulierten aufgeregt herum. Wir gaben ihnen, was sie erwarteten. Der Passat stand noch an der gleichen Stelle und der Fahrer hatte noch den gleichen interessierten Blick. Ich blieb auf der Bundesstraße ebenfalls bei 5000 Umdrehungen, bog auf die Landstraße und stoppte Kevin und Bernd. Wir beschlossen, die letzte Runde in Angriff zu nehmen. Bernd fuhr voran. Er legte ein flottes Tempo vor, ließ aber den richtigen Biss vermissen. Ich vermutete, dass er sich den für einen passenderen Augenblick aufsparte. Ein paar Kurven weiter legte er dann los. Am Straßenrand standen die Familie und die beiden Männer. Bernd und Kevin ließen es funken. Ich auch. Dann stoppte er vor dem Ortsschild. Wir machten es ihm nach und überlegten, was er wohl vor hatte. Die Leute wurden neugierig. Wir auch. Bernd war eigentlich immer gut für eine kleine Showeinlage, und ich hatte den Eindruck, das die ganze Sache auch diesmal darauf hinauslaufen würde. Er begann mit kurzen Feuerstößen um die 9000 Umdrehungen herum. Wir stimmten mit ein. Bernd legte den ersten Gang ein, ließ die Kupplung kommen und das Vorderrad kurz in den Himmel steigen. Dann kuppelte er aus, bremste bis auf Schritttempo ab und legte sein ganzes Gewicht auf den Tank. Er gab Gas und ließ die Kupplung hart kommen. Der

180er radierte über den Asphalt. Es gab einen fetten qualmenden schwarzen Strich. Die FZR schien schon kurz vor dem Begrenzer zu sein, als er ruckartig den zweiten Gang einlegte und wieder aufdrehte. Das Gummi verteilte sich gleichmäßig auf der Straße. Nach vierzig oder fünfzig Metern ließ Bernd von seinem Metzler ab und rollte zufrieden in Richtung Bundesstraße. Ich legte den ersten Gang ein und folgte ihm. In der Mitte der Ortschaft riss ich dann voll auf und legte einen meiner besseren Wheelies hin. Ich behielt den 130er bis in den Zweiten in der Luft und setzte erst bei 140 Sachen auf. Das verstieß zwar gegen mein Prinzip, in Ortschaften nicht über 60 km/h zu fahren, war aber zu verantworten, da uns eh die ganze Aufmerksamkeit gewidmet wurde. Die Jugendlichen am Ortsausgang verabschiedeten uns mit nach oben gerichteten Daumen. Das Mädchen mit dem ausgestreckten Mittelfinger. Ich nahm an, dass das ein gutes Zeichen sei und beschloss, sie in ein oder zwei Jahren mal zu besuchen.

20

Das Telefon läutete. Als ich abnahm war nur noch das durchgehende Piepen zu hören. Ich legte mich zurück ins Bett. Es klingelte zwei mal, dann war wieder Ruhe. Also machte ich es mir bequem. Die Prozedur fing von vorne an. Nachdem ich wieder zu spät gekommen war, behielt ich den Hörer am Ohr und drückte mit dem Finger den Knopf der Halterung herunter. Es klingelte. Ich zog den Finger weg.

„Eugen hier", rief ich zackig ins Telefon.

„Na endlich", antwortete eine betagte Stimme. Es war mein Opa.

Er versuchte militärisch zu wirken, konnte sein hohes Alter aber nicht leugnen. „Du musst viel schneller sein, mein Junge. Langsamkeit kann deinen Tod bedeuten."

„Das Gefühl hab ich auch", antwortete ich.

„Apropos Tod. Warum lebst du noch?"

„Das Seil hat sich nicht fest genug zugezogen, Opa."

„Nenn mich nicht Opa", herrschte er mich vom anderen Ende der Leitung an.

„Entschuldigung, Karl."

„Warum kommst du mich nicht einfach mal besuchen? Ich zeig dir dann auch, wie man einen richtigen Strick bindet."

Mein Opa wohnte gute 100 Kilometer von mir entfernt auf dem Lande. Ein Besuch lohnte sich nur am Wochenende. Ich nahm Kevin, Bernd und Vinnie mit. Gegen die beiden hatte ich mit Vinnie auf dem Sozius keine Chance. Sie gab zwar alles, konnte ihre 55 kg aber nicht wegmachen. Beim Beschleunigen und Bremsen kostete mich das jedes Mal wertvolle Meter, die ich mir von den beiden Verrückten auch in den Kurven nicht zurückholen konnte. Eigentlich war ich sogar ein wenig froh darüber, dass ich zusätzlichen Ballast mitzuschleppen hatte. Wäre ich allein auf meiner Fire Blade gewesen, hätte ich mir 30 Minuten lang ein erbarmungsloses Rennen mit zwei gleichwertigen Fahrern liefern müssen. So musste ich nur halbwegs hinterherkommen, ohne dass mir jemand Vorwürfe machen konnte. Das schonte meine Nerven.

Mein Opa empfing uns freudig. Ich hatte ihm nicht gesagt, dass ich Verstärkung mitbringe, aber wie erwartet schien ihn das auch nicht zu stören. Ganz im Gegenteil. Er beäugte unsere Mopeds ausführlich und erzählte von seiner eigenen Maschine. Eine NSU 500. Das war damals angeblich der Renner und mein Opa natürlich auch. Schließlich schleuste er uns in sein Wohnzimmer und tischte Schnaps auf. Wir handelten ihn auf Bier herunter. Dann wartete er mit seinen

Geschichten auf. Die meisten kannte ich schon, aber es kamen auch immer einige neue dazu. Ich will damit nicht sagen, dass Karl log, sondern nur, dass er eventuell ein wenig frisierte. Kevin und Bernd waren fasziniert, Vinnie fand ihn süß. Mein Opa beugte sich vor und sah uns ernst in die Augen. „Jetzt hört mir mal gut zu", sagte er eindringlich. „Das Leben ist nur ein Witz. Eine Verarschung der Naiven. Ich weiß es aus dem Krieg. Ich hab sie alle gesehen, die Verlobten, die Väter und die Verliebten. Mit Bildern in ihren Taschen und großen Träumen in ihren Köpfen. Sie glaubten an das Gute, an das schöne Leben und an die Liebe - BAMM!" schrie er plötzlich laut auf. Vinnie zuckte zusammen. „BAMM", wiederholte er sich, „und schon sind sie nur noch ein Haufen Fleisch. Nichts weiter als ein Haufen unbearbeitetes rohes Fleisch. Es dauerte nicht lange, bis sie dann anfingen zu stinken. Und das kann ich euch sagen, Menschenleichen stinken erbärmlich. Dagegen sind Tierkadaver die reinste Wohltat. Und eines kann ich euch auch noch sagen. Es trifft immer die Guten, die Naiven, die mit den reinen Gedanken. Der Teufel kümmert sich um das Leben seiner Kinder, Gott nur um deren Moral." Die beiden wahnwitzigen Motorbiker, die noch vor einer knappen Stunde alle Register ihrer Lebensverachtung gezogen hatten, nippten mit weit aufgerissenen Augen an ihrem Bier. Opa merkte, dass er sie zu packen hatte und setzte nach. Er erzählte von der Ostfront, von etlichen Kesseln aus denen er in letzter Minute entwischte und von diversen Frauenschändungen. Endlich ging ihm die Luft aus. Er kam wieder auf den Boden der Realität. Er war ein alter Knacker, der neun zehntel seines Lebens bereits hinter sich gebracht hatte. Sein Leben beschränkte sich seit 30 Jahren aufs Fressen, Kacken und Schlafen.

„Wisst ihr", setzte er nach einiger Zeit seinen Monolog kleinlaut fort, „vielleicht wäre es das beste gewesen, wenn ich irgendwann zwischen vierzig und fünfzig abgetreten wäre. All die Jahre seitdem sind doch nur ein langsames Sterben gewesen. Ein tägliches Beobachten der eigenen zunehmenden Schwäche."

Niemand widersprach ihm. Jeder Mensch hat eben seine eigene Moral vom Leben und Sterben. Einige wollen unter allen Umständen hundert Jahre alt und andere möglichst rechtzeitig mit einem lauten Knall aus dem Leben gerissen werden. Nun, ich hatte das Gefühl, dass sich hier fünf Menschen mit der gleichen Moral gefunden hatten.

21

Ich hatte sie im Rückspiegel entdeckt. Eine schwarze GSX R1100. Ich gab Gas. Er auch. Eine 1100er Suzi konnte einen auf gerader Strecke durchaus lang machen. Wenn sie nur genügend Anlauf dafür bekommen würde. Ich wusste, dass mich die nächsten Kurven lange vor so einer Schmach retten würden. Ich bremste spät und beschleunigte früh, hatte Optimallinie erwischt und tief drinnen gelegen, auch wenn ich dabei keine Raste polierte. Er hatte gute 20 Meter verloren. Das war eigentlich verdammt wenig gewesen. So einer fetten Kiste nahm ich normalerweise locker 50 Meter pro Ecke ab. Das sprach für ihn, änderte jedoch nichts daran, dass er die 20 Meter Kurve für Kurve verlor. Ich hatte ihn 200 Meter hinter mir gelassen, als das Ortsschild auftauchte. Ich bremste spät, kam aber mit konstanten 60 Sachen rein. Das Rasen in Ortschaften fand ich erbärmlich. Also hielt ich an der Tankstelle, um ihn ohne weitere Geschwindigkeitsübertretung herankommen zu lassen. Er hielt, drehte den Schlüssel auf OFF und zog seinen Helm ab. Ich machte es ihm nach.

„Heißen Reifen fährst du", sagte er.

Ich nickte. Er stieg ab und inspiziert meine CBR. Zuerst den Hinterreifen, dann die Rasten und schließlich den Vorderreifen. Er wusste worauf es ankommt. Als er sich niederkniete, um mit der Hand über meinen 130er Bridgestone zu streifen, sah ich seinen Rücken. Er trug eine Lederjacke und eine Jeansweste darüber. Auf der Weste stand mit großen schwarzen Buchstaben geschrieben:

Geb. 14.09.1970

+ ... 1997

„Du hast nicht mehr lang nach, hm?" fragte ich.

„Glaub nicht", antwortete er.

„Fährst du immer allein?"

„Ich fahre allein, ich kiffe allein und ich sterbe allein."

„Du bist nicht der einzige, der es geblickt hat."

Er drehte sich zu mir und sah mir das erste mal in die Augen. „Der was geblickt hat", fragte er.

„Das Hoffnung nur blanke Illusion ist", sagte ich, „und das Zukunft nie real wird, sondern immer nur zur toten Gegenwart mutiert."

„Ich scheiß auf die erhoffte Zukunft und die tote Gegenwart. Ich scheiß auf die Illusion und die Selbstlüge. Und weil ich das tue wird man mich nicht länger hier lassen."

„Wer wird dich nicht länger hier lassen?" fragte ich.

„Was weiß ich", sagte er, „Gott, oder die Maulwürfe, vielleicht haben auch die Delphine die Zügel in der Hand. Ja, es sind bestimmt die Delphine."

Ich lachte. Er auch. Wir lachten beide, obwohl ich mir nicht sicher war, ob wir wussten worüber. Er fragte mich, ob ich noch weitere brauchbare Kurvenstrecken in der Gegend kennen würde und ich bot ihn an, sie ihm zu zeigen. Er nahm an und wir machten uns auf den Weg. Ich fuhr vor. Mit 60 durch die Ortschaft. Er blieb hinter mir, was wieder für ihn sprach. Kurz vor Ortsende hörte ich dann ein lautes Dröhnen. Ich ließ ihn vorbei. Er bedankte sich, indem er mir den geilsten Wheelie aller Zeiten bot. Es war kein steiler, sondern ein langgezogener ohne Haken und Ösen. Sein Vorderrad hob nie mehr als 50 Zentimeter vom Boden ab, blieb aber um so länger in der Luft und setzte mit einem flachen Anflug auf. Ich blieb hinter ihm und hoffte, dass er mir noch mehr bieten würde. Er enttäuschte mich nicht. Nach jedem Abbiegen und aus jeder Ortschaft heraus bot er mir seine Vorstellung. Eine gelungener als die andere. Vor einer Kreuzung erkannte ich endlich den Spruch, den er sich unter sein Nummernschild geklebt hatte.

'Hier fährt der Henker selbst' stand dort geschrieben. Ich glaubte es ihm und fühlte mich in der Vermutung bestätigt, dass der Satan einer von uns ist. Ein Biker! Ich zog an ihm vorbei und brachte ihn zu den angekündigten Strecken. Er war ein talentierter Kurvenbrenner und hätte mich mit einem anderen Motorrad sicherlich arg in Schwulitäten gebracht. So aber blieb die Welt in Ordnung. Als wir genug Gummi abradiert hatten, traten wir den Rückweg an. Wir trennten uns in etwa dort, wo wir uns auch getroffen hatten. Er verabschiedete sich mit einem Wheelie. Ich bekam eine Gänsehaut und fuhr nach Hause. Tja, das war das letzte, was ich von ihm zu sehen bekam. Schade drum, er hätte sich nahtlos in das Trio eingepasst. Ich hoffe nur, dass die Delphine ihn nicht am Arsch gekriegt haben.

22

Ich hing ziemlich durch. Kevin, Bernd und Vinnie waren nach Assen gefahren. Ohne mich. Mein Chef hatte mir den Freitag und den Samstag verplant. Ich wollte den Dreien das Ereignis des Jahres nicht vermiesen und machte gute Mine zum bösen Spiel. Ich würde schon über die Runden kommen. Das kam man immer irgendwie. Am Freitag Abend klingelte das Telefon. Es war Torsten, ein ehemaliger Arbeitskollege von mir. Er hatte eine Auseinandersetzung mit irgendeiner seiner Bekanntinnen gehabt und wollte sie zur Strafe mit mir verkuppeln. Ich witterte die Möglichkeit unkomplizierten Sex zu bekommen und stimmte zu. Die Aktion sollte am nächsten Abend auf der Geburtstagsparty seines Bruders steigen. Ich fuhr hin.

Torsten hatte mit keiner Silbe erwähnt, dass nur gesittete Leute geladen waren, und so fühlte ich mich mit meiner Lederkluft wie der Penner im Hilton. Die Situation erinnerte mich stark an die Studentenparty, also beschloss ich, die Finger vom Alkohol zu lassen. Torsten spürte die Mauer zwischen mir und den anderen Gästen und versuchte, mich mit allerhand alten Geschichten ins rechte Licht zu rücken. Leider ließ er es dabei an dem nötigen Fingerspitzengefühl missen und tischte allerlei Besäufnisse und Kneipenschlägereien auf. Das verstärkte den negativen Eindruck, den ich durch meine Aufmachung eh schon machte, noch zusätzlich. Die Bekannte mit der er mich verkuppeln wollte hieß Magda und war wirklich allererste Sahne. Sie hatte lange blonde Haare, eine üppige Oberweite und trug eine schwarze Stretchhose, die es ermöglichte, ihr im wahrsten Sinne des Wortes jeden Wunsch von den Lippen abzulesen. Sie machte ein bisschen auf Miss Wire und törnte mich damit richtig an. Nur zeigte sie leider keinerlei Interesse an mir. Sie unterhielt sich die ganze Zeit angeregt mit einer bebrillten halben Portion. Die beiden schienen ein Problem zu haben. Aber nicht mit sich. Die Sache passte mir nicht. Diese Frau sollte keine gemeinsamen Probleme mit so einem Typen haben. Ich überlegte mir, ob ich die Party doch sprengen sollte, entschied mich aber zu Gunsten Torstens. Es strichen ein oder zwei Stunden ins Land, ohne dass irgend etwas von Wert passierte. Ich war schon im Begriff zu gehen, als Magda und ihr kleiner Arnold auf mich zukamen.

„Hallo", sagte sie.

Ich lächelte gequält.

„Du bist also Eugen?", schob sie nach.

„Ja"

Sie machte mich mit ihrem Begleiter bekannt. Es war ihr Bruder, Gunnar. Das machte ihn gleich wieder sympathischer. Die beiden gaben sich große Mühe, mir eine interessante Unterhaltung zu bieten. Nach einer Viertelstunde ging sie für kleine Mädchen. Sie wusste, wie eine Frau zu gehen hatte. Die Bewegung ihrer Arschbacken ließ meine Hormone den Verstand bedrängen. Ich konnte den Gedanken an einer Vergewaltigung unter der Dusche im letzten Moment abwenden. Ihr Bruder schien ein netter Kerl zu sein, noch sehr jung. Ich schätzte ihn auf höchstens 19. Er erzählte mir, dass er mit Magda noch in eine Disco gehen wolle und lud mich ein mitzukommen. Die Sache war verdächtig. So einfach hat man es im Leben selten.

Wir fuhren mit Bernds Auto hin.

Es war einer dieser neuen Tanzpaläste mit Techno und so 'nem Scheiß. Das Publikum war im Durchschnitt höchstens 17 Jahre alt und äußerst spärlich bekleidet. Hier war meine Lederkluft noch unpassender als auf der Party. Ich sehnte mich nach Assen. Nach Tausenden von besoffenen Motorbikern, lauter Rockmusik und dem Krawall der Drehzahlkönige. Hier war ich wie ein wildes Tier im Zoo. Die Teenager schienen bis obenhin mit irgendwelchen Pillen zu sein und hingen am Faden ihrer stumpfsinnigen Musik. Ich hielt mich schon immer für verrückt, aber die hier hatten wirklich einen Sprung in der Schüssel. Gunnar und Magda wichen nicht von meiner Seite und taten auch weiterhin alles, um mich bei Laune zu halten. Ich hatte eigentlich erwartet, dass sie sich von mir distanzieren würden, um vor ihren Artgenossen nicht an Status zu verlieren, aber das Gegenteil war der Fall. Sie taten alles, um erkennen zu lassen, dass ich zu ihnen gehörte. Wir standen noch ein oder zwei Stunden herum, dann wurde mir die Begründung für ihr rätselhaftes Verhalten prompt geliefert. Drei Goldkettenträger standen plötzlich vor uns und bedrängten Gunnar mit drohenden Blicken. Der wiederum attackierte mich mit flehenden Blicken.

„Was wollen die?" fragte ich.

„Keine Ahnung", antwortete Gunnar, „das sind Vollidioten."

„Das sehe ich selber."

Einer der drei baute sich vor uns auf und forderte Kohle. 2000 Mark. Gunnar fing an, mit ihm zu diskutieren. Ich bekam nicht alles mit, aber im Großen und Ganzen drehte es sich darum, dass der Schmarotzer behauptete, dass Gunnar irgendwelche Waren erhalten hätte und diese jetzt bezahlen müsse. Gunnar machte mir nicht den Eindruck, als würde er mit solchen Typen Geschäfte machen. Ich fragte Magda. Die erklärte mir, dass die es immer so machen würden. Sie beschuldigten wahllos irgendwelche Leute, Schulden für Drogen und Hehlerware bei ihnen gemacht zu haben. Ich wusste nicht, ob ich ihr das glauben sollte, aber die Lage schien darauf hinzuweisen. Aber das war nicht meine Sache. Die beiden hatten mich eindeutig ausnutzen wollen. Vielleicht steckte sogar Torsten mit ihnen unter einer Decke. Gunnar gesellte sich wieder zu uns. „Pass auf", sagte er aufgebracht. „Die lassen mich nicht mehr weg, ehe ich ihnen das Geld besorgt habe. Du musst mir helfen!"

„Ich hab auch keins", sagte ich.

„Die brauchen `ne Abreibung, verstehst du? Die setzen hier ständig Leute unter Druck und saugen uns aus."

„Mich nicht."

Magda legte mir den Arm auf die Schulter.

„Hört mal gut zu", sagte ich, „ich bin kein Volltrottel vom Land, den ihr ein bisschen vollsüllern, ein wenig Titten und Arsch vorführen und dann gnadenlos ausnützen könnt. Das hier ist eure Disco, eure Musik und euer Problem!" Ich drehte mich um und steuerte auf den Ausgang zu. Die beiden folgten mir und die drei ihnen.

„Tausend Mark", bot Gunnar mir an. „Ich gebe dir tausend Mark, wenn du mir die Typen ein für alle mal vom Hals schaffst."

Ich wurde hellhörig. Allerdings konnte ich nicht recht glauben, dass er sie mir jemals geben würde. Wir verließen die Disco. Die drei auch. Ich wollte mir die Sache noch einmal durch den Kopf gehen lassen, als mir jemand von hinten mit voller Wucht in den Arsch trat. Mir wurde blitzschnell klar, dass die Angelegenheit tatsächlich ernsthafter Natur war. Unsere Widersacher waren nicht besonders alt und genauso hühnerbrüstig gebaut wie Gunnar, aber ich wusste, dass sie die Mentalität der Messerstecher hatten und immer im Rudel auftraten. Selbst wenn man mit dreien von ihnen fertig wurde, dann würden sofort zehn weitere aufkreuzen. Auf der anderen Seite hielt ich mich eh nie in der Stadt auf. Ich könnte mir den Ärger mit ihnen schon erlauben. Ich bekam den zweiten Tritt in den Arsch. Gunnar und Magda konnten diesen Idioten nicht ausweichen. Sie wohnten hier. Den ersten erwischte ich mit einer Links-rechtskombination am Kinn, den zweiten mit einem Kopfschlag aufs Nasenbein. Der dritte sprang mich von hinten an und würgte mich. Er war nicht besonders schwer und konnte mich nicht daran hindern, seinen am Boden liegenden Kampfgefährten gehörig in die Fresse zu treten. Mit der Zeit blieb mir jedoch die Luft weg und der Junge saß verdammt fest. Er hatte einen professionellen Griff angelegt, den ich trotz meiner überlegenen Armkraft nicht lösen konnte. Wie immer in extremen Situationen war es wichtig, nicht in Panik zu verfallen. Ich packte ihn an den Beinen und zog sie an mich heran, dann hob ich ihn hoch. Ich hatte ihn Huckepack genommen und er hatte sich auch nicht besonders dagegen gewehrt. Sein Fehler. Er drückte immer noch fest zu und fing an, mir mit der Stirn auf den Hinterkopf zu schlagen. Ich stellte mich kerzengerade auf die Zehenspitzen und festigte den Griff um seine Beine. Dann ließ ich mich nach hinten Fallen. In voller Länge. Seine Arme verschwanden. Ich drehte mich noch im Fallen und war auf ihm drauf. Er war hart aufgeschlagen und das, was jetzt von oben auf ihn zukam, war nicht weniger schlimm. Ich ließ noch einige Zeit richtig Dampf ab und gab den Jungs allerhand mit auf den Weg. Als keine Gegenwehr mehr aufkam und die Schaulustigen langsam bedrohlich wurden, machte ich mich aus dem Staub. Gunnar und Magda waren verschwunden und ich nahm an, dass sie in seinem Auto auf mich warten würden. Ich lief zum Parkplatz. Der Wagen war weg. Ich vermutete, dass meine drei Opfer schon von ihren Kumpels gefunden wurden und diese jetzt auf der Suche nach mir waren. Es waren etwa drei Kilometer quer durch die Stadt bis zur Party. Ich benutzte kleine dunkle Gassen und kam an. Gunnar und Magda saßen mit Torsten an der Bar. Sie schienen sehr überrascht, mich so schnell wieder zu sehen, wirkten aber durchaus erfreut.

„Vielen Dank fürs mitnehmen, Gunnar", sagte ich. Er wusste nichts zu antworten. „Schon gut", fuhr ich fort, „wir hatten ja einen Deal."

„Einen Deal?" fragte er erschrocken.

„Gib mir die tausend Mark und ich zisch ab. Tust du es nicht, dann mach ich mit euch dasselbe wie mit den drei Wichsern. Das gilt auch für dich, Magda." Ich war wütend. Es kam eigentlich selten vor, dass ich wirklich in Rage kam, meistens gingen die Dinge so an mir vorbei, berührten mich emotional nicht im Geringsten, aber diesmal war der Zorn todernst.

„Ich hab keine tausend Mark", antwortete Gunnar.

„Dann krieg ich sie eben von Magda oder von Torsten."

„Gib ihm den Computer", warf Torsten ein.

„Den Computer?" fragte Gunnar.

„Ja, den Computer!"

Mir war nicht ganz klar, was ich mit so einem Ding anfangen sollte, aber Gunnar überzeugte mich davon, dass ich mich im Winter damit beschäftigen könnte. Außerdem wollte ich den Dreien ihre Schulden auf gar keinen Fall erlassen. Ihre Art war einfach zu hinterpfurzig gewesen. Wir handelten aus, dass er ihn mir am nächsten Tag mit dem Auto vorbeibringen würde.

Er kam pünktlich. Ein Blick in seinen Kofferraum verriet mir, dass an so einem Ding mehr dran war, als ich geglaubt hatte. Vier Kartons und ein Haufen Kabel lagen sauber aufgereiht und warteten auf ihren neuen Besitzer. Wir trugen die Sachen in meine Wohnung und Gunnar installierte etwa zwei Stunden lang irgendwelche Programme. Er schien völlig in seiner Beschäftigung aufzugehen. Mir stellte sich die Frage, wo er diesen ganzen Krempel überhaupt her hatte. Alles war nagelneu und original Verpackt. Er verriet mir, dass er sie bei irgendwelchen Geschäften erworben hatte. Alles ganz legal. Trotzdem gab er mir die Anweisung, bei einer möglichen Hausdurchsuchung anzugeben, dass ich den Computer gebraucht aus einem Anzeigenblatt erworben hätte.

Tja, vielleicht waren die Goldkettenträger gar nicht so ganz im Unrecht gewesen. Aber wen interessierte das schon.

23

Kevin tauchte mit irgendeinem Typen auf. Angeblich ein guter Kumpel aus alten Tagen. Er hatte nie ein Wort über ihn verloren. Auf jeden Fall überredete der uns, mit ihm zu einem Open Air Festival zu fahren. Er holte uns in einem alten Opel Senator ab. Die Schleuder war von oben bis unten vergammelt, hatte aber 180 PS unter der Haube. Jürgen zeigte uns gleich, was man damit so alles anfangen konnte. Wir gähnten. Er nahm einen kleinen Abstecher und hielt bei einem Getränkemarkt. Wir schleppten Dutzende Paletten Bier, einige Flaschen Hochprozentiges und für den Nachdurst sechs Flaschen Mineralwasser in den Kofferraum. Zwei Stunde später kamen wir an. Voll bis oben hin. Alle vier. Wir parkten auf einer riesigen Koppel mit Tausenden von anderen alten Autos und bauten unsere Zelte zum Schutze vor besoffenen Rallyefahrern hinter einem kleinen Wall auf. Keine zwanzig Meter vom Senator entfernt. Dann drehte Jürgen Joints. Wir rauchten drei oder vier und sahen dem Treiben gelassen zu.

„Was soll's", sagte Bernd.

„Genau", stimmte Kevin zu, „ist alles egal."

„Wenn man sich das mal alles ganz genau durch den Kopf gehen lässt, dann ist das alles ja sogar total egal."

Wir stimmten Bernd zu und hatten den Eindruck, dass er da etwas sehr Weises gesagt hätte.

„Trotzdem könnte ich gut ficken", sagte ich.

Die drei nickten zustimmend.

„Lass uns doch ein bisschen rumgehen und Weiber anbaggern", schlug ich vor.

Bernd stimmte zu, Kevin und Jürgen fühlten sich jedoch zu Träge. Wir machten aus, dass Bernd und ich ihnen einige Weiber schicken würden. Natürlich nicht die Schönsten, die würden wir für uns beanspruchen, aber die nächst besten eben. Mir war es recht, mit Bernd allein unterwegs zu sein. Er schien heute sowieso am meisten im Hirn zu haben. Wenn er vor den Weibern so intelligente Sachen wie vorhin sagen würde, dann könnten wir alle haben. Keine hundert Meter weiter saßen die ersten Exemplare um einen kleinen Grill herum. Es gab Wurst. Bernd fragte, ob sie Lust auf ein kleines Abenteuer hätten. Das fanden sie wohl nicht so originell. Ich auch nicht. Sie beschimpften uns und wir traten die Flucht an. Die Wurst nahmen wir mit. Sie war zwar noch nicht ganz durch, schmeckte aber ausgezeichnet.

„Pass mal auf", sagte ich, „wenn wir hier was vor die Flinte kriegen wollen, dann müssen wir aber die sensiblere Tour fahren."

„Oder die härtere."

„Das gibt nur wieder Scherereien."

„Bringt aber mehr Spaß."

„Lass uns den Gefühlvollen machen."

„Okay."

Sie waren zu fünft. Drei Mädels und zwei Typen. Alle so um die 20. Wir wischten uns mit dem T-Shirt das Wurstfett aus dem Gesicht und aus den Händen.

„Hallo", sagte Bernd.

Sie sahen uns ungläubig an.

„Dürfen wir uns zu euch setzen?"

Es kam nur ein leichtes Zucken der Schultern. Wir setzten uns.

„Wir wollen einfach nur Menschen kennen lernen. Uns unterhalten. Freunde finden", fuhr Bernd fort. Ich würgte. So sensibel hatte ich mir das nun doch nicht vorgestellt. Den Mädchen schien es zu gefallen.

„Wo kommt ihr denn her?" fragten sie.

Wir logen ihnen was vor. Lügen war für uns in solchen Gesprächen schon zur Angewohnheit geworden. Die Wahrheit zu sagen kam gar nicht mehr in Frage. Wahrscheinlich war die auch zu eintönig. Unsere Lügen kamen gut an. Die beiden Milchbubis gerieten schnell ins Hintertreffen. Wir redeten über Musik, Beziehungen, Gefühle und über Gott. Es ging mir schwer ab. Nach einer guten Stunde nahm der Redefluss dann endlich ab. Die Zeit schien reif für

116

eine kleine Nummer zu sein. Ich hatte sie nötig. Das ganze Geseire hatte eine gewisse Aggressivität in mir aufgebaut.

„Hör zu", sagte ich zu Sabine, „du gehst jetzt einfach diese Autoreihe bis zum Ende entlang und biegst dann rechts ab. Wenn du nach zwanzig oder dreißig Metern einen silberfarbenen Opel Senator siehst, dann gehst du einfach über den Wall. Da sitzen zwei Typen. Bei denen meldest du dich."

„Bei Kevin", warf Bernd ein.

Dann wendete ich mich den beiden Milchbubis zu und legte ihnen nahe, sich schleunigst zu verpissen. Sie taten es. Die Mädels auch. Bernd ließ einen Schwall der Empörung heraus.

„Das gibt es ja wohl nicht. Da gibt man sich eine Ewigkeit mit diesen Fotzen ab, senkt seine Intelligenz bis aufs unterste Niveau und wenn es darum geht, dass sie uns etwas bieten sollen, dann verschwinden die einfach! Was denken die denn ..."

Als er fertig war, pissten wir in ihre Zelte und setzten unsere Suche fort.

Zur Abwechslung fanden wir etwas für das Herz. Drei Kawas standen sauber aufgereiht und lächelten uns an. Zwei grüne ZX-9R und eine schwarze ZX-7R. Die Besitzer saßen auf Klappstühlen herum und tranken Jägermeister mit Cola. Sie mischten im Mund und schienen auch ansonsten nicht mehr alle beisammen zu haben. Wir unterhielten uns prächtig mit ihnen. Von Zeit zu Zeit reichten sie uns Halbliterdosen Bier, die wir durch unsere trockengeredete Kehle kippten. Es wurde schummerig. Und das nicht nur weil die Sonne unterging. Wir gaben einige Motorradgeschichten zum Besten und sie revanchierten sich mit ihren Erlebnissen. Ich hätte gerne ein Rennen mit ihnen gefahren, aber daraus würde nichts werden. Meine Fire Blade stand zweihundert Kilometer entfernt in der Garage und sie wohnten eben so weit entfernt in die andere Richtung. Wir würden sie nie wieder sehen. Also maßen wir uns mit dem Maul. Nach einiger Zeit waren ihre Bierbestände aufgezehrt. Wir machten uns auf den Weg, um noch etwas für die Nacht zu finden. Wie überall waren auch hier die männlichen Zeitgenossen in der absoluten Überzahl. Wo trieben sich nur die ganzen Frauen herum? Angeblich wurden doch genauso viele Mädchen wie Jungen geboren. Starben die ganzen Mädchen etwa einfach unbemerkt weg? Kaum zu glauben. Die Park- und Zeltplätze verteilten sich auf mehrere Wiesen. Bernd kam auf die Idee, dass sich die Frauen wahrscheinlich in der anderen Ecke des Geländes aufhielten. Hier waren es zu achtzig Prozent Männer, dann würden dort achtzig Prozent Frauen herumlaufen. Das schien logisch. Wir machten uns auf den Weg. Das gelobte Land war weit und breit nicht zu finden.

„Ich lass mich nicht länger verarschen!"

„Wie meinst du das?"

„Egal wo du hinguckst, ob auf den Fernseher, auf Werbeprospekte, auf Plakate uns so weiter, überall sieht man Titten, Titten und noch mal Titten. Die Frauen haben den Fickmichblick aufgesetzt und locken dich. Und was kommt dabei heraus? Nichts! Es gibt eigentlich gar keine Frauen. Und wenn, dann sind sie hässlich oder verklemmt oder beides!"

Er hatte recht. Was suchten wir hier überhaupt? Wir jagten einer Illusion hinterher! Wir hatten uns einmal mehr verarschen lassen. Vinnie würde es doppelt und dreifach kriegen, wenn ich erst wieder zu Hause wäre. Bis dahin gab es andere Dinge zu tun.

Wir rannten ein wenig planlos über den Platz und versuchten unsere Zelte wiederzufinden. Überall wo Motorräder mit über hundert PS standen hielten wir kurz und ließen uns mit dem Nötigsten versorgen. Das lief eigentlich immer auf Bier hinaus. Ich weiß nicht mehr ob es Zufall oder Orientierungssinn war, auf jeden Fall standen wir plötzlich vor diesem roten Senator. Wir kämpften uns über den Wall. Jürgen kämpfte gerade mit einer Blubbe und Kevin unterhielt sich. Mit drei Frauen! Wir setzten uns dazu. Sie unterhielten sich gerade über Filme. Kevin erzählte, dass er bei ′Der mit dem Wolf tanzt′ geheult hat, als die Soldaten den Wolf abknallten und das Barbara Streisand seine Lieblingsschauspielerin sei. Ich hatte ihn noch nicht einmal eine Träne vergießen sehen, als sie seine Mutter von den Bahnschienen kratzen mussten, und in seinem Videoschrank standen nur Pornos und Mad Max eins bis drei. Er schien mächtig unter Druck zu stehen.

„Weinst du auch bei Filmen?" fragte mich eine, um mich in das Gespräch mit einzubeziehen.

„Für gewöhnlich onaniere ich beim Fernsehen", antwortete ich. Kevin sah mich wütend an.

„Oh, entschuldige", fügte ich hinzu. „Das soll natürlich nicht heißen, dass ich auf das Fernsehen angewiesen bin. Ich kann auch aus der Phantasie heraus, falls du verstehst."

Sie sah mich ungläubig an.

„Ich meine, dass ich mir jetzt dein Aussehen einpräge und dich später ficke. Natürlich nur im Gedanken. Ich bin also nicht fernsehsüchtig oder so."

Sie schien sich zu fassen und über meine Direktheit hinwegzusehen. Das sprach für sie. Nach einer Weile wandte sie sich mir wieder zu.

„Männer können so verletzend sein."

„Und Frauen so zeitraubend."

„Wie meinst du das?"

„Du redest hier die ganze Zeit mit Kevin, trinkst unser Bier und rauchst seine Zigaretten. Du lässt dir tolle Sachen erzählen und es dir gut gehen. Und wenn du dann genug aus ihm herausgesaugt hast, dann stehst du auf und gehst."

„Was spricht dagegen?" fragte sie mit einer aufgesetzten Naivität, die typisch für Frauen ihres Schlages war.

„Kevin investiert in dich." sagte ich eindringlich. „Er will dich ficken! Nur deshalb erzählt er dir die ganzen Lügen! Von wegen heulen und Barbara Streisand und den ganzen Quatsch. Er ist ein Mann!"

„Auch Männer weinen."

„Nur Schlappschwänze heulen!"

Sie wandte sich wieder zu Kevin und ließ sich Honig um den Mund schmieren. Frauen waren niemals an der Wahrheit interessiert. Für sie zählte nur, dass es ihnen gut ging und die Welt ihnen zulachte. Wie konnte man Frauen die Wahlberechtigung erteilen? Das war zweifellos ein derber Rückschlag für die Demokratie. Die Hälfte der Wähler konnte man jetzt mit dummen Lügen ködern. Das System musste ja in die Binsen gehen. Irgendwer drückte mir die Blubbe in die Hand. Ich inhalierte drei oder viermal, dann reichte ich sie weiter. Das Zeug ging direkt in den Schädel. Ich machte mich lang und legte den Kopf ins Gras. Sie redeten immer noch. Bla bla bla. Es störte mich nicht. Ich hatte ja mich. Und die Sterne. Ich ließ meine Augen durch das Universum kreisen und überließ mich der Unendlichkeit. Was war der ganze Scheiß hier doch unwichtig. Ständig rannte man irgendwelchen lächerlichen Dingen hinterher und bildete sich ein, es würde einen besser gehen, wenn man sie bekäme. Alles Quatsch! Was bedeutete es schon, eine Frau zu pimpern? Man steckte seinen albernen kleinen Schwanz in ihr glitschiges Loch und pumpte. Hätte man uns nicht systematisch eingeredet, dass daran was besonderes wäre, dann hätten wir nicht den geringsten Gedanken daran verschwendet. Das hätte uns vieles erspart. Hunderttausende von Jahren schwachsinniger Menschheitsgeschichte. Ein ewiges Kacken, Fressen, Ficken. Ab und zu kamen dann noch ein paar große Kriege dazu und nahmen der ganzen Sache für ein paar Jahre ihre Eintönigkeit. Zu einem hohen Preis, versteht sich. Das Treiben auf dieser sandigen Kugel war den ganzen Trubel der darum gemacht wurde einfach nicht wert. Ich sah in das schwarze Nichts und wusste, dass es besser wäre, tot zu sein. Nichts weiter, als ein Hauch im absoluten Vakuum. Jemand rüttelte an mir herum. Es war Bernd. Er hielt mir die Blubbe hin. Ich lehnte ab und verschwand wieder aus ihrer Welt. Irgendwann würde ich für immer verschwinden, aber bis dahin war noch viel Zeit totzuschlagen. Wenn man an nichts mehr glaubte, dann lagen einem eigentlich alle Möglichkeiten zur Gestaltung der restlichen Tage zu Füßen. Ich ließ mir einige durch den Kopf gehen. Eine Weltreise, eine Drogenkarriere, eine Karriere als Frauenschänder, die Kanzlerkandidatur und ... und ... und. Sie hatten alle etwas für sich, aber auch alle einen traurigen Beigeschmack. Mir wurde klar, dass der richtige Weg aus dem Bauch heraus kommen würde. Kein durch tausend Irrtümer verfälschter Gedanke, sondern ein glasklares Gefühl. Irgendwo begann es zu röhren. Mindestens 750 Kubikzentimeter durch ein Rohr ohne störenden Endschalldämpfer. Wahrscheinlich eine der Kawas, dachte ich. Nach ein oder zwei Minuten legte sie ein wenig zu. Kleine Stöße bis fünf oder sechstausend Umdrehungen. Kevin und Bernd hörten auf zu reden. Die anderen auch.

„Wir müssen da hin", brachte ich heraus. „Ich hab so ein Gefühl das mir sagt, dass ich da hin muss."

Bernd stimmte mir zu. Wir rappelten uns auf und torkelten durch die Nacht. Das Rauchwerk machte mich immer so extrem kurzsichtig, ließ meine Ohren aber zur Entschädigung äußerst empfindlich werden. Wir steuerten geradlinig auf den Krawallmacher zu. Es war keine der Kawas. Es war eine weiße 92er Fire Blade. Der Typ lag ungefähr bei dreieinhalb Promille und zog inzwischen mächtig am Gas. Die Krümmer glühten bereits. Das Moped tat mir leid. Trotzdem feuerte ich ihn an. „Die ist jetzt warm", schrie einer der Umherstehenden, „du kannst jetzt loslegen."

Er drehte bis in den Drehzahlbegrenzer. Ich bekam eine Gänse-

haut. Irgendwer überreichte dem armen Irren einen Becher Hochprozentiges. Er kippte es in sich hinein, ohne der CBR eine Pause
zu gönnen. Der Typ kannte offenbar keine Gnade. Zwischendurch
legte er immer wieder den ersten Gang ein, zog die Handbremse an
und ließ eine Menge Gras und Sand in die Zuschauer fliegen. Das
Glühen der Krümmer hatte sich inzwischen über die gesamte Aus-
puffanlage ausgeweitet. Bis zu der Stelle an der eigentlich der Endschalldämpfer sitzen sollte leuchtete der Stahl in einem bedrohlichen
rot. Es gab keinen Zweifel mehr. Hier wurde eine der besten Schöp-
fungen der Menschheit hingerichtet. Und der Henker würde selbst
am meisten darunter leiden. Sobald er wieder unter die drei Promille kommen würde. Nach einer unglaublich langen Vorstellung war
es schlagartig still. Der Motor hatte den Dienst quittiert. Der Typ
schaffte es entgegen aller Erwartungen noch einmal, dem Triebwerk
Leben zu entlocken. Hätte er jetzt aufgehört, es wäre vielleicht noch
etwas zu retten gewesen. Tat er aber nicht. Er brachte die Fire Blade bis zum Drehzahlbegrenzer und drehte sie nach jedem Herunter-
stottern wieder auf 12000 Umdrehungen. Die anfängliche Begeisterung wich mittlerweile einer traurigen Stimmung. Jedenfalls unter
den Bikern. Es war seine Sache. Er hatte sie bezahlt. Aber er war
es nie wert gewesen, eine Fire Blade zu besitzen. Es wurde wieder
still. Er holte sie wieder zurück. Einmal in den Begrenzer, dann wieder
Stille. Er ließ sie noch einmal kommen, dann war Ruhe. Für immer.
Wir trauerten.

Auf dem Rückweg machten wir noch einen kleinen Abstecher
zu den Kawas. Die Jungs waren nicht da. Wahrscheinlich hatten sie
ebenfalls der Hinrichtung beigewohnt und blieben noch bis zur Be-
erdigung. Wir stellten uns zu ihren Motorrädern und strichen ihnen
über die Tanks. In mir erwachte ein starkes Gefühl. Mitten aus dem
Bauch heraus. Ich wusste, was ich in meinem Leben wollte. Ich
wollte sie um mich haben, all die ZXRs, die GSXRs, die Fire Bla-

des, die YZFs und vielleicht auch einige Ducatis. Ich wollte die Fußrasten schleifen lassen und irgendwann wollte ich auch noch die 300
sehen. Dann könnte man mich unter die Erde bringen. Am besten
mit meinem Moped.

24

Unser Dorfsheriff hatte irgendeine Vorladung getippt. Und der
Postbote hatte sie ausgerechnet bei mir in den Kasten geworfen.
Ich hatte einen Termin für Samstag 10.00 Uhr bekommen. Mitten in
der Nacht. Am Freitag rief ich ihn an. Gleich nach Feierabend. Er
meldete sich.

„Hallo", sagte ich, „hier ist Eugen."

„Ah, guten Tag Eugen. Wie geht es dir." Ich wusste, dass er sich
bei der ganzen Sache nicht wohl fühlte. Er war nur ein verweichlich-
ter Beamter und wollte seine Ruhe haben. Die Gerüchte über mich
waren ihm schon längst zu Ohren gekommen, und es schien ihm
sicherlich bequemer zu sein, mir aus dem Weg zu gehen.

„Bis gerade eben noch ganz gut", sagte ich leise. Dann lauter:
„WAS SOLL DER SCHEIß!"

„Hier sind einige Anzeigen wegen verkehrsgefährdenden Fah-
rens eingegangen", rechtfertigte er sich.

„Mit meiner Nummer?"

„Nein, aber mit einer exakten Beschreibung."

„Blaue Motorräder fahren wie Sand am Meer herum!" herrschte ich ihn an.

„Blau?"

„Außerdem weiß ich, dass du keinen Ärger willst. Und ich auch nicht. Also werde ich dir ein wenig zur Hand gehen. Gib mir mal die Beschreibung durch, und wenn ich den Typen irgendwo sehe, dann werde ich ihn dir ans Messer liefern."

Die Beschreibung Passte in der Tat genau auf mich. Sogar meine Größe war angegeben. Zwischen einsfünfundachtzig und einsneunzig. Ich holte den Zollstock aus dem Schrank und überprüfte die Angabe. Einsachtundachtzig. Ich überlegte kurz, ob ich mich stellen sollte, entschied mich jedoch anders. Ich fuhr zu Vinnie. Vinnie hatte eine gute Freundin, die circa hundertfünfzig Kilometer entfernt in einem Vorort einer Großstadt lebte. Die beiden bekamen sich so gut wie nie zu sehen, da weder die Freundin noch Vinnie motorisiert waren. Sie hatte mich schon des öfteren gebeten, mit ihr dort hinzufahren. Da es Vinnies einzige Freundin war, nahm ich mir vor, diesen Wunsch auch zu erfüllen. Mich schreckten jedoch die dreihundertfünfzig Kilometer Fahrt ab, zumal es fast nur geradeaus ging. Da konnte man sich einen Hinterreifen schnell eckig fahren. Jetzt war der 180er eh fast am Ende. Die Zeit war gekommen. Vinnie war begeistert von meinem Vorschlag und klemmte sich gleich ans Telefon. Katharina beschrieb mir genau, wie ich ihre Adresse finden würde. „Wenn ihr euch beeilt, könnte ihr in zwei Stunden da sein."

Eine Stunde später klingelten wir an ihrer Tür. Sie öffnete. Katharina trug eine 501 Jeans und hatte lange blonde Haare. Sehr knackiger Arsch. Ihr Fleisch schien fest zu sein und die Augen waren grün. Hätte Vinnie mir ein Foto ihrer Freundin vorgelegt, wären wir schon viel früher zu ihr gefahren. Vielleicht würde ich demnächst auch mal alleine einen Abstecher wagen.

Die beiden begrüßten sich innig und auch für mich war ein Küsschen drin. Es war so um die 19.00 Uhr. Noch angenehm warm. Wir setzten uns in den Garten und unterhielten uns. Katharinas Lippen schienen sich beim Sprechen immer wieder zu einem Kussmund zu verformen und mir heimliche Zeichen zu senden. Vinnie bemerkte nichts. Ich vermutete, dass mir meine Phantasie einen Streich spielen würde. Katharina schien auch nicht der Typ für eine schnelle Nummer zu sein. Sie schien überhaupt ganz anders als Vinnie zu sein. Gut erzogen, ein wenig konservativ und reichlich naiv. Ich hörte den beiden zu und amüsierte mich. Beide gaben ihre Geschichten zum Besten. Vinnies waren immer abgedreht und verdorben. Sie erzählte zum Beispiel, dass wir es in einem Schwimmbad unter Wasser getrieben hätten. Das war absolut aus der Luft gegriffen. Wir waren noch nicht einmal zusammen im Schwimmbad gewesen. Vielleicht verwechselte sie das mit ihrer Badewanne. Oder sie verwechselte mich mit irgend jemanden. Ich fiel ihr nicht in den Rücken. Katharinas Storys waren immer wohlerzogen und spießig. Sie brachte es sogar fertig uns zu erzählen, wie ihr dreijähriger Neffe in den Wohnzimmerschrank gepinkelt hatte. Wie interessant. Ich fragte mich, wie die beiden gute Freundinnen sein konnten. Vielleicht hatte Vinnie ja noch ein Gesicht an sich, das mir bisher verborgen geblieben war. Ich hoffte, dass das auch in Zukunft so bleiben würde. Die Geschichten schienen ihnen nie auszugehen. Als es langsam dunkel wurde kündigte Vinnie an, dass sie sich frisch machen müsse. Sie beugte sich im Vorbeigehen zu mir herunter und gab mir einen Kuss auf die Wange.

„Wenn sie will, dann leg sie ruhig flach", hauchte es mir dabei ins Ohr.

Das konnte sie unmöglich gesagt haben. Katharina lächelte mich an, und ich erkannte in ihrem Gesichtsausdruck zum ersten Mal das, was sie und Vinnie verband. Die Schlampe. Ich lächelte zurück. Also hatte sie es doch gesagt. In meiner Hose wuchs etwas zu beachtlicher Größe heran. Ich überlegte noch, wie ich sie auf den Gedanken an Sex bringen könnte, als sie die Offensive anblies.

„Das kann lange dauern mit Vinnie."

Ich brachte ein spärliches „Mmh".

„Was machen wir den solange?"

Sie fuhr sich mit der Zunge über die Lippen und öffnete ihre Schenkel ein wenig. Ich war geliefert. Das Ding in meiner Hose schrumpfte in sich zusammen. Mir war eigentlich mehr danach gewesen, sie herum zu kriegen. Statt dessen sah das Ganze mehr nach einer Vergewaltigung aus. Ich war das Opfer.

„Ich geh mal nach Vinnie sehen", sagte ich.

Sie lachte. „Bleib ruhig sitzen, ich lasse dich in Ruhe."

Ich blieb und wir schwiegen uns eine ganze Weile an. Ich war von einer kleinen spießigen Maus überrumpelt worden. Was war ich doch für ein Schlappschwanz. Endlich vertrieb sie die peinliche Stille.

„Mein Cousin fährt auch Motorrad."

„So, was denn für eine?"

„Ich weiß nicht, ich glaube eine Yamaha. Ja, es ist eine Yamaha. Ganz bestimmt. Yamahas sind doch die ohne Verkleidung, oder?"

„Es gibt auch Yamahas mit Verkleidung. Das hat damit nichts zu tun."

„Ach so, auf jeden Fall ist es eine ohne Verkleidung."

„Wahrscheinlich ein Chopper."

„Magst du Chopper?"

„Nein"

„Warum nicht?"

„Weil die vorne nur eine Bremsscheibe haben."

Vinnie kam zurück. Sie sah Katharina fragend an. Die beiden lachten. Ich schämte mich ein wenig.

„Hast du nicht was zum Relaxen da?" fragte Vinnie.

„Ich hab noch zwei Flaschen Rotwein."

„Das ist besser als nix."

Katharina tischte die beiden Flaschen und drei Gläser auf. Ich erinnerte sie daran, dass ich noch fahren müsse. Sie entgegnete mir, dass wir nicht vor Samstag Mittag fahren würden. Ich widersprach nicht und war froh, dass sich der Termin beim Dorfsheriff erledigt hatte. Ja, der Sheriff war wirklich ganz in Ordnung. Vielleicht würde ich ihm wirklich helfen, den Raser zu überführen. Wenn die Beschreibung doch nur nicht so verdammt genau auf mich passen würde.

Der Wein kam der Stimmung zugute. Ich wurde wieder ralliger. Auf Vinnie und auf Katharina. Nach den ersten Gläsern zogen wir um. Ins Wohnzimmer. Wir leerten die Flaschen und redeten über dies und das. Katharinas Titten grinsten mich während der ganzen Zeit an. Ich zweifelte an meinen Verstand. Schließlich wollten die beiden schlafen. Ich hatte mich schon die ganze Zeit gefragt, wie sie das Problem mit den Schlafplätzen wohl lösen würden. Auf dem Zweiersofa würde nicht einmal Vinnie passen, von mir ganz zu schweigen. Es war denkbar einfach. Alle in Katharinas Bett. Mir wurde bei dem Gedanken daran heiß. Die beiden verschwanden ins Bad. Ich zog mich aus, deckte mich zu und lauschte ihren Stimmen. Sie alberten herum. Es hörte sich süß an. Das Leben lachte.

25

Die Versicherung war fällig. Die nächste Rate auch. Der Vorderreifen würde noch einige Kilometer halten, der 180er war dafür total blank. Er hatte an den besseren Stellen noch maximal 1,5 Millimeter Profil. An den Rändern eher weniger. Ich wollte als nächstes eigentlich einen 190er aufsetzen lassen, weil ich gehört hatte, dass sie in den Kurven mehr Gummi auf die Straße bringen und eine höhere Schräglage verkraften können. Den 180er hatte ich voll ausgereizt, da gab es nichts mehr zu holen. Vielleicht würde mir die neue Wahl noch den letzten Kick geben. Allerdings kostete der breitere Bridgestone 50 Mark mehr. Ich hatte nicht einmal das Geld für die schmalere Ausführung, geschweige denn für die Versicherung und für die Rate. Ein Dynojet Vergaser-Kit lockte und auf die Rennstrecke wollte ich auch mal wieder. Ein Wochenende auf der Piste riss jedoch locker ein 800 Mark großes Loch ins Portemonnaie, und das hing sowieso schon in Fetzen. Wenn mir nicht schleunigst etwas einfallen würde, dann wäre die Motorradsaison für mich beendet. Anfang August!

Es war eine kleine Bank in einer genauso kleinen Ortschaft auf dem Lande, etwa 80 Kilometer von meinem Wohnort entfernt. Ich war einmal mit Kevin und Bernd auf der Rückfahrt von irgendeinem Treffen auf der Suche nach einem EC-Automaten dort gewesen. Sie hatten keinen. Sie hatten eigentlich nichts, außer einem Haufen Geld, der hinter einer spärlichen Glasscheibe lag. Wahrscheinlich hatten sie nicht einmal ein Telefon. Sicherlich, es würde kein großer Clou werden, aber drei oder vier Tausender waren auf jeden Fall drin. Damit könnte ich mir bis Oktober jeden erdenklichen Wunsch erfüllen. Und noch einige mehr.

Ich traf meine Vorkehrungen. Die alberne Gaspistole von Vinnie würde reichen. Mein Fluchtfahrzeug war perfekt, aber zu auffällig. Es fuhren nicht viele Fire Blades durch die Gegend, da wäre es ein leichtes, die paar Halter zu überprüfen. Also musste ich es möglichst unkenntlich machen. Klar, ein richtiger Biker würde eine CBR immer erkennen, aber ein richtiger Biker verrät auch keinen Bankräuber, der mit einer 900er Honda vorfährt. Darauf konnte man sich verlassen. Als erstes schraubte ich die Spiegel und die Seitenverkleidung ab. Die Frontverkleidung, das Heck und der Tank waren noch mit entlarvenden Aufschriften bedeckt. Ich besorgte mir schwarze Mülltüten und schwarzes Klebeband und klebte alles sorgfältig ab. Das musste langen. Kevin hatte mir an meinem Geburtstag kurz vor der 96er Saison ein Nummernschild mit gefälschtem TÜV- und Amtsstempel geschenkt, das ich mir bei sportlichen Fahrten über die eigene Nummer klammern konnte. Ich hatte es anfänglich auch genutzt, es mit der Zeit aber immer mehr vernachlässigt. Wer mit einer Rennmaschine schnell unterwegs ist, der muss sich über alles Gedanken machen, aber nicht über die Polizei. Ich kramte das Ding wieder heraus und verstaute es im Rucksack, dann machte ich mich auf den Weg. Meine Plastikverklebung hielt auch bei 250 Sachen. Dementsprechend schnell war ich am Ziel angelangt. Ich bog kurz in einen kleinen Feldweg und montierte die Nummer, dann fuhr ich zum Tatort. Es war nichts los. Ich behielt Helm und Handschuhe an und öffnete den Reisverschluss meiner Jacke gerade soweit, dass ich Vinnies Kinderschrecker ziehen könnte. Vor der Tür atmete ich noch einmal tief durch und zählte langsam bis fünf. Das beruhigt die Nerven. Dann öffnete ich die Tür. Am Schalter saß eine eingefallene alte Schachtel und begrüßte mich freundlich. Ich nickte zurück und betrachtete sie durch das getönte Visier. Sie schien sich wenig an meiner Aufmachung zu stören. Sollte ich da hingehen und dieser alten Frau das Geld wegnehmen? Wenn sich in der Bank kräftige Männer aufhalten und die Polizeisirenen schon im Hintergrund heulen würden, dann hätte die ganze Aktion ja noch Stil gehabt, aber so?

„Bitte?" fragte sie und sah mich sorglos an.

„Äh", brachte ich heraus, „haben sie einen EC-Automaten?"

„Noch nicht, aber wir bekommen nächstes Jahr vielleicht einen."

„Danke schön"

Ich machte kehrt und verließ die Bank. War ich wirklich schon so weit gesunken? Ich fühlte mich schäbig. Bankraub war für mich immer etwas heldenhaftes, eine dreiste Nummer, ein Fingerzeig auf die verkackte Gesellschaft gewesen. Die Realität sah wohl etwas anders aus. Das ganze hatte etwas armseliges an sich. Man bediente sich als junger gesunder Mann an dem Geld anderer Leute. Man raffte Konsumgüter auf Kosten der Gesellschaft an sich, die man gerade wegen ihres oberflächlichen Konsumierens so verachtete. Man selbst wurde zum größten Blutsauger, nicht willens oder fähig sich seine eigenen Ansprüche auf normalem Wege zu befriedigen.

Ich hatte den Plan mit der Bank noch einmal überarbeitet und ging zu meiner Hausbank.

„Guten Tag, Eugen", begrüßte mich der Mann hinter dem Tresen.

„Guten Tag", antwortete ich. „Ich muss da mal was mit meinem Kredit regeln. Ich will die Ratenzahlungen bis zum November aussetzen."

Er nahm mich mit in sein Büro und wir machten die Sache klar. Im Winter würde ich allerhand Überstunden machen müssen, das stand schon mal fest. Aber so lange man noch Arbeit hatte war das kein Problem. Ich gehörte 97 wohl doch noch zu den glücklicheren Menschen.

26

Die Deutschen waren ein durch jahrzehntelangen Wohlstand völlig verweichlichtes Volk. Sie hatten Angst. Sie hatten Angst vor Armut, vor Krankheit, vor Einsamkeit, vor Tod und vor dem Zahnarzt. In den letzten Jahren kamen immer mehr dazu, die auch Angst vor Arbeit hatten. Viele profitierten von dieser Angst. Die Versicherungen, die Ärzte, Heiratsschwindler, die Kirche und nicht zuletzt die Politiker. Sie ließen sich immer neue Methoden einfallen, um die Angst zu schüren. Statistiken und Dokumentationen von Bedrohungen aller Art flimmerten pausenlos über den Bildschirm. Man verwandelte freie Menschen in Sklaven der Mutlosigkeit. Feigen Bürgern konnte man leichter in die Tasche greifen. Und vor allem lehnten sie sich niemals auf.

Ich hatte andere Ansichten vom Leben. Auf dieser Welt lebten über fünf Milliarden Menschen und keiner von ihnen war vor 1870 geboren. Das heißt, dass all die Menschen, die in den Hunderttausenden von Jahren zuvor gelebt hatten, gestorben waren. Früher oder später biss jeder mal ins Gras. Und das würde auch immer so bleiben. Man hatte also nichts zu verlieren. Die Uhr tickte von der ersten Sekunde an. Das Sterben war unausweichlich, und wenn ich es schnell hinter mich bringen würde, dann wäre es sicherlich von Vorteil.

Ähnlich sah es auch mit den anderen bedrohlichen Dingen aus. Wenn ich Morgen krank werden würde, was interessierte es mich dann Heute? Ich versuchte, meine Einstellung gegen die Übermacht der allgemeinen Meinungsmache zu setzen. Meinen Mitmenschen als gutes Beispiel voranzugehen.

Ich tat dies gerade, indem ich mit 180 Sachen die Fußrasten aufsetzen ließ. Zwei ältere Damen machten große Augen. Ich wunderte mich. Sie hatten es ja nun wirklich langsam nötig, eine gewisse Gleichgültigkeit vor dem Tod aufzubringen. In der anschließenden Linkskurve schaffte ich es nicht, Metall abzulassen. Das war nicht weiter schlimm. Es gab keine Zuschauer. Ich beschleunigte auf 240 und ging vor einer Rechtslinkskurve voll in die Eisen. Mit 150 lag ich auf, gab vorsichtig Gas und warf mich auf die andere Seite. Dieses Mal klappte es nicht. Wie meistens schaffte ich es schneller den rechten Fußrastenstopper zu verschleißen als den linken. Ich ärgerte mich ein wenig und nahm mir vor, die verpatzte Gelegenheit bei der nächsten Linksbiegung wieder gutzumachen. Ich ging mit etwa 8000 Umdrehungen rein und hatte relativ schnell Bodenkontakt. Jetzt brauchte ich nur noch exakt in dieser Schräglage bleiben und am Kurvenausgang würden mir mindestens ein Millimeter vom Schraubenkopf fehlen. Ich kam näher an den inneren Straßenrand. Also beschleunigte ich, um mich nicht aufrichten zu müssen. Die Raste ließ den Asphalt nur zwei oder drei Meter in Ruhe, dann hatte ich sie wieder drauf. Ich lag noch ziemlich tief, als ich allerhand zusätzliche Pferdestärken an die Kette feuerte. Der Hinterreifen quittierte das mit einen Slide. Ich kontrollierte ihn mit dem Gasgriff. Bei 11500 Umdrehungen schaltete ich in den Vierten und machte den Hahn voll auf. Die Fire Blade ging mal wieder ausgesprochen gut. Mit 250 Sachen knallte ich dann haarscharf an dem Seitenspiegel eines weißen Mercedes Kombi vorbei, langte in die Eisen und warf mich in eine Linksrechtskombination. Ich ließ sowohl links als auch rechts Metall schleifen. Irgendwie hatte ich Linksrechtskurven besser raus als Rechtslinkskurven. Das mag daran gelegen haben, dass es aus irgendeinem Grund mehr Linksrechtskurven als Rechtslinkskurven gab. Jedenfalls in unserer Umgebung. Auf drei Kurvenkombinationen die mit links anfingen kam höchstens eine, bei der man sich zuerst auf die rechte Seite schmeissen musste. Jetzt werden sicherlich viele denken, dass eine Linksrechtskurve aus der anderen Richtung befahren zu einer Rechtslinkskurve wird. Das stimmt aber nicht. Eine Linksrechtskurve bleibt eine Linksrechtskurve, egal von welcher Seite man kommt. Ich ließ die Zügel noch eine Weile locker, dann stoppte eine Ortschaft meine Raserei. Es war eine lange Ortschaft. So ziemlich die längste in unserer Gegend. Die Häuser lagen fast nur an der Hauptstraße. Keine Neubaugebiete und keine Nebenstraßen. Ich legte den fünften Gang ein, zog den Choke heraus und setzte ihn mit meiner selbstgebauten Chokeklemme in seiner

Stellung fest. Das erlaubte mir, ein wenig freihändig zu fahren, den Rücken gerade zu machen und das Gewicht von den Handgelenken zu nehmen. Auf einer Fire Blade langsam zu fahren konnte mit der Zeit ganz schön ungemütlich werden. Bequem wurde es erst ab 120 Sachen, dann entlastete der Fahrtwind die Arme und die Sitzposition war ideal. Am Straßenrand standen zwei fünfzehnjährige Schnitten. Ich ertappte mich dabei, wie ich meine Arme betont lässig ausschüttelte, um sie auf meine Fahrweise aufmerksam zu machen. Würde ich denn nie vernünftig werden? Würde ich mein ganzes Leben pubertierenden Mädchen hinterher gaffen? Es war wie verhext. Was hatten Frauen bloß an sich? Eigentlich mochte ich sie doch gar nicht. Die meisten taugten nichts, und trotzdem sah ich mich scheinbar nie satt. Kurz vor Ortsausgang entfernte ich die Klemme und übernahm wieder mit der rechten Hand. Es ging noch etwa fünfhundert Meter geradeaus, dann folgte eine scharfe und scheinbar endlos lange Rechtskurve. Sie war gut für 170 Sachen. Wenn ich eine Liste mit meinen liebsten Kurven aufschreiben würde, sie wäre mit Sicherheit unter den ersten zehn. Ich nahm mir die 171 vor. Es waren noch hundert Meter bis zum Ortsschild. Meine rechte Hand juckte. Wahrscheinlich um mir die Zeit bis zur Beschleunigungsorgie zu versüßen, versuchte ich einen kleinen Schlenker einzulegen. Ich zog das Motorrad kurz nach links, fing es ab und brachte es auf den alten Kurs zurück. Die Aktion ging gründlich in die Hose. Ich wusste nicht warum, aber ich hatte es nur zu einem verdammt dürftigen Eiern gebracht. Also versuchte ich es noch einmal. Aus dem eleganten Schlenker wurde wieder nichts. Das Motorrad reagierte anders als gewohnt. Es war nicht mehr so wendig, kippte nicht mehr so willig in die Schräglage. Natürlich konnte es auch an mir liegen. Ich gab uns noch eine dritte Chance. Wir konnten sie nicht nutzen. Irgend etwas war nicht in Ordnung. Das stand fest. Ich fuhr rechts heran und stellte die Fire Blade auf den Ständer. Es war nicht schwer herauszufinden woran es lag. Der Hinterreifen ließ Luft. Er hatte höchstens noch ein bar in sich und verlor schon seine runde Form. Scheiße. Ich ging zum nächsten Haus, um zu telefonieren. Ein alter Opa öffnete. Er war allein, ließ mich aber hinein. Wie unvorsichtig. Aus irgendeinem Grund halfen die Leute Motorradfahrern gern. Das hatte ich schon oft festgestellt. Wahrscheinlich war fast jeder in seinem tiefsten Innern ein Biker. Ich erreichte weder Kevin noch Bernd. Der Opa bot mir an, mit mir zu meinem Motorradhändler zu fahren, um einen Ständer zum Aufbocken zu holen. Ich schob das Motorrad auf seine Hauseinfahrt und wir fuhren los. Als wir wiederkamen stand die Fire Blade senkrecht. Ich hatte nicht daran gedacht, dass das Motorrad durch den immer platter werdenden Reifen praktisch tiefer gelegt wurde, der Ständer aber gleich lang blieb. Auf ebenem Untergrund bleibt das Motorrad auch mit platten Reifen stehen, wäre es jedoch leicht abschüssig gewesen, es wäre zur Katastrophe gekommen. Ich setzte den Ständer unter die Aluschwinge und bockte die CBR auf. Der Opa hieß August und bot mir auch weiterhin seine Hilfe an. Für ihn schien das Ganze eine angenehme Abwechslung zu sein. Er besorgte mir einen passenden Schlüssel. Ich baute den Reifen aus und wir fuhren wieder zu meinem Händler. Der 180er BT-56R Radial kostete mich mit Aufziehen und Auswuchten 289 Mark. Ich war eben ein guter Kunde. Es ging schnell. Vierzig Minuten später waren wir wieder zurück. Ich montierte den Reifen und August besorgte zwei Flaschen Bier und zwei Gartenstühle. Wir setzten uns mit Blick zur Fire Blade und genossen das Pils.

„Tja", sagte er nachdenklich, „wenn ich noch einmal jung sein könnte, ich würde auch so ein Ding fahren."

Ich trank einen Schluck. Wir sagten lange Zeit nichts. Dann sprach er wieder, ohne seinen Blick von der Fire Blade zu nehmen.

„Pass bloß auf, dass du dir nicht die Ohren abfährst."

„Kein Problem", antwortete ich, „ich hab schon fünfzigtausend unfallfreie Kilometer hinter mir. Einen alten Fuchs kriegt man so schnell nicht am Arsch."

Ich wusste, dass es mich in der nächsten Kurve zerrissen hätte. In der Kurve, die zu meinen zehn liebsten zählte, die gut war für 170 Sachen und die ich mit 171 und plattem Hinterreifen angegangen wäre. Und das nach fünfzigtausend Kilometern! Tja, es hätte mich erwischt, wenn ich nicht aus purer Langeweile noch einen kleinen Schlenker eingebaut hätte. Ich setzte die Bierflasche an und lächelte in mich hinein.

27

Die Schuhe kamen aus allen Richtungen geflogen und explodierten an meinem Körper. Ich versuchte mit meinen Armen die Rippen zu schützen und bekam die Quittung in die Nieren. Zum Glück waren es keine Stiefel mit Stahlkappen oder Holzschuhe. Es waren ganz normale Treter mit relativ weichen Sohlen. Aber viele. Ich konzentrierte mich auf einen schwarzen Schuh, der mich mit ganz besonderem Elan bearbeitete und packte zu. Kaum hatte ich das Bein umklammert, da trafen mich die übrigen Tritte am Kopf. Die Jungs schienen wirklich wütend auf mich zu sein. Ich ließ es wieder los und krümmte mich zur Kugel. Diese Stellung war zwar vorteilhaft für die Vorderseite, lieferte den Rücken jedoch ungeschützt den Einschlägen aus. Also wälzte ich mich auf den Rücken und schützte die Seiten mit meinen Armen. Der Kopf war jetzt ungedeckt und steckte einige Tritte weg. Aber die waren eher zaghaft und außerdem hatte ich eh nicht viel in der Birne. Motorrad fahren konnte man auch mit einem niedrigen Intelligenzquotienten. Einer machte sich an meinem Oberschenkel zu schaffen. Er trat mir mit der Picke gegen den Beinstrecker. Immer auf die gleiche Stelle. Ich fragte mich, was ich ihm getan hatte. Vielleicht hatte ich seine Frau vergewaltigt. Aber warum traten dann all die anderen auf mich ein? Vielleicht hatte es seine Frau ja auch freiwillig mit mir getrieben. Vielleicht hatten es alle Frauen freiwillig mit mir getrieben. Ich zielte und erwischte ihn ebenfalls mit Picke voll aufs Wadenbein. Er gab einen kurzen Schrei von sich und stellte sein Trommelfeuer ein. Die anderen verstärkten ihre Attacken um so mehr. Es gab kein Entrinnen. Ich stellte mich tot und versuchte, ein wenig an meine Fire Blade zu denken. Die Schmerzen wurden erträglicher. Die Einschläge hörten schlagartig auf.

„Na du Penner", schrie mich irgendeiner an, „was hast du zu deiner Entschuldigung vorzubringen?"

Mir viel nichts ein. Ich wusste ja nicht einmal, wofür ich mich entschuldigen sollte. Also nahm ich meinen letzten Funken Energie zusammen und sagte mit deutlicher Stimme das Dümmste was mir in den Sinn kam.

„War das etwa schon alles, ihr Schlappschwänze?"

Sie legten gleich wieder los. Aber sie waren lustloser geworden. Die Tritte kamen nicht mehr so hart und sie trafen mich auch nicht mehr am Kopf. Nur der Typ den ich am Wadenbein erwischt hatte, schien noch eine Rechnung mit mir begleichen zu wollen. Er bearbeitete meinen Unterschenkel. Ich trat zurück und machte die anderen damit wieder etwas munterer. Dann flog einer mit schmerzverzerrtem Gesicht über mich rüber. Die anderen stockten. Ich nutzte die Situation und packte die Füße von dem, der mir mein ganzes Bein lahmgelegt hatte. Er viel um und lag mit mir auf dem Boden. Ich war so gut wie gelähmt, aber voll von dem Gedanken durchtrieben, diesem Arschloch einen mitzugeben. Also biss ich ihm ins Bein.

Ich umklammerte es und legte alles in meinen Unterkiefer, was ich noch zu bieten hatte. Er schrie. Ich bekam nicht mehr viel von meiner Umwelt mit, aber es schien tierisch abzugehen. Ein übergewichtiger Bartträger stürzte mit blutverschmiertem Gesicht zu Boden und knallte mit seinem Kopf auf den Kopf, der zu dem Bein gehörte, von dem ich noch immer versuchte, ein Stück Fleisch herauszubeißen. Der dicke blieb bewusstlos liegen. Er gehörte zu denen, die mich zusammengetreten hatten. Ich erkannte ihn an seinen Schuhen. Mein Opfer richtete sich mit dem Oberkörper auf und schlug mir einige Male mit der Faust auf den Hinterkopf. Dann ruckte es durch seinen ganzen Körper und er sackte leblos in sich zusammen. Bernd hatte ihm einen Elfmeter verpasst. Der Ball blieb jedoch am Hals hängen. Um mich herum war Ruhe eingekehrt. Ich lächelte. „Wo wart ihr so lange?" fragte ich.

„Wir dachten eigentlich, dass du nur pissen gehen wolltest", antwortete Kevin.

Daran konnte ich mich nicht erinnern, aber ich verspürte einen Druck in der Blase. Die Schweine hatten mich schon auf dem Hinweg aufgemischt. Meine beiden Kumpels halfen mir hoch und schleppten mich wieder in diesen Schuppen. Eine Diskothek übelster Sorte. Hier traf sich das Strandgut einer ganzen Generation, um sich gemeinsam ins Nirwana zu trinken. Unter den Gestrandeten waren auch immer einige pralle Titten. Und auf die hatten wir es abgesehen. Für schöne Mädchen hatte das Leben eigentlich nur zwei mögliche Schicksale vorgesehen. Entweder wurden sie von Kind auf an stolz auf ihr Aussehen gemacht und fühlten sich nach einiger Zeit wie Prinzessinnen, die sich um nichts anderes, als um ihr Haar zu kümmern hatten und denen alles zustand. Oder sie litten unter ihrer Schönheit, weil sie von niemanden für voll genommen wurden und sich permanent als Dreilochgummipuppe fühlten. Die Dreilochgummipuppen verlangten keine schönen und reichen Männer. Sie wollten nur, dass man sich mit ihnen unterhielt und ihnen das Gefühl gab, sie für intelligent zu halten. Dann waren sie vor lauter Dankbarkeit bereit, alles erdenkliche zu tun. Na ja, und diese Dreilochpuppen hielten sich eben in diesem Laden auf.

Sie setzten mich auf eine Bank direkt neben der Tanzfläche. Das Blut lief mir übers Gesicht und tropfte auf meine einzige Jeans. Ich bewegte meinen Oberkörper hin und her und kontrollierte, ob meine Rippen noch ganz waren. Rippenbrüche merkte man meist erst einige Minuten nach der Schlägerei. Solange das Adrenalin noch im Blut war, spürte man gar nichts. Damit hatte ich meine Erfahrungen. Die Schmerzen hielten sich in Grenzen. Ich hatte wohl mal wieder Glück gehabt.

Sie stand plötzlich mit einem Tempotaschentuch vor mir und wischte mir das Blut aus dem Gesicht. Etwa einssiebzig groß und lange dunkle Haare. Die schwarze Stoffhose ließ zwei wohlgeformte Schenkel erkennen. Die Titten schienen ebenfalls in Ordnung zu sein. Sie sah mir direkt in die verschwollenen Augen. „Du musst ins Krankenhaus."

Ich schüttelte den Kopf. „Nur die Besten sterben jung."

Sie lächelte mitleidig und setzte sich zu mir. Kevin und Bernd machten sich auf den Weg nach irgendwohin. Ich hatte sie an der Angel. Am Haken ihres verdeckten Mutterkomplexes. Sie strich mir übers Haar und wischte an meinen Wunden herum. Ihre Augen ließen mich direkt in ihr Herz sehen. Sie sprudelte nur so voller Gefühle. Ich hatte keine Gefühle. Aber ich hatte ein ausgewachsenes Ding in der Hose stehen. Also gab ich der Schnur einen Ruck, um den Haken tiefer ins Fleisch eindringen zu lassen. „Es hat sich noch nie einer um mich gekümmert", sagte ich. Ein Schwall des Ekels vor meiner eigenen Schleimigkeit durchzog meinen Körper.

„Wenn keiner auf dich aufpasst, dann kannst du an inneren Verletzungen verbluten."

138

„Ich wohne allein", antwortete ich mit Hundeblick.

Sie nahm mich mit zu ihr. Ich ging ins Bad und wusch mir das verkrustete Blut von der Haut. Als ich fertig war, hatte sie schon das Bett für mich hergerichtet. Ich war froh, dass ich meine einzige lochfreie Unterhose trug und legte mich hinein. Sie cremte meine blauen Flecke ein und massierte das lädierte Bein, den Rücken und meinen Bauch. Ich revanchierte mich. Sie hatte stramme Haut und die längsten Nippel, die ich je zwischen die Finger bekommen hatte. Es wurde ein langer harter Ritt. Sie kam vor mir und brachte es mit dem Mund zuende. Eine Frau der S-Klasse.

Ich wachte früh auf. Mit höllischen Rückenschmerzen. Ich geisterte ein wenig durch ihre Wohnung und fand einen Brief auf dem Wohnzimmertisch. Sie hieß anscheinend Natascha. Ich schrieb mir ihre Adresse und ihre Telefonnummer auf. Dann rief ich Kevin an und ließ mich abholen. Alles in einem war es eine der besseren Nächte gewesen. Die Leichen werden eben am Ende der Schlacht gezählt, und ein guter Fick konnte allerhand Schläge vergessen machen.

28

Bei den Jungs, die unter den Stufenführerschein fielen und mit deprimierenden 34 PS durch die Gegend eiern mussten, hatte sich ein Typ namens Kalle ins Gerede gebracht. Er war anscheinend ein begnadeter Schrauber und hatte sich eine Garagenwerkstatt eingerichtet, in der er sich abends um die gewürgten Motoren kümmerte. Die Jungs kauften sich Motorräder mit offener Leistung und ließen diese dann bei einem normalen Vertragshändler durch eine Anschlagschraube am Gasschieber drosseln. Alles ganz offiziell mit dem Segen vom TÜV und so weiter. Wenn alles eingetragen war, fuhren sie zu Kalle. Der bog die Anschlagschraube zur Seite und befestigte eine Drehvorrichtung daran. Die Vorrichtung konnte per Drahtseil über einen kleinen Hebel bedient werden. Zwei Stellungen waren möglich. Die eine stoppte den Gasschieber exakt an der Stelle, an der die vierunddreißig PS erreicht wurden. Die andere Stellung gab den Gasschieber frei, so dass die volle Leistung zur Verfügung stand. Man konnte so selbst bei voller Fahrt Gas wegnehmen, den Hebel umlegen und mit der erlaubten Leistung weiterfahren. Das ganze schien ziemlich wasserdicht zu sein und funktionierte bei fast allen Modellen. Selbst ein Gutachter würde im Schadensfall kaum auf den Schwindel kommen. Die Plombe und die farbige Markierung, die die Anschlagschraube sicherten, wurden bei der Manipulation unverändert belassen. Kalle hatte schon fast alle gedrosselten Motorräder in der Umgebung in seiner Garage gehabt und sich so ein gutes Zubrot verdient. Irgendeiner von den Jungs erzählte ihm dann von einem völlig durchgeknallten Adrenalinjunkie und seiner Fire Blade. Kalle ließ mir ausrichten, dass er eine Fire Blade ohne weitere Probleme auf die Dreihundert bringen würde. Ich konnte das zwar nicht glauben, aber ich konnte es auch nicht unversucht lassen. Die Dreihundert waren so etwas wie eine Schallmauer. Wenn man die auf der Landstraße gefahren war, dann hatte man im Leben alles erreicht, was sich zu erreichen lohnte. Ich fuhr also rüber. Kalle war gerade damit beschäftigt, einer CBR 600F zur Höchstleistung zu verhelfen. Ich stellte mich vor und er ließ einen Haufen Informationen vom Stapel, ohne von dem kleinen Supersportler abzulassen.

„Das Problem sind die vorgeschriebenen Abgas- und Geräuschwerte. Die werden im mittleren Drehzahlbereich gemessen. Also werden die Motorräder da schwach ausgelegt. Zu fett oder zu mager bedüst. Das kostet gute zehn PS im gesamten Bereich zwischen fünf- und zehntausend Umdrehungen. Hast du einen Sportauspuff?"

„Ja"

„Dann kann ich auch im oberen Bereich zehn PS rausholen. Allein die Bedüsung bringt dir echte hundertvierzig PS. Schon mal was von Slick 50 gehört?"

„Nein"

„Das Zeug ist nicht schlecht. Aber ich hab besseres. Direkt aus Japan importiert. Das schmiert die Zylinder wie die Pest. Macht den Motor haltbarer und gibt acht bis zehn Prozent mehr Leistung. Dann bist du bei hundertfünfzig PS! Na, ist das nichts? Kalle macht's möglich. Und das ganze für einen schlappen Tausender. Für einen pissigen Tausender."

„Aber wer garantiert mir ....„

„Wenn deine Kiste nach meiner Behandlung nicht die Dreihundert bringt, dann bezahlst du keinen Pfennig, verstanden?"

Ich nickte.

„Lass die Fire Blade gleich hier stehen. Morgen Abend hab ich sie dann fit. Ich ruf dich an, wenn es soweit ist."

Ich gab ihm die Nummer und ließ mich von Bernd abholen. Von den zusätzlichen zwanzig PS erwähnte ich kein Wort. Er würde schon früh genug Augen machen. Spätestens bei der nächsten sportlichen Fahrt. Mit hundertfünfzig PS würde ich jede Yamaha in Grund und Boden stampfen!

In der Nacht träumte ich von meiner Fire Blade. Ich war auf der Umgehungsstraße unterwegs. Bei hundertachtzig Sachen schaltete ich in den Dritten und gab Vollgas. Es wurde laut. So laut, dass die Autos die linke Spur frei machten und sich äußerst rechts hielten. Die Fire Blade beschleunigte, als würde sie von einem unsichtbaren Katapult abgeschossen. Der Vorderreifen stieg in den Himmel und setzte erst wieder auf, als ich bei 220 in den Vierten schaltete. Ich gab wieder Vollgas und es ging höllisch ab. Der 130er pendelte sich zehn Zentimeter über dem Asphalt ein und blieb dort bis in den sechsten Gang hinein. Bei 270 setzte er wieder auf. Die Beschleunigungsorgie war damit aber noch nicht beendet. Es ging weiter voran. Bis in den Drehzahlbegrenzer. Bei 12000 Umdrehungen schaltete sie ab. Also blieb ich bei 11900 U/min und jagte an den verängstigten Autofahrern vorbei. Mit zwanzig Zentimetern Abstand zu ihren Außenspiegeln. Hinter mir nur noch verbrannte Erde.

Kalle rief mich gleich nach der Arbeit an. Es gab Schwierigkeiten mit der richtigen Düsenkombination. Das mit dem Superschmierfilm war schon geregelt. Er vertröstete mich auf den nächsten Tag und handelte noch einmal zweihundert Mark mehr heraus. Mich störte das nicht. Ob ich nun tausend oder tausendzweihundert Mark zahlen würde. Leisten konnte ich mir beides nicht.

Am nächsten Tag ging alles klar. Er rief mich wie verabredet an und Vinnie fuhr mich mit meinem Golf rüber.

„Pass auf", sagte Kalle, „bevor wir jetzt irgendwas klar machen setzt du dich auf dein Moped und holst die Dreihundert raus."

Ich fuhr sie zehn Minuten warm. Dann ging es auf die Umgehungsstraße. Sie machte zwar keine Wheelies bei 180 Sachen, aber sie ging gut ab. Ab 220 war es deutlich zu merken. Ich saß auf einem anderen Motorrad. Sie war ruckzuck auf 260. Ich schaltete in den Sechsten und machte den Hahn voll auf. Es ging noch immer gut voran. Die 280 erreichte sie spielend. Ich bekam Herzklopfen. Was würde noch kommen? Bei 285 musste ich kurz vom Gas. Zu viele Autos. Dann ging es wieder ab. 280, 285, 290. Ich bekam ein schwaches Gefühl im Bauch. All die Jahre hatte ich von Tachoanschlag geträumt und jetzt war es soweit. 295, 300. Dreihundert! Ich ließ einen lauten Jubelschrei los, der in einen hysterischen Kamikazeschrei endete. Schließlich nahm ich eine Ausfahrt, brachte es auf der Rückfahrt noch einmal auf 295 und kam freudestrahlend bei Kalle an.

„Na siehst du", sagte er, „Kalle macht den Biker glücklich."

Wir gingen in die Garage und er holte einige Papiere raus.

„Also, ich mach hier nichts schwarz. Meine Nachbarn spionieren mir nach. Schreiben sich die Nummern von den Mopeds auf, die ich hier stehen habe und melden sie dem Finanzamt. Ich hab hier einmal eine Auftragsbestätigung für eine Rundumwäsche und einmal die Rechnung. Du unterschreibst, dass du mir den Auftrag gegeben hast, dein Motorrad auf den Stand eines Neufahrzeuges zu putzen, und dass ich diesen Auftrag ordnungsgemäß erfüllt habe. Für vierhundert Mark."

Ich unterschrieb und gab ihm die tausendzweihundert Mark. Dann machte ich mich auf den Weg.

Ich entschied mich für einen kleinen Abstecher, um die Dreihundert noch einmal zu sehen. Es ging wieder auf die Umgehungsstraße zu. Ich bog auf die Landstraße, die direkt auf sie hinaufführte und drehte den Hahn vorsichtig auf, um keinen allzu wilden Wheelie zu provozieren. Der 130er blieb auf dem Asphalt kleben. Den Zweiten ließ ich dann schon mit Vollgas kommen. Auch hier stieg der Vorderreifen zu meiner Überraschung nicht in den Himmel. Ich drehte bis kurz vor den Begrenzer und schaltete in den Dritten. Ich zog herauf bis 220 und nahm den Gashahn ganz zurück. Es war ein Genuss, der Motorbremse durch den offenen Micron zuhören zu können. Bei 150 km/h legte ich den Zweiten ein und ließ den Gasgriff weiterhin in Ruhe. Irgendwo unter 7000 Umdrehungen fing sie an, wunderbar klingende Fehlzündungen zu produzieren. Ich ließ die Drehzahl noch um tausend Umdrehungen fallen, dann riss ich den Gashahn schlagartig auf. Das Vorderrad wurde leicht. Aber es blieb am Boden. Also nahm ich wieder Gas weg und ließ die Drehzahl auf 5000 Umdrehungen fallen. Ich drehte den Gasgriff voll auf, nahm bei 7000 Umdrehungen kurz Gas weg, ließ die Vorderradgabel durch die Motorbremse eintauchen und gab in dem Moment, indem das Motorrad wieder aus der Gabel gedrückt wurde Vollgas. Das Vorderrad wurde wieder leicht. Vielleicht noch etwas leichter als beim letzten Versuch, aber es war weit davon entfernt, vom Boden abzuheben. Ich war noch immer damit beschäftigt, dem zweiten Gang auf dem Zahn zu fühlen, als ich Kevin entdeckte. Er jagte mit seiner YZF gerade die Auffahrt herauf. Ich gab Vollgas und erwischte ihn auf dem Beschleunigungsstreifen. Er hatte mich zwar noch nicht gesehen, aber er hing eh mächtig am Gas. Jetzt hatte er auch einen Grund dafür. Wir hatten beide etwa 210 Sachen auf der Uhr und das Kinn auf den Tank gepresst. Bei 220 schaltete ich in den Vierten und bei 240 in den Fünften. Einige rollende Blechschikanen versperrten uns den Weg. Ich zog auf den Mittelstreifen und jagte im angedeuteten Slalom durch sie hindurch. Kevin hatte sich an meinen Hinterreifen geklettet. Also ließ ich den Hahn voll auf und schaltete bei 260 in den Sechsten. Ich nahm an, dass der Yamaha bei 280 die Puste ausgehen, und sich die tausendzweihundert Mark zum erstenmal rentieren würden. Bei 300 km/h wagte ich es, meinen Kopf ein wenig nach rechts zu drehen. Nichts zu sehen. Dann nach links. Kevin hatte sich gerade aus meinem Windschatten gelöst und setzte zum Überholen an. Bei 300 km/h! Er war relativ schnell auf gleicher Höhe mit mir, dann zog er im Zeitlupentempo vorbei. Die Yamaha hatte noch einige Stundenkilometer mehr auf der hohen Kannte. Ich hängte mich in seinen Windschatten und blieb dran.

Wir nahmen die nächste Abfahrt. Kevin hielt am Straßenrand und grinste mich zufrieden an.

„Das gibt's doch gar nicht", fuhr es aus mir heraus. „Wie schnell warst du?"

„Zwo vierundachtzig", antwortete er triumphierend.

Die ganze Sache war mir von Anfang an spanisch vorgekommen, aber jetzt stand es fest. Kalle hatte mich beschissen. Die einzige Veränderung bestand in meiner Tachoanzeige. Tatsächlich war das Motorrad keinen km/h schneller geworden. Er hatte an meiner

Fire Blade herumgepfuscht und mir tausendzweihundert Mark abgeknüpft. Wahrscheinlich war er davon ausgegangen, dass ich mein Moped eh nie bis zur Höchstgeschwindigkeit bringe und den Schwindel nie aufdecken würde. Welch folgenschwerer Fehler!

Wir nahmen mein Motorrad genauer unter die Lupe und stellten fest, dass das hintere Kettenrad ausgewechselt war. Kevin vermutete, dass Kalle mir einfach ein größeres eingebaut hatte, und dass sich dadurch das vordere bei gleicher Geschwindigkeit schneller drehen würde. Da das Tacho der 96er Fire Blade die Geschwindigkeit am vorderen Kettenrad ermittelte, zeigte es folglich eine zu hohe Geschwindigkeit an.

29

Ich versuchte es zuerst auf die nette Tour. Schließlich war Kalle ja auch ein Biker und vielleicht auch ein ganz netter Kerl. Ich ging in seine Garage und erzählte ihm, dass ich sein ganzes Tuning für einen Schwindel halten, und dass ich ihm die Gelegenheit geben würde, alles wieder rückgängig zu machen. Natürlich auch die Bezahlung. Kalle faselte lauter wirres Zeug von wegen verdammt schnelle Yamahas und brachte auch einige andere Begründungen zusammen. Ich tat so, als würde ich ihm glauben und fuhr nach Hause. Alle weiteren Schritte mussten wohl durchdacht sein. Ihn anzuzeigen hätte mich nicht weitergebracht. Schließlich gab es keine Zeugen für unseren Deal. Außerdem wollte ich die Jungs mit den 1a Führerscheinen nicht gefährden. Wenn die Polizei Kalles Garage hochnehmen würde, dann würden ihr vielleicht auch die ganzen Namen der Halter von illegal entdrosselten Motorrädern in die Hände fallen. Ich wollte das Geld zurück und mein Motorrad wieder in den originalen Zustand versetzt bekommen. Aber Kalle schien das keineswegs zu wollen, also würde ich ihn davon überzeugen müssen.

Wir fuhren am nächsten Abend wieder hin. Kevin, ein langes Seil, das sich an einem Ende zu zwei Seilen gabelte und ich. Kevin wartete vor der Tür. Ich ging hinein. Kalle war gerade mit einer 91er ZXR 750 beschäftigt. Ich versuchte es noch einmal im Guten, hatte aber keinen Erfolg. Also packte ich ihn am Kragen und rammte meine Stirn mit voller Kraft gegen seine. Ein markerschütterndes Knacken durchdrang jeden Knochen. Er sah mich mit großen Augen an. Ich ließ es noch einmal knacken und zog seinen schlaffen Körper hinaus. Kevin hatte das Seil in der Zwischenzeit mit dem gegabelten Ende der einen Seite an der Schwinge meiner Fire Blade befestigt. Das andere Ende wickelten wir Kalle um den Bauch. Seine Frau kam aus dem Haus gerannt und drohte mit der Polizei. Sie sah gut aus. So Anfang dreißig mit Wespentaille und dicken Titten. Wie hatte sich der hässliche Kalle nur so eine Frau einheimsen können? Kevin packte sie und zerrte sie in die Garage. Ich fuhr los. Kalle war sofort auf den Beinen und topfit. Ich nahm einen kleinen Feldweg und blieb unter 20 km/h. Er machte mir allerhand Angebote, aber ich reagierte nicht. Ich fuhr einfach stur gerade aus und wartete darauf, dass er sich das erste Mal abpacken würde. Nach sieben oder acht Minuten war es soweit. Es gab einen kleinen Ruck und einen lauten Schrei. Ich fuhr mit Schritttempo weiter. Er hatte es schwer, auf die Beine zu kommen. Als er es endlich geschafft hatte, beschleunigte ich wieder auf 20 km/h und hörte mir seine Angebote an. Wir einigten uns relativ schnell. Das Geld plus zweihundert Mark Aufwandsentschädigung zurück, die Übersetzung wieder in den originalen Zustand und eine kostenlose Rundumwäsche. Ich hielt an, befreite ihn vom Seil und fuhr zur Garage. Kevin hatte es sich mit Doris gemütlich gemacht. Sie hatte drei Bier aufgetischt und gab allerhand Storys über Kalles Gaunereien zum Besten.

Nach einer halben Stunde erschien Kalle. Er schob die Fire Blade in die Garage und machte sich wortlos an die Arbeit. Dank seiner netten Frau verging die Zeit wie im Fluge.

30

Der Sex mit Vinnie nutzte sich mit der Zeit etwas ab. Nicht das sie an Klasse verlor, aber es gab viele Weiberärsche und als Mann war es schwer, sich immer an den gleichen zu halten. Ich verbrachte also wieder mehr Zeit damit, die Inserate der „sexy Hausfrauen" durchzuarbeiten und die mir noch zur Verfügung stehenden Finanzen schön zu rechnen. Es half alles nichts. Ich hatte einfach keine hundert Mark über. Und kostenloser Sex war bei den wenigsten Frauen zu bekommen. Entweder kosteten sie Geld oder viel Zeit und Nerven. Ich erinnerte mich an Vinnies Freundin Katharina, verwarf den Gedanken aber schnell wieder. Sie würde es Vinnie mit Sicherheit stecken. Schließlich fiel mir Natascha ein. Ich durchwühlte mein Portemonnaie und fand den Zettel mit ihrer Nummer.

„Natascha Kreuz", meldete sie sich.

„Hallo Natascha. Hier ist Eugen."

„Eugen?"

„Ja, ich wollte mich mal revanchieren, weil du mich damals so gut verarztet hast."

„Ach Eugen."

„Was hältst du davon, wenn ich dich gleich abhole und wir uns einen schönen Abend machen?"

„Ja, also –„

„Hast du einen Motorradhelm?"

„Nein, aber –„

„Dann nehme ich einen mit. Also dann bis gleich."

„Ja, aber –„

Ich knallte den Hörer auf die Gabel und warf mich in meine Ledermontur. Zum Glück hatte Vinnie nach der Aktion bei Kalle ihren Helm bei mir liegen lassen. Ich steckte ihn mir an den Arm und fuhr los. Mir war klar, dass Natascha ziemlich vor dem Kopf gestoßen war. Schließlich war es auch für sie nur ein One-night-stand gewesen. Vielleicht hatte sie ja sogar einen Freund. Aber wen interessierte das 1997 schon. Wenn sie erst einmal auf der Fire Blade sitzen würde, dann würde sie sich auch ein zweites Mal lang machen. Damit hatte ich meine Erfahrungen. Rennmaschinen machten Frauen scharf. Wahrscheinlich lag das an der Sitzposition. Die stark angewinkelten Beine und der nach vorn gebeugte Oberkörper ließen sie direkt auf ihrer erogenen Zone sitzen. Das Hin- und Herrutschen beim Beschleunigen und Bremsen, sowie die Vibrationen bei hohen Drehzahlen gaben ihnen den Rest.

Natascha öffnete in einem schlabberigen Sommerkleid.

„Willst du so etwa mitfahren?" fragte ich.

„Also eigentlich –„

„Keine Widerrede. Hast du eine Lederhose?"

„Nein"

„Dann zieh ´ne Jeans an."

Sie gehorchte. Ich wartete solange bei meiner Fire Blade. Nach vier oder fünf Minuten stand sie wieder in der Tür. Mit schwarzen Lederstiefeln, einer blauen Jeans und einer braunen Lederjacke. Die Zweifel standen ihr im Gesicht.

„Pass auf", sagte ich, „ich hab fünfzigtausend unfallfreie Motorradkilometer hinter mir. Du wirst jetzt hier her kommen und dich brav auf den Soziussitz setzen. Nach zehn Minuten Fahrt werde ich anhalten, und dann kannst du dich entscheiden, ob wir weiterfahren oder ob ich dich wieder nach Hause bringen soll."

Sie nickte artig und stieg auf. Ich ließ es langsam angehen, um sie nicht abzuschrecken. Als Ziel hatte ich mir einen Imbiss gewählt. Die Strecke dorthin war etwa fünfundzwanzig Kilometer lang und recht kurvig. Die Fahrt würde ihr gefallen. Nach dem Essen plante ich einen anderen Rückweg ein. Etwas länger und mit einigen Top Speed abschnitten. Sie würde ihre Angst dann schon abgeschüttelt haben und ein wichtiges Gefühl bekommen, wenn wir die Autos mit doppelter Geschwindigkeit versägen würden. Frauen standen darauf. Auch wenn sie es sich nie eingestehen würden.

Das Essen kostete mich zweiundzwanzig Mark für beide zusammen. Das war noch immer entschieden weniger als hundert Mark. Und für hundert Mark konnte man noch nicht einmal ohne Gummi. Auf der Rückfahrt zog ich den Fünften bis auf 260 und fuhr ein oder zwei Kilometer Slalom. Sie klammerte sich an mich. Ich war jetzt zumindest für den Rest des Abends ihr Mann, da war ich mir sicher.

Wir kamen bei ihr an und sie ließ ihrer Begeisterung freien Lauf.

„Booh, ist das geil. Das ist das Geilste, was ich je erlebt habe. Vorhin habe ich mich gefühlt wie zwischen Leben und Tod. Geil. Der absolute Kick. Geil."

Wir gingen hinein und sie bot mir Wein an. Ein gutes Zeichen. Ich entschied mich für einen Eistee und versuchte, sie auf ihr Sofa zu bugsieren.

„Ich sag es lieber gleich", eröffnete sie.

„Es interessiert mich nicht, ob du einen Freund hast", bekundete ich.

„Nein, das meine ich nicht. Ich meine, es gibt Tage, da können Frauen nicht."

„Du meinst du hast die Russen?"

„Ja, ich hab Krieg, die Tage."

„Das ist doch kein Problem. Mich stört das nicht."

„Mich aber. Ich finde das eklig."

„Verdammt noch mal, warum hast du mir das denn nicht gleich gesagt?"

„Das wollte ich ja schon am Telefon, aber du hast mich nicht ausreden lassen."

Damit hatte sie recht. Aber mit so einer Ehrlichkeit konnte man ja auch beim besten Willen nicht rechnen. Das machte sie irgendwie sympathisch. Nicht nur ihre Titten und ihr Arsch hatten etwas, sondern auch ihre Art. Ich blieb also noch zwei oder drei Stunden und hatte einen recht interessanten Abend.

Beim Gute-Nacht-Onanieren stellte ich mir Natascha nackt auf meiner Fire Blade vor. Ich weiß nicht, an was ich dachte, als ich kam. An Natascha oder an meine Fire Blade. Aber ich wusste, dass ich sie noch öfter besuchen würde.

31

Ich hatte eine alte Bekannte von mir beim Stadtbummel getroffen. Sie hatte eine leckere Freundin an ihrer Seite. Nicole. Der steckte ich einen kleinen Zettel mit meiner Telefonnummer zu. Das war jetzt schon zwei Tage her, und sie hatte sich noch immer nicht gemeldet. Ich umkreiste ungeduldig mein Telefon und stellte mir vor, wie die beiden sich über mich kaputtlachten. Wie ein pubertierender Junge hatte ich ihr diesen zerknüllten Zettel in die Hand gedrückt. Aber ich hatte nicht die Absichten eines Vierzehnjährigen. Alles was ich wollte war Nicoles Arsch. Gefühle waren mir nicht wichtig, dafür hatte ich mein Motorrad. Endlich schrillte das Telefon. Ich ließ es zweimal bimmeln und nahm ab.

„Eugen hier"

„Hallo Eugen, ich bin's", meldete sich eine Frauenstimme.

„Hallo", entfuhr es mir ein wenig überschwänglich.

„Na, wie geht's?"

„Oh gut, und selbst?" Ich bekam langsam Zweifel, ob das am anderen Ende überhaupt Nicole war.

„Auch gut. Sag mal, weißt du überhaupt wer hier ist?"

„Natürlich", antwortete ich. Vinnies Stimme war es nicht. Und Sonja würde sich nach der Abfuhr garantiert nicht mehr bei mir melden, da war ich mir sicher. Blieben eigentlich nur noch Natascha und Nicole übrig. Katharina, die Freundin von Vinnie wäre natürlich auch möglich gewesen.

Die befürchtete Frage kam prompt: „So, wer denn?

Katharina wäre mit Sicherheit nicht böse darüber gewesen, wenn ich nicht auf ihren Namen gekommen wäre. Nicole und Natascha schon. Also musste ich mich für eine von den beiden entscheiden. Fifty fifty. Obwohl, vielleicht könnte ich mich auch anders aus der Affäre ziehen.

„Fängt dein Name vielleicht mit N an?" fragte ich neckisch.

Sie lachte erleichtert. Ich auch.

„Sag mal", fragte sie, „hast du heute Abend schon was vor?"

„Nein"

„Du könntest mich doch mal wieder besuchen. Wir können ja wieder ein bisschen durch die Gegend fahren."

Es war also Natascha.

„Na klar", antwortete ich.

Wir verabredeten uns für den kommenden Abend. Es gab da aber noch ein kleines Problem. Vinnie hatte ihren Helm wieder bei sich liegen. Den musste ich ihn ihr irgendwie wieder abknöpfen. Ich rief sie also an und fragte, ob sie Lust auf eine kleine Spritztour hätte. Wie immer stimmte sie zu. Wir fuhren die übliche Runde und landeten schließlich bei mir. Beim obligatorischen Sex zog sie dann alle Register ihres Könnens. Sie schien zu merken, dass mich meine Hormone in andere Betten trieben. Ein oder zwei Stunden später fuhr ich sie nach Hause. Mit meinem Golf. Und wie erwartet ließ sie ihren Helm bei mir liegen.

Am nächsten Tag meldete sich dann auch endlich Nicole. Wir telefonierten eine geschlagene Stunde und verabredeten uns für den Freitag Abend bei mir. Ich legte den Hörer auf die Gabel und bereitete mich auf den Besuch bei Natascha vor. Das Telefon klingelte erneut.

„Eugen hier"

„Hallo, ich bin's schon wieder."

„Was ist los, Nicole, willst du unser Date etwa wieder absagen?"

„NICOLE?!" fauchte es vom anderen Ende in die Leitung. „Hier ist Natascha, du Arsch. Ich wollte nur fragen, ob du den Helm wieder mitnehmen kannst, aber das hat sich jetzt ja wohl erledigt!"

Aus diesem Fettnäpfchen gab es kein Entrinnen. Also legte ich wortlos den Hörer auf und vergnügte mich allein mit meiner Fire Blade.

32

Nicole kam auf die Minute genau zur verabredeten Zeit. Das war schon mal ein Pluspunkt für sie. Ich hasste nichts mehr als unpünktliche Weiber. Wir setzten uns in mein Wohnzimmer und unterhielten uns. Sie war sehr gesprächig und erzählte mir alles was ich wissen wollte und auch das, was ich nicht wissen wollte. Das sprach zwar nicht gerade für ihre Intelligenz, befreite mich aber von der Verpflichtung des Gastgebers, die Konversation aufrecht zu erhalten. Sie hatte sich vor drei Wochen von ihrem Freund getrennt, mit dem sie sechs Monate zusammengelebt hatte und wohnte vorübergehend bei ihrer Freundin. Meiner alten Bekannten. Die beiden studierten seit fünf Semestern irgendeinen Scheiß zusammen und hielten sich anscheinend für zwei Emanzen auf dem aufsteigenden Ast. Ich fragte mich, was eine so Zielbewusste Frau bei einem Typen wie mir zu suchen hatte und kam zu dem Schluss, dass sie wahrscheinlich nicht nur die Karrieregedanken der Männerwelt, sondern auch deren Sexualverhalten übernommen hatte. Das ließ einen schnellen Fick erhoffen.

Und dem war auch so. Eine gute Stunde später lagen wir auf meinem Bett und machten aneinander rum. Nicole hatte kleine aber dafür um so knackigere Titten und sagenhafte Oberschenkel. Ich stocherte gerade so in ihr rum, als ich in meiner Küche Besteck klimpern hörte. Es konnte sich nur um Vinnie, Kevin oder Bernd handeln. Allerdings konnte ich mir nicht vorstellen, wie Vinnie hätte zu mir kommen können. Schließlich besaß sie kein Auto, ja noch nicht einmal ein Fahrrad. Also tippte ich auf Kevin oder Bernd. Vielleicht waren es sogar beide. Ich nahm Nicole noch eine Spur härter ran, um vor meinen Kumpels mit ihrem Gestöhne Eindruck zu schinden. Sie schien voll abzugehen. Ihre Krallen bearbeiteten meinen Rücken und ihre kleinen weißen Beißerchen machten sich an meinem Ohrläppchen zu schaffen. Kurz bevor sie kam zog ich ihn raus und drehte sie auf den Bauch. Sie streckte mir ihren Arsch entgegen, und ich nahm sie von hinten. Mir hatte einmal eine Prostituierte erzählt, dass Frauen von hinten nicht zum Orgasmus kommen können. Mag sein, dass da was dran war, aber eigentlich interessierte mich eh nur, dass ich es zuende bringen würde. Außerdem könnte es nicht schaden, wenn ihre Laute noch etwas länger durch meine Wohnung hallen würden. Kevin und Bernd sollten mich schließlich nicht für einen Stümper halten. Wir waren gerade in den Galopp übergegangen, als meine Schlafzimmertür aufsprang. Es war Vinnie. Sie hielt in der einen Hand ein Brotbrett und in der anderen ein Schwarzbrot mit Käse.

„Hallo", sagte sie freundlich.

Nicole wurde auf Schlag stocksteif.

„Hallo", antwortete ich und erwartete irgendein Szenario.

Vinnie lief zielstrebig auf meinen Kleiderschrank zu, stellte das Brotbrett auf den Nachtschrank und suchte sich eines meiner karierten Hemden heraus. Das rotbraune, das ich mir mal von Kevin geliehen und nie wieder zurückgegeben hatte. Nicole hatte sich inzwischen Kerzengerade gemacht und ich war hinausgeflutscht. Vinnie zog sich das Hemd über, griff sich das Brotbrett und kreuzte mit ihrem Blick die schockierten Augen meines Weibchens.

„Oh, hab ich euch unterbrochen? Entschuldigung."

„Bist du seine Freundin?" fragte Nicole verwirrt.

„Ja ja, aber das macht nichts. Daran hab ich mich schon gewöhnt. An Eugens Sexualleben meine ich." Sie machte kehrt und ließ uns alleine.

Nicole brach aus allen Wolken.

„Das ist jawohl, also das ist ja der absolute Hammer. Du Schwein. Du Schwein. Du Sau. Du Schwein."

Es nervte mich, dass sie jetzt einen auf moralisch machte. Was wollte sie denn? Wenn einer das Recht hatte sich zu beschweren, dann war das jawohl Vinnie.

„Du bist das Allerletzte, du blödes Arschloch, du –,"

„Nun halt mal die Luft an", sagte ich, „und streck gefälligst dein

Arsch wieder raus, damit ich meinen Trieb befriedigen kann."

Sie sprang wie von der Tarantel gestochen aus dem Bett und schrie hysterisch rum. Vinnie kam wieder herein. Diesmal mit einem Weißbrot mit Mettwurst.

„Mach hier nicht so einen Lärm, du blöde Fotze!" schrie sie Nicole an. „Und sieh zu, dass du deinen Arsch hier raus bewegst!"

Das wirkte. Nicole warf sich in ihre Klamotten und dampfte ab.

Tja, so war ich innerhalb von vierundzwanzig Stunden Natascha und Nicole losgeworden. Was mir blieb, das war Vinnie. Und das war wahrscheinlich auch gut so.

33

Bernd durchlebte wieder eine seiner chaotischen Phasen. Eigentlich war daran nichts außergewöhnliches, aber diese war besonders tiefgreifend. Sie wirkte sich sogar auf sein Motorrad aus. Und das war bedenklich. Er war über irgendeinen spitzen Gegenstand gefahren und hatte ein schönes kleines Loch im Hinterreifen. Aber anstatt sich einen neuen aufzuziehen, drehte er lediglich eine kleine Schraube hinein, die auch tatsächlich dafür sorgte, dass keine Luft mehr entweichen konnte. Die Frage war nur, wie lange. Er schrubbte wie zuvor über den Asphalt und es war nur logisch, dass der Schraubenkopf sich ähnlich wie die Fußrastenstopper abschleifen würde. Irgendwann würde die Luft mit Sicherheit ihren Weg ins Freie finden. Und wenn Bernd zu spät dahinterkommen würde, dann könnte es ihm seinen Kopf kosten. Wir wiesen ihn darauf hin und bekamen nur ein gleichgültiges „Man muss auch mal verlieren können" zu hören. Außerdem hatte er sich einen neuen Kettensatz montiert. Natürlich erst, als die alte Kette nicht mehr weiter zu spannen war und einen Durchhang von mindestens sechs Zentimetern hatte. Bernd hielt es für zu umständlich, das Motorrad hinten aufzuhängen und die Schwinge zu entfernen. Also flexte er die neue Kette einfach auseinander, zog sie über die Zahnräder und schweißte sie wieder zusammen. Das schien auch zu funktionieren, aber nach drei oder vier Tagen stellten wir fest, dass die Kette während der Fahrt auf dem Zahnrad herum tanzte, als wollte sie jeden Moment abspringen. Bernd redete sich ein, dass das normal sei, und dass kein Grund zur Abänderung bestünde. Dann war da noch das Problem mit seinen Lenkerstummeln. Sie wackelten. Man konnte sie ohne großen Kraftaufwand ein oder zwei Millimeter hoch und runter bewegen. Natürlich war auch das kein Grund zur Sorge. Jedenfalls nicht für Bernd. Wenn wir um sein Motorrad herumliefen und versuchten die Ursachen für die Defekte zu finden, dann lachte er uns nur aus und brachte seinen Standardspruch: „Man muss auch mal verlieren können". Ein paar Tage später viel uns auf, dass er die Kurven nicht mehr mit der alten Spritzigkeit nahm und zaghafter mit seiner Bremse arbeitete. Als wir ihn zur Rede stellten gab er zu, dass ein weiteres Problem aufgetreten war. Seine Vorderraddämpfung war defekt. Man konnte die Gabel im Stand mit bloßer Armkraft zum durchschlagen bringen. Offenbar schien das Öl ausgelaufen zu sein. Wie wir erst später erfuhren, hatten die Rostnarben auf den Gabelrohren die Dichtungsringe beschädigt. Aber auch das stellte für Bernd kein größeres Problem dar. Schließlich funktionierte seine Vorderradbremse eh nur noch dürftig. Die FZR hatte Probleme mit den Bremsscheiben. Sie waren noch nicht schwimmend gelagert und mussten ab und zu erneuert werden. Ein wahrer Chaot ignorierte das natürlich.

Wir hatten uns bei Kevin verabredet, um zum Tag der offenen Tür eines großen Motorradhändlers zu fahren. Solche Anlässe gaben uns in der Regel die Gelegenheit, durch rüpelhaftes Verhalten im Straßenverkehr die Aufmerksamkeit auf uns zu ziehen. Bernd zog uns einen Strich durch die Rechnung. Er erschien mit einer halben Stunde Verspätung auf seiner von oben bis unten verdreckten FZR. Er war im Regen gefahren. Durch Kuhscheiße und Matsch. Und natürlich hatte er noch keine Gelegenheit gehabt, den Mist abzuwaschen. Als Bernd den Spruch brachte: „Man muss auch mal verlieren können", platzte uns endgültig der Kragen. Wir beschlossen, so lange nicht mehr mit ihm zu fahren, bis er die FZR wieder in Schuss gebracht haben würde. Bernd ignorierte unseren Beschluss natürlich und fuhr uns hinterher. Also hielten wir an und warteten am Straßenrand darauf, dass er nach Hause fahren würde. Und er wartete darauf, dass wir zum Tag der offenen Tür fahren würden. Das Spiel ging eine gute Stunde so, dann fuhren wir alle drei entnervt nach Hause.

In den nächsten Tagen begriff Bernd, wie ernst es uns war. Sobald er sich an uns dran hängte, stoppten wir und warteten, bis er sich mit seinem Schrotthaufen aus dem Staub machte. Das tat unserer Freundschaft natürlich keinen Abbruch. Bernd verstand, dass wir es nur gut mit ihm meinten. Und wahrscheinlich war es gerade dieses Wissen verbunden mit seinem angeborenen Trotz, das ihn dazu veranlasste, nicht im Geringsten auf unsere Forderung einzugehen. Ganz im Gegenteil. Er tauchte einige Tage später ohne die linke Verkleidungsseite bei mir auf und behauptete, dass er sie bei der Fahrt verloren habe und sie mangels geeigneter Schrauben noch nicht wieder montieren konnte.

Auf jeden Fall fuhren wir nicht mehr mit Bernd, und er gabelte irgendwo diesen beknackten Typen samt einer roten BMW R 100 GS auf, mit dem er regelmäßig an Kevins und an meiner Wohnung vorbei fuhr. Wir ignorierten das die ersten Tage, doch dann schleppte Bernd ihn sogar abends mit an. Sein neuer Fahrgefährte war ungefähr fünfzig Jahre alt, hatte eine Halbglatze und einen grauen Vollbart. Ich bin mir sicher, dass wir mit seinem Aussehen und seinem Motorrad noch hätten Leben können, aber anstatt sich schweigend an seinem Bier festzuhalten, fing Arnold, so hieß er, sofort an, große Töne zu spucken.

„Nichts geht über eine BMW. Ihr seid mit euren Joghurtbechern vielleicht schnell unterwegs, aber eine BMW hat Stil. Nach sechzigtausend Kilometern fallen eure Kisten doch auseinander. Da legt meine BMW erst richtig los. Außerdem kann man eure Reisfresser doch eh nirgends ausfahren. Wo kann man schon 250 km/h fahren? Auf der Autobahn vielleicht manchmal. Was zählt sind doch die Landstraßen. Und eine BMW liegt richtig satt in den Kurven. Davon könnt ihr nur träumen ..."

Arnold schaffte es, trotz seiner Unwissenheit einen Monolog von zwei Stunden zustande zu bringen. Kevin und ich starrten nur entnervt auf unsere Bierflaschen. Bernd schien sich über die Situation zu freuen. Für ihn war es die Rache dafür, dass wir nicht mehr mit ihm fahren wollten. Irgendwann ging Arnold dann die Luft aus und wir kamen zu Wort. Natürlich nicht lange. Er erholte sich schnell und kam auf das Thema Geld zu sprechen.

„Ihr könnt mir nichts vormachen. Arbeit ist etwas für blöde. Wenn ich mir vorstelle, dass ihr jeden Tag für schlappe zwei netto malochen geht, dann kann ich nur lachen. Wisst ihr, was ich im Monat nach Hause bringe?" Wir starrten ihn nur schweigend an. „Sechstausend Mark! Netto! Und wofür? Für nichts! Was glaubt ihr denn, wie viele Stunden ich in der Woche arbeite?" Keiner sagte etwas. „Acht! Wenn es hoch kommt."

In den nächsten zwei Stunden erzählte Arnold uns, wie er vor einigen Jahren ein kleines Busunternehmen gegründet hatte, und dass er seitdem kleine Gasthäuser damit lockt, dass er Reisegruppen bei ihnen verpflegen lassen wolle. Kurz vor dem ersten angekündigten

Termin rief er dann wieder bei den Wirtshäusern an und offenbarte, dass er vertraglich bei anderen Gasthäusern gebunden sei, und dass er die festgelegte Vertragsstrafe nicht zahlen könne. Die Gastwirte sahen ihre Felle davon schwimmen und machten in der Regel sofort das Angebot, die Vertragsstrafe zu übernehmen. Arnold stimmte dann scheinbar zögernd zu und strich das Geld ein. In den folgenden Wochen schickte er auch drei oder vier Busse mit alten Omas vorbei, ließ die ganze Sache dann jedoch langsam einschlafen. Lange Rede kurzer Sinn: Er verdiente sein Geld auf die leichte Tour, indem er armen Gastwirten in Aussicht stellte, viel Geld verdienen zu können, und sich dann von ihnen bestechen ließ. Und wir waren die Doofen, die für wenig Geld arbeiteten. In den nächsten Tagen kam Arnold dann täglich mit einem anderen Fahrzeug vorgefahren. Er hatte ein Wohnmobil, einen 5er BMW, einen Kleinbus, sein albernes Motorrad und ein nagelneues Mountainbike für zweitausend Mark. Er fühlte sich bedrohlich wohl bei uns und quatschte uns Abend für Abend zu. Es musste etwas passieren.

34

Wir saßen bei Bernd auf der Terrasse und hofften seit einer Stunde darauf, dass Arnold endlich mal eine seiner kurzen Redepausen einlegen würde. Schließlich tat er es.

„Man", sagte Kevin betroffen, „habt ihr schon gehört, das Tuner-Joppe pleite ist?"

„WAS!" fuhr es aus Bernd und mir heraus. „Das kann doch nicht war sein. Das Geschäft lief doch blühend."

„Der hat alles versoffen und verkokst. Schulden über Schulden.

Ich hab gehört, dass Joppe noch schnell einige Sachen zur Seite geschafft hat und diese jetzt für kleines Geld verhökert."

„So", hakte ich nach, „was denn?"

„Zum Beispiel seine Düsenkits. Er hat noch fünfzig Düsenkits liegen und will die für zehntausend Mark loswerden."

„Booah", raunten Bernd und ich. „Das ist geschenkt. Die wird man locker für fünfzehntausend Mark los."

Wir schwiegen uns eine Weile an und ausnahmsweise schwieg Arnold mit. Wie gewohnt beendete er die Ruhe.

„Was für Düsenkits sind das denn?"

„Tuning-Düsenkits", antwortete Bernd. „Serienmäßig sind die Motorräder entweder zu mager oder zu fett bedüst. Das muss wohl so sein, damit sie die Geräusch- und Abgaswerte erfüllen. Das kostet natürlich Leistung über das ganze Drehzahlband. Im mittleren Drehzahlbereich sogar um die zehn PS. Tja, und Joppe hatte für fast jedes Motorrad die richtige Bedüsung auf Vorrat. So ein Kit kostete bei ihm gute dreihundert Mark und war im Verhältnis zu anderen Anbietern noch billig."

Man konnte förmlich mit ansehen, wie Arnolds altes, verkalktes, geldgieriges Hirn zu arbeiten begann. „Wenn ich die nun kaufen würde", fragte er nach einigen Bedenksekunden, „würde ich diese Kits dann auch wieder loswerden?"

„Natürlich", entfuhr es uns dreien gleichzeitig. „Einmal in einer Motorradzeitschrift inserieren und weg sind die."

„Aber wenn das so leicht ist, warum macht ihr es dann nicht?"

„Weil wir nicht einmal das Geld für die Annonce zusammenbekommen würden."

Das schien Arnold logisch zu sein. Er löcherte uns noch eine knappe Stunde mit allerlei Fragen und entschied sich dann, zuzuschlagen.

Wir gaben ihm die alte Nummer von Kevins Onkel. Der lag

schon seit einigen Jahren im heftigen Infight mit hochprozentigem Schnaps und war seit drei oder vier Monaten nicht mehr in der Lage, die Telefonrechnung zu begleichen. Arnold kritzelte sie auf das Etikett seiner Bierflasche und machte sich damit auf den Weg nach Hause. Er wollte wohl in aller Ruhe seine Kohlen einfahren. Wir blieben sitzen und freuten uns, endlich mal wieder zu dritt sein zu können. Nach einer knappen Stunde kam dann der erwartete Anruf. Es war Arnold.

„Ich bin's", meldete er sich. „Dieser Joppe kann anscheinend nicht einmal mehr seine Telefonrechnung bezahlen. Kein Anschluss unter dieser Nummer."

„Tatsächlich?" fragte Kevin.

„Ja, was soll ich jetzt machen? Wir müssen da hinfahren."

„Heute nicht mehr. Morgen."

Kevin legte auf und wir machten uns auf den Weg zu seinem Onkel, um ihn auf seine Aufgabe vorzubereiten. Bernd besorgte die Düsen. Sein Chef hatte Hunderte davon auf Lager liegen, allesamt wertlos. Wir vertrösteten Arnold noch einen Tag und nutzten den Abend, um jeweils vier kleine Düsen und einige Schrauben in Plastiktüten zu verpacken und diese zu beschriften. Wir wählten die gängigen Modelle. CBR 900 RR Baujahr 92-95; CBR 900 RR Baujahr 96,97; GSXR 750 Baujahr 96,97;...

Dann riefen wir Arnold an.

„Pass auf", sagte Bernd, „wir haben Joppe heute erreicht. Er hat deine Adresse und kommt morgen so gegen 20.00 Uhr bei dir vorbei."

„Ist gut. Ich werde die Kohle bereithalten."

„Aber Arnold. Denk daran, Motorradfahrer bescheißen sich untereinander nicht. Wenn er dir fünfzig Düsenkits für zehntausend Mark überlässt, dann ist das mehr als billig."

„Na klar."

„Du solltest seine Situation nicht zu stark ausnutzen."

„Er will sie verkaufen und ich werde sie ihm abkaufen."

„Ich meine nur, dass du ihn nicht noch weiter herunterhandeln solltest. Er ist einer von uns. Wenn du ihn über den Tisch ziehst, dann ziehst du auch uns über den Tisch."

„Verstehe."

Kevins Onkel erschien wie verabredet um 20.00 Uhr bei Arnold und ließ sich auf fünftausend Mark herunterhandeln. Er bekam die Scheine bar auf die Hand gedrückt und lieferte sie artig bei uns ab. Abzüglich seiner fünfhundert Mark versteht sich. Den Rest teilten wir brüderlich durch drei.

Die ganze Geschichte hatte mehrere Vorteile. Zum einen meldete Arnold sich nicht mehr bei uns. Er hatte offenbar ein schlechtes Gewissen, weil er Kevins Onkel so gnadenlos heruntergehandelt hatte und traute sich nicht mehr, uns unter die Augen zu treten. Zum anderen hatte Bernd jetzt endlich genügend Geld, um seine FZR auf Vordermann zu bringen. Was er dann auch tat. Tja, Kevin gönnte sich einen anständigen Höcker und ich nahm mir vor, eine Sondertilgung zu tätigen.

35

Das mit der Sondertilgung war mir wirklich wichtig. Zumal ich ganz schön in den roten Zahlen steckte. Schließlich hatte ich sogar meine monatlichen Raten bis November stoppen lassen. Auf jeden Fall hatte ich den ehrlichen Vorsatz, die gesamten 1500 DM zur Bank zu bringen. Aber irgend etwas in mir veranlasste mich, noch ein paar Tage damit zu warten. Ich ließ das Geld also in meiner

Küchenschublade liegen und kümmerte mich verstärkt um meine Fire Blade. Der Sommer setzte noch einmal zu einem Endspurt an und zeigte sich schon seit Tagen von seiner besten Seite. Die Straßen waren trocken und durch die Sonne aufgeheizt. Optimale Bedingungen, um die Fußrastenstopper wegzuschleifen. Ich war mittlerweile so zügig unterwegs, dass ich die Schraubenköpfe links und rechts innerhalb einer Stunde trotz härtester Federvorspannung auf dem Asphalt lassen konnte. Die Hülse rutschte dann ungehindert herunter und verabschiedete sich, der Rest der Schraube vibrierte sich innerhalb kürzester Zeit los und fiel ebenfalls ab. Der Spaß kostete jeweils zehn Mark pro Seite. Problematisch wurde es, wenn man gar nicht bemerkte, dass der Stopper schon längst abgefallen war. Dann schliff die blanke Fußraste auf der Straße. Und das konnte teuer werden. Viele Kurven hielt sie nämlich nicht durch. Das Ganze war nichts neues mehr für mich und verlor dadurch ein wenig an Spannung. Außerdem hatte ich das Gefühl, dass ich bei meinen Kurvenfahrten so weit im roten Bereich fuhr, dass keine Steigerung mehr möglich wäre. Aber mir war nach einer Steigerung zumute. Mir kam Kalle wieder in den Sinn. Oder besser gesagt das, was er mir vorgaukelte, mit meinem Motorrad gemacht zu haben. Müsste es nicht wirklich möglich sein, die Dreihundert auf dem Tacho ohne irgendwelche schändlichen Manipulationen zu erreichen? Vielleicht sollte man die Bedüsung auf den Rennauspuff anpassen, oder die Zylinderköpfe bearbeiten, oder sonst etwas tun. Ich wusste es nicht. Meinen Vorsatz mit der Sondertilgung hatte ich natürlich immer noch, aber eine Stimme in mir trieb mich dazu, nach langer Zeit mal wieder in die Tankstelle zu gehen, um in aller Ruhe in einer Motorradzeitschrift herumzublättern. Ich hatte mir bereits seit meinem achtzehnten Lebensjahr angewöhnt, die Zeitschriften direkt im Geschäft zu lesen, und dadurch schon eine dreistellige Summe gespart. In der Tankstelle hatte man am meisten Zeit dafür, weil der Futzi hinterm

Tresen meist nur ein kleiner Student war, der sich sein BAföG aufbesserte. Ihm war es scheißegal, ob fünf Mark mehr oder weniger in die Kasse kamen. Was störte es ihn, wenn der Laden rote Zahlen schrieb? Er würde eh in einigen Jahren an das große Geld kommen. Warum sollte er sich also jetzt noch mit diesem unrasierten Typen anlegen, der sich da schamlos am Zeitschriftenständer verging? Ich hatte mich wie meistens für die PS entschieden, auf deren Titelblatt wieder diverse Motorräder ihren Vorderreifen in den Himmel steigen ließen, und blätterte gerade im Anzeigenmarkt umher, als mir eine schlichte Annonce ins Auge viel:

Karthin Rennsport Meisterbetrieb

* Fahrwerkseinstellung auf ihre Maße
* Durch Optimierung zur Höchstleistung
* Exklusiv-Umbauten
* Tuning für Straße und Rennstrecke
* Mit Kohlefaser und Titan zum Idealgewicht
* Eloxierte Aluschrauben

Profitieren Sie von unserer langjährigen Rennerfahrung!

Ich ließ mir von dem Studenten einen Kugelschreiber geben und schrieb mir die Telefonnummer auf eine Tankquittung. Natürlich nur, um mich ganz unverbindlich zu informieren. Den Vorsatz mit der Sondertilgung hatte ich noch nicht aufgegeben.

36

Ich zögerte noch einige Tage mit meinem Anruf. Schließlich musste man sich gerade bei solchen Tuningarbeiten blind auf die Mechaniker verlassen. Und wer sich auf andere verlässt, der ist bekanntlich meist verlassen. Außerdem war die Adresse mit Duisburg angegeben. Wanheimerstraße 435! Welche Straße geht schon bis Hausnummer 435? Das hörte sich nach tiefster Großstadt an. Und ich litt unter dem Vorurteil, dass richtige Motorradfreaks immer vom Land kommen. Da sollte ich irgendwelche Großstadtschrauber an mein Moped lassen?

Nach einigen Tagen des Hin- und Herüberlegens griff ich zum Telefon und wählte die Nummer.

„Rennsport Karthin."

„Eugen Wendmann hier", meldete ich mich. „Ich wollte mich über die Möglichkeiten eines Motortunings für die CBR 900 RR informieren. Baujahr 96."

„Der Chef ist momentan beschäftigt, können sie in einer halben Stunde noch einmal anrufen?"

Ich versuchte es drei Tage später und hatte den Meister gleich am Telefon.

„Es gibt mehrere Möglichkeiten eine Fire Blade zu tunen. Alles eine Frage des Geldes. Wie viel wollen sie denn ausgeben?"

„Na ja, nicht mehr als zweitausend Mark", schoss es aus mir heraus.

„Ich werde mir Gedanken über ein optimales Tuning in dieser Preislage machen. Können sie mich morgen wieder anrufen?"

„Ja."

Ich legte den Hörer auf die Gabel und ließ mir alles noch einmal durch den Kopf gehen. Hatte ich etwa gesagt, dass ich zweitausend Mark ausgeben will? Soviel Geld hatte ich doch gar nicht. Ich rief ihn am nächsten Tag nicht an und schwor mir, die 1500 Mark zur

Bank zu bringen. Am Tag darauf war mir das Geld dann wiederum scheißegal und die Leistungsspritze für die CBR um so wichtiger. Ich rief ihn also an. Er hatte sich so allerlei einfallen lassen. Ein auf meinen Micron Racing-Rohr abgestimmtes Dynojet Vergaserkit, eine offene Luftansaugung durch einen K&N Filter und eine bessere Zündanlage. Das A und O eines Tunings sei die richtige Abstimmung, sagte er, und darauf seien sie spezialisiert. Das ganze sollte mir in der Spitze 10 PS mehr Leistung bringen. Und da hatte es mein Moped auch besonders nötig. Vielleicht würde ihr das endlich zu einer akzeptablen Höchstgeschwindigkeit verhelfen. Aber auch im mittleren Drehzahlbereich sollte die Honda mehr Dampf bekommen. So um die 6 PS sollten drin sein. Ich sagte, dass ich mir die Sache durch den Kopf gehen lassen würde und legte auf. Das Ganze hörte sich verlockend an, aber wer konnte mir garantieren, dass die geplanten Arbeiten tatsächlich zum erhofften Erfolg führen würden? Es gab viele Tuner. Darunter auch viele Hochstapler. An einen war ich schon geraten. Man musste sich genau überlegen, wem man sein Motorrad in die Hände gab. Ich kannte die Werkstatt nicht, sie war weit weg, und ich hatte keine Ahnung von Motoren. Mir war klar, dass ich einen objektiven Berater brauchte. Ich fand einen. Ein Fünfmarkstück.

„Also", sagte ich, „Zahl heißt tunen, Kopf heißt Geld zur Bank." Ich schleuderte das Silberstück hoch, fing es mit der rechten Hand und legte sofort die linke schützend darüber. Dann hielt ich mir die Hände dicht vor die Augen und hob die linke Hand etwas an. Der Kopf lag oben. Na ja, dachte ich, dann bringe ich das Geld eben zur Bank. Die Fire Blade lief schließlich auch so bei guten Bedingungen an die 290 Sachen laut Tacho. Obwohl, schoss es mir durch den Kopf, die würde eine getunte CBR sicherlich auch an schlechten Tagen bringen. Ich überlegte eine Weile hin und her. Na klar, ich hatte vorher eindeutig festgelegt, dass Zahl tunen und Kopf Sondertilgung bedeuteten, aber ich hatte nicht gesagt, welche Seite zählt. Die, die nach oben gerichtet ist, oder die, die mit der Haut in Kontakt steht. Vielleicht hatte mir das Fünfmarkstück ja auch zum Tunen raten wollen und hatte deshalb die Zahl in meine Hand fallen lassen. Ein Missverständnis also.

Ich wiederholte meine Befragung.

„Zahl heißt tunen, Kopf heißt Geld zur Bank. Die Seite, die nach oben gerichtet ist, bestimmt." Ich warf die Münze erneut. Der Kopf lag wieder oben. Damit hatte ich nicht gerechnet. Das Fünfmarkstück hatte mir doch tatsächlich zur vernünftigen Lösung geraten. Aber was hatte das schon zu sagen? Wo war schon unten und wo oben? Angenommen oben wäre unten, dann wäre doch unten oben. Außerdem, was wusste diese blöde Münze schon vom Motorradfahren? Ich griff zum Telefonhörer und vereinbarte einen Termin.

37

Vier Tage später fuhr ich mit meiner Fire Blade vor. Ich hatte kein gutes Gefühl bei der Sache. So in etwa müssen sich Mütter fühlen, die ihre Kinder im Krankenhaus abliefern. Nur tat die Operation in meinem Fall eigentlich gar nicht nötig. Zu meiner Erleichterung befand sich die Werkstatt in einem umgebauten Resthof. Ländliche Umgebung also. So etwa fünfzehn Kilometer südlich von Duisburg. Von außen gab das Gebäude nicht viel her, aber innen war es voll mit High Tech. Es waren nur drei Mechaniker anwesend, aber die schienen die Motorradbegeisterung für sieben intus zu haben. Ein gutes Krankenhaus. Es war schon später Nachmittag, und sie würden für mein Baby allerhand Zeit benötigen. Also bestellten sie mich für den kommenden Tag um 16.00 Uhr. Ich war entlassen, meine Fire Blade blieb.

38

Es war wieder typisch für mich gewesen. Wenn man mich mit vollem Magen zum Einkaufen schickte, dann konnte man sich sicher sein, dass ich mit leeren Händen zurückkommen würde. Wie oft war ich schon Samstag morgens nach dem Frühstück zum Supermarkt gegangen und hatte lediglich eine Tüte Milch erworben. Zwei Stunden später kam dann der Hunger und ich fragte mich den Rest des Wochenendes, warum ich mir nichts vernünftiges zu Essen mitgenommen hatte. Das war mir schon zig mal passiert. Und ich lernte nicht aus meinen Fehlern.

Auf jeden Fall war ich vollgefressen und ausgeschlafen von zu Hause losgefahren und stand jetzt irgendwo in Duisburg völlig ausgehungert und ausgelaugt herum. Leider hatte ich mir nicht einmal mehr Geld für irgendeine Unterkunft oder für die nötige Verpflegung eingesteckt. Das Geld für die Tuningarbeiten steckte bis auf die Mark genau abgezählt in meinem Portemonnaie Den Schlafsack hatte ich mir ebenfalls nicht aufgeschnallt, da ich befürchtete, dass er mir auf der Autobahn bei eventuellen Wettfahrten kostbare Stundenkilometer in der Endgeschwindigkeit auf Grund seiner aerodynamisch ungünstigen Breite kosten würde. Das einzige, was ich mitgenommen hatte, war eine Jogginghose, die Zahnbürste, Zahnpasta und frische Unterwäsche. Ich hatte sie im Staufach unter dem Soziussitz untergebracht. Meine Lederklamotten und den Helm hatte ich in der Werkstatt gelassen. Und jetzt stand ich wie gesagt irgendwo in

Duisburg, bekleidet mit einer Jogginghose, einem Pullover, den Bundeswehrstiefeln, die ich zu Motorradstiefeln umfunktioniert hatte und einer Plastiktüte in der Hand, in der sich nichts weiter als eine viel zu alte Zahnbürste mit verbogenen Borsten und eine fast leere Tube Zahnpasta befand. Mir war klar, dass die einzige vernünftige Möglichkeit mit einem Dach über den Kopf einzuschlafen darin bestand, mich in einen Bus zu setzen und in der Stadt nach einem Obdachlosenasyl zu suchen. Ich würgte den Gedanken ab, da ich die zwei Mark für den Bus nicht über hatte und freundete mich statt dessen mit dem Wartehäuschen an der Bushaltestelle an. Es war aus Holz gebaut und hatte zum Schutz gegen Wind und Regen nur eine kleine Öffnung. Im Inneren war eine etwa fünfzig Zentimeter breite Bank angebracht, die lang genug war, um mit ausgestreckten Beinen auf ihr zu liegen. Allerdings war es noch recht früh, so gegen 19.00 Uhr, und ich war für einen Obdachlosen zu gehemmt. Mir war es vor den vorbeikommenden Passanten einfach zu peinlich, auf der Bank zu liegen. Also stand ich wieder auf und schlenderte auf der Suche nach einer geeigneteren Schlafmöglichkeit durch die Gegend. Es vergingen zwei oder drei Stunden, ohne dass sich etwas anbot. Dann entdeckte ich einen abgelegenen Bauernhof mit einer wunderschönen kleinen Scheune. Ich war gerade damit beschäftigt, das Scheunentor aufzuschieben, als ich hinter mir ein tiefes Knurren vernahm. Ein Jagdhund. Ich zwängte mich durch die Öffnung und zog das Tor wieder zu. Sollte er doch da draußen stehen und bellen. Irgendwann würde er schon Ruhe geben. In der Scheune war es angenehm warm. Es standen lediglich vier oder fünf Kälber in einer kleinen Box, der Rest war mit Strohballen und Landmaschinen ausgefüllt. Direkt vor der Kälberbox entdeckte ich einen großen geflochtenen Korb. Ich sah hinein und entdeckte kleine süße Welpen. Mir kam gerade der Gedanke, eines herauszunehmen und zu streicheln, als die Mutter, die ich noch vor einigen Sekunden auf der sicheren

Seite des Scheunentors gelassen hatte, durch die Strohballen hindurch auf mich zugestürzt kam. Die Scheune hatte offenbar mehrere Eingänge. Ich schaffte es zum Tor, schob mich hindurch und zog es wieder zu. Wie erwartet war sie einige Augenblicke später auf der Jagd nach mir. Ich schaffte es im letzten Augenblick, mich an einem Baum hoch zu hangeln, und sie schaffte es im letzten Augenblick, mein Hosenbein zu erwischen. Große Teile der Jogginghose verabschiedeten sich mit einem lauten Riss. Die Hündin gab sich mit ihrer Beute zufrieden und stolzierte damit zu ihrem Nachwuchs. Ich wartete noch einige Minuten, dann machte ich mich wieder auf den Weg. Der Schreck hatte kurzfristig meine Müdigkeit vertrieben, aber sie kehrte erbarmungslos zurück. Ich steuerte wieder die Bushaltestelle an. Bekleidet mit Bundeswehrstiefeln, einer gelben Jogginghose an der ein Hosenbein fehlte, einem Pullover und einer Plastiktüte in der Hand. Für eine Dose Bier fehlte das Geld. Auf meinem Weg kam ich an einer Siedlung vorbei. Ich machte einen kleinen Abstecher und lief durch sie hindurch. Es wurde langsam dunkel, und ich hoffte, vielleicht in einem kleinen gemütlichen Geräteschuppen unterkommen zu können. Einen offenen Geräteschuppen fand ich nicht, aber ich entdeckte ein kleines Einfamilienhaus mit einem angebauten Wintergarten. Und die Tür zum Wintergarten stand offen. Es brannte kein Licht mehr in dem Haus, und ich nahm an, dass die Bewohner bereits in den Betten lagen und vergessen hatten, die Tür zu schließen. Ich versteckte mich eine Zeitlang zwischen einigen Tannen und beobachtete die Lage. Es tat sich nichts. Die Sonne war bereits völlig untergegangen und die Dunkelheit spendete mir eine gewisse Sicherheit. Die Kälte tat den Rest. Ich gab mir einen Ruck und schob die Tür vorsichtig auf. In dem Wintergarten war es mindestens 25° C warm. Die Tür zum Wohnhaus stand ebenfalls offen. Ich Schloss sie leise und machte es mir in einem Korbsessel bequem. Mir war klar, dass ich dort nicht bleiben könnte, aber ich wollte mich zumindest ein wenig aufwärmen, bevor ich mich auf die harte Bank des Bushaltehäuschens legen würde. Der Korbsessel stand direkt vor der großen Glasfront. Ich hatte einen wunderbaren Ausblick auf einen inzwischen sternklaren Himmel. Ein oder zwei Stunden könnte ich hier bleiben. Ich zog meine Stiefel aus und stellte sie fein säuberlich neben mir ab. Dann ließ ich den Tag noch einmal Revue passieren. Die lange Autobahnfahrt, die Werkstatt von Herrn Karthin, meine allein zurückgelassene Fire Blade, die Hundewelpen ...

39

Ich vernahm Stimmen. Zuerst ein Kind, dann eine Frau und schließlich auch noch einen Mann. Sie waren weit weg. Dann immer dichter. Schließlich waren sie direkt hinter mir. Ich öffnete die Augen und stellte erschrocken fest, dass ich mich in einem wildfremden Wintergarten befand. Die Sonne war bereits aufgegangen, hatte sich jedoch über einer dichten Wolkendecke versteckt. Ich gab keinen Mucks von mir. Hinter mir klapperte Besteck.

„Noch einen Schluck Kaffee?"

„Nein danke."

„Klaus, setz dich doch mal gerade hin."

„Kann ich mal die Butter haben?"

„Wie heißt das Zauberwort?"

„Bitte."

„Bitte."

„Danke."

Ich lag in diesem Korbsessel direkt vor der Glasfront und hinter mir saßen die ahnungslosen Bewohner beim Frühstück. Die hohe Lehne und ein weit herunterhängendes Stoffkissen hatte mich vor ihren Blicken bewahrt. Ich überlegte mir, wie ich einen Abgang ohne peinliche Szenen machen könnte. Einfach aufzuspringen und aus dem Haus zu rennen wäre sicherlich eine Möglichkeit gewesen, aber sie brachte das Risiko mit sich, dass die geschockten Hauseigentümer die Polizei rufen würden. Bei meiner Bekleidung wäre es nicht schwer, mich in dieser dörflichen Gegend ausfindig zu machen. Also entschloss ich mich, vorerst still sitzen zu bleiben und auf die Gelegenheit einer unbemerkten Flucht zu warten. Schließlich hatten sie den Wintergarten betreten, den Tisch gedeckt und zu Frühstücken begonnen, ohne mich zu registrieren, da wäre es doch gut möglich, dass sie den Tisch genauso blind wieder abdecken und den Wintergarten verlassen würden.

Das Kind zerstörte meine Hoffnungen.

„Was sind denn das für Stiefel, Mama?"

Es folgte ein erdrückendes Schweigen. Ich wusste, dass alle drei gebannt auf diese unbekannten Stiefel starrten, die da neben dem Korbsessel standen. Es war nur eine Frage von Sekunden, bis jemand aufstehen und zu diesem fremden Schuhwerk greifen würde. Und es war unausweichlich, dass diese Person dann so ganz nebenbei mich entdecken würde. Ich umging meine bevorstehende Entdeckung, indem ich mich freiwillig stellte.

„Entschuldigen sie, entschuldigen sie", sagte ich, während ich mich aus dem Sessel stemmte. Ich hielt meine Hände demonstrativ über dem Kopf, um meine Kapitulation vor der Situation unter Beweis zu stellen. Die drei sahen mich entgeistert an. „Ich hatte kein Dach über den Kopf und habe jämmerlich gefroren, und zufälligerweise stand ihre Tür offen, und ich wollte mich nur kurz aufwärmen. Und dann bin ich wohl eingeschlafen. Und jetzt gehe ich. Entschuldigen sie." Ich zwängte mich hektisch in meine Stiefel und machte auf dem

Absatz kehrt. Ich hatte schon die Türklinke in der Hand, als mich ein durchdringendes „Halt!" am Gehen hinderte. Ich gehorchte.

„Sie sind also obdachlos?" fragte mich die Frau mit einem überraschend gefassten Gesichtsausdruck.

„Ja, das könnte man durchaus so sagen", antwortete ich.

„Haben sie schon etwas gegessen?"

„Äh, natürlich nicht."

„Dann setzen sie sich!"

Ich unterwarf mich ihrer Anweisung bereitwillig. Der Hunger war mächtiger als die Scham. Die Frage nach dem Grund meiner Obdachlosigkeit ließ nicht lange auf sich warteten. Ich zögerte ein wenig Zeit heraus, indem ich das Stück Brot in meinem Mund dreißig oder vierzig mal durchkaute und nutzte sie, um mir eine geeignete Antwort auszudenken. Wie so oft gab es zwei Möglichkeiten. Zum einen die Wahrheit und zum anderen irgendeine passende Lüge. Eine Lüge wäre zum Beispiel die Geschichte einer Konkurs gegangenen Baufirma mit anschließender Ehescheidung gewesen. Die Wahrheit war, dass ich Hunderte von Kilometer weit gefahren war, nur um einige PS mehr Leistung aus meinem Motorrad herauszuholen, und dass ich aus einer Mischung aus Gleichgültigkeit und Geschwindigkeitsgier heraus weder meinen Schlafsack, noch ein paar zusätzliche Mark zur Verpflegung eingepackt hatte. Ich schluckte den Bissen herunter und brachte die Konkursstory. Sie kam gut an. In meiner Erzählung hatte ich natürlich auch Frau und Kind gehabt und ein kleines Eigentumshaus, so wie meine Gastgeber. Zwei Bauherren ließen mich dann mit dem Geld hängen und auf einer anderen Baustelle machten zwei meiner Gesellen Pfusch. Der ganze Dachstuhl musste wieder heruntergenommen werden, nur um zwei versetzte tragende Wände wegzureißen und neu aufzumauern. Der Schaden ging natürlich voll auf meine Kappe und brach mir das finanzielle Genick. Und das kostete mich wiederum Frau und Kind. So schnell wurde man zum Penner. Ich sah die Betroffenheit in den Augen des Mannes, vor allem als ich erzählte, wie sie mir das Haus pfändeten. Als ich die Geschichte bis zum Ende gesponnen hatte, war mein Hunger gestillt. Die Frau stand wortlos auf und kam einige Augenblicke später mit einem Pullover in der Hand zurück.

„Hier, den können sie behalten."

„Oh nein", sagte ich, „den kann ich unmöglich annehmen."

„Natürlich können sie. Sehen sie sich doch mal an, ihr Pullover gehört schon längst in den Müll."

Ich sah an mir herunter. Ich trug meinen blauen CASH Pullover. Er war zwar nicht mein bester, aber zumindest der zweit- oder drittbeste.

„Der ist doch noch gut!" fuhr es aus mir heraus.

„Der ist hin." Sie reichte mir ihre milde Gabe und befahl mir, ihn sofort anzuziehen. Ich gehorchte.

„So, und den alten können sie mir gleich hier lassen, der kommt in den Müll."

„Nein!"

„Doch!"

Ich bekam sie schließlich überredet, meinen guten CASH Pullover mitnehmen zu dürfen, indem ich behauptete, dass ich ihn als Kopfkissen gebrauchen könnte. Das Angebot, noch Brote für unterwegs mitzunehmen, lehnte ich ab und machte mich ausgeschlafen und mit vollem Bauch aus dem Staub. Ich war keine hundert Meter gegangen, da ärgerte ich mich schon darüber, keinen Proviant mitgenommen zu haben. Mit vollem Magen darf man eben nicht einkaufen gehen. Ich lernte nicht aus meinen Fehlern.

40

Meine zerrissene Hose war mir peinlich. Also versteckte ich mich einige Stunden in einem schönen Park. Es dauerte nicht lange, bis der Hunger sich meldete. Vielleicht war es auch nur Appetit auf etwas Süßes. Auf jeden Fall aß ich ein wenig von der Zahnpasta und hatte auch recht guten Erfolg damit. Gegen Mittag wurde es dann stinklangweilig und ich kam mir verdammt blöd zwischen den Bäumen vor. Wahrscheinlich hätte man mich für einen auf der Lauer liegenden Triebtäter gehalten. Also ging ich zurück zur Werkstatt und griff mir meinen Lederkombi. Ich zog die Lederhose gleich an. Der Chef und einer der Mechaniker schraubten gerade an meiner Fire Blade. Ich sah ihnen zu. Es sah aus wie bei einer Operation. Messgeräte, ein Bildschirm, ein Prüfstand als Bahre. Es dauerte lange, bis sie mich registrierten.

„Na, neuen Pullover gekauft?"

„Ja", stammelte ich verlegen, „man muss ja was vorhaben."

„Wurde ja auch langsam Zeit", ergänzte der Mechaniker grinsend.

Ich verließ die Werkstatt, um die beiden nicht zu stören. Der Patient benötigte hundert Prozent ihrer Aufmerksamkeit.

Sie waren um 15.00 Uhr fertig. „Füllige runde Kurve mit hoher Spitze und langsam abfallend", verkündete mir der Chef. Die beiden schienen äußerst zufrieden mit sich zu sein. Ich zuckte das Portemonnaie. „Gib mir 1700 Mark. Es ging schneller als gewöhnlich."

Ich gab sie ihm und hatte noch hundert Mark über. Hätte ich das doch früher gewusst.

41

Ich trat den Rückweg bei leichten Nieselregen an. Der Tank war fast leer. Ich fuhr bereits seit zwanzig Kilometern auf Reserve. Die nächste Tankstelle gehörte mir. Ich machte voll mit Super bleifrei. Hätte mir der Chef den Hunderter nicht erlassen, hätte ich vor einem großen Problem gestanden. So ging ich unbekümmert hinein und gab dem Studenten hinter der Kasse 26,42 DM. Als ich die Autobahn erreichte, goss es bereits in Strömen. Ich wählte die rechte Spur und beschleunigte auf 120 km/h. Mehr war bei diesem Sauwetter nicht drin. Das wusste ich aus Erfahrung. Konnte man mit einem Motorrad bei trockener Straße auch noch so gut bremsen und Kurven fahren, bei nassem Asphalt war alles anders. Ich hatte noch einige hundert Kilometer Fahrt vor mir und rechnete mir aus, dass ich bei dieser Geschwindigkeit kaum vor Sonnenuntergang zu Hause sein würde. Die ersten Regentropfen suchten sich ihren Weg durch die Nähte meines Lederkombis und platzierten sich in meiner Unterwäsche. Zum Glück war es noch einigermaßen warm und die Verkehrsdichte auf der Bahn für Ruhrgebietsverhältnisse äußerst dünn. Nach einer halben Stunde legte sich der Regen und ein blauer Streifen am Himmel direkt in Fahrtrichtung versprach noch einige Sonnenstrahlen. Die hatte ich bitter nötig. Mir war mittlerweile arschkalt! Die erhoffte Sonne brachte jedoch nicht mehr viel. Zu sehr neigte sich der Tag und auch der Sommer dem Ende zu. Sie hatte einfach nicht mehr genügend Power. Aber immerhin war die Straße jetzt wieder trocken, und das gab mir ein Gefühl der Sicherheit. Ich drehte den Gasgriff ein wenig weiter auf und pendelte die Drehzahl bei 7000 Umdrehungen ein. Das waren exakte 180 km/h. Wenn ich die Geschwindigkeit halten könnte, dann würde ich eine glatte halbe Stunde einsparen. Ich konnte es nicht. Der gesteigerte Fahrtwind drang durch sämtliche Öffnungen meiner Lederbekleidung und brachte das Regenwasser auf meiner Haut zum Verdunsten. Verdunstendes Wasser entzieht Wärme. Und das bekam ich deutlich zu spüren. Es wurde noch kälter als kalt. Also nahm ich wieder Gas weg und fuhr mit stumpfsinnigen 120 Sachen weiter.

Ich hatte das Ruhrgebiet längst hinter mir gelassen und befand mich seit geraumer Zeit auf einer fast autofreien Bahn. Die langsame Geschwindigkeit auf schnurgerader Straße und die untergehende Sonne hatten mich in eine Art Halbschlaf versetzt. Ich wurde durch das Brüllen von mindestens 10000 Umdrehungen unsanft aus ihm herauskatapultiert. Es war eine ZX 9R. Sie schoss an mir vorbei und signalisierte kurz darauf mit ihrem Bremslicht, dass ich ihr folgen solle. Einer ZX 9R auf einer schwach befahrenen Autobahn folgen? Kawas waren schnell. Und diese war ganz besonders schnell. Auf kurvigen Landstraßen hätte ich es jederzeit mit ihm aufgenommen, aber hier? Eine Fire Blade gehörte nicht auf die Autobahn. Ich gehörte nicht auf die Autobahn. Was hatte ich hier eigentlich zu suchen? Die Kälte hatte mir scheinbar das Hirn weich gemacht. Ich rekapitulierte die letzten Stunden und stellte erschrocken fest, dass ich 1700 DM für irgendwelche Tuningarbeiten hingeblättert hatte. Das Entsetzen wurde schnell durch eine mir bereits vertraute Gier verdrängt. Der Gier nach Tempo in mir.

Die Kawa war etwa 150 Meter vor mir und fuhr mittlerweile gleiches Tempo. Ich beschleunigte auf 150 Sachen und näherte mich unter den wachsamen Blicken des Fahrers. Er schaltete herunter. Ich wählte den dritten Gang und beschleunigte langsam auf 160 Sachen. Mein Kontrahent behielt die Nerven und ließ mich herankommen. Der hochtourige Sound seiner 900er drang ungedämpft durch ein Racing-Rohr an meine Ohren. Er war bereit. Ich war bereit. Die Frage war nur, wer zuerst ziehen würde. Nicht am Colt, sondern am Gasschieber. Ich war schon fast auf gleicher Höhe, als er Vollgas gab. Ich riss den Hahn ebenfalls voll auf, hatte aber bereits fünf oder sechs Meter verloren. Also zog ich ein wenig nach rechts, um in seinen Windschatten zu kommen. Das kam ich auch, aber zu meiner Verwunderung musste ich sofort wieder heraus, um ihm nicht ins Hinterrad zu fahren. Die Fire Blade ging gut. Sie ging verdammt gut. Ich schaltete in den Vierten, zog nach links und war einen Augenblick später bereits auf gleicher Höhe. Der Typ auf der Kawa machte einige hektische Kopfbewegungen und verschwand langsam aber sicher aus meinem Augenwinkel. Bei 260 ging ich wie gewohnt in den Sechsten, hob meinen Arsch ein wenig an, schob ihn ganz gegen den Soziussitz, machte einen Katzenbuckel und legte das Kinn auf den Tank. Dann wartete ich gespannt darauf, was gehen würde. Es war windstill und die Luft mittlerweile kühl und trocken. Das Wetter war also gut für etwas über 280 Sachen. Ich war gespannt darauf, was kommen würde. Der Motor drehte willig in den roten Bereich. Das bedeutete auf jeden Fall schon mal über 280 km/h. Die hatte ich schon oft gesehen. Was ich in diesem Geschwindigkeitsbereich noch nicht gesehen hatte war, dass die Tachonadel noch sichtbar am Steigen war. 285,286,287,...292! Ich war über die 290 km/h Marke gekommen. Es ging weiter voran. 293,294,295. Ein breites Grinsen zog sich über mein Gesicht. 296,297! 297 Sachen auf der Uhr! Zehn PS waren mindestens dazugekommen. Wer wollte mir jetzt noch an die Karre pissen? Ich war gerade dabei, die schnellste Kawa in die Schranken zu verweisen. Endlich war meine Fire Blade vollkommen. Bisher waren die kurvigen Landstraßen meine Stärke. Jetzt konnte ich mich überall sehen lassen. Vier- oder fünfhundert Meter vor mir setzte ein LKW-Fahrer vermutlich aus Langeweile dazu an, einen anderen LKW zu überholen. Er hätte wohl mehr erlebt, wenn er die linke Spur frei gelassen hätte. Sicherlich, ich hätte auch auf den Standstreifen wechseln können, um mit unverminderter Geschwindigkeit an den beiden Brummis vorbeizuschießen, aber warum sollte ich? Ich hatte das

Rennen bereits für mich entschieden. Also richtete ich mich auf und wagte einen Blick in den Rückspiegel. Der linke war vom Fahrtwind eingeknickt und zeigte mir nur noch meine Schulter. In dem rechten fand ich dann die Kawa. Der Typ hing immer noch hinter der Verkleidung und hatte etwa dreißig Meter verloren. Das war eigentlich nicht viel, aber wenn man bedenkt, was der vor ein paar Tagen an gleicher Stelle mit mir gemacht hätte, dann waren es Welten.

Ich klemmte die vorderen Bremsbeläge mit viel Kraft gegen die Bremsscheibe, achtete jedoch darauf, ein Blockieren des 130er zu vermeiden. Etwa zwanzig Meter hinter dem LKW kam ich auf seine Geschwindigkeit herunter. Er fuhr 110 km/h. Einen Augenblick später war die Kawa neben mir. Wir sahen uns durch unsere dunkel getönten Visiere an, und er signalisierte mir, dass wir die nächste Abfahrt nehmen sollten. Ich willigte ein. Sie kam, und er brachte auch eine ganz akzeptable Schräglage auf die Reihe. Wir hielten am Seitenstreifen. Er stieg ab und schleuderte seinen Helm ins Gras.

„Was war das denn?" kam es ungläubig aus ihm heraus.

„Was?" fragte ich unschuldig.

„Was ist das denn für eine Fire Blade?"

„Die 96er."

„Ich bin noch nie versägt worden!"

„Irgendwann ist immer das erst Mal!"

Er hatte Ahnung von Motorrädern und ließ sich nicht so schnell abspeisen. Er löcherte mich. Ich sollte ihm unbedingt sagen, wie ich die Honda so schnell gemacht hatte. Wenn man eine Fire Blade schon schneller als eine ZX 9R machen konnte, wie schnell konnte man dann erst eine ZX 9R machen? Ich wusste nicht, ob ich es ihm sagen sollte. Würden alle ihre Motorräder bei diesen Typen in Duisburg tunen, dann würde ich keinen Vorteil davon haben, dass ich es getan hatte. Auf der anderen Seite wohnte er so weit von mir entfernt, dass es unwahrscheinlich war, dass wir uns je wieder begegnen würden. Und sympathisch war er mir auch. Ich hatte sein Motorrad gesehen, seine räudigen Lederklamotten, ich hatte miterlebt, wie er trotz meiner 297 Sachen an mir dran blieb, und dass er eine wirklich annehmbare Schräglage fahren konnte. Er war keiner von diesen Typen, die sich ein teures Motorrad kauften, um sich damit zu profilieren. Er hatte es sich gekauft, um seinen Adrenalinbedarf zu decken. Es bestand kein Zweifel. Dieser Typ war nicht normal im Kopf. Also gönnte ich ihm den Spaß und erzählte von der kleinen Werkstatt, die so viel Dampf in mein Triebwerk gebracht hatte. Er kritzelte sich die Telefonnummer auf seinen Führerschein und wir verabschiedeten uns.

Die Kälte war zurückgekommen, und die Sonne pfiff aus dem letzten Loch. Aber in mir brannte jetzt ein Feuer. Ich wusste, dass das, worauf ich so lange gehofft hatte, jetzt in greifbarer Nähe war. Also riss ich den Gasgriff voll auf und fieberte dem Tachoanschlag entgegen.

42

Ich hatte Kevin und Bernd auch dieses Mal nichts von meinen Tuningabsichten berichtet und war gespannt auf unser erstes gemeinsames Privatrennen. Die Gelegenheit dazu ließ nicht lange auf sich warten. Das Wochenende brachte trockene Straßen und einen weitestgehend wolkenfreien Himmel hervor. Kevin rief mich am Samstagmorgen an und schlug eine kleine gemütliche Rundfahrt vor. Diese Rundfahrten endeten in der Regel in einer wilden Raserei. Mir sollte es recht sein. Ich brachte eilig mein Frühstück herunter und machte mich auf den Weg. Als ich bei Kevin ankam, waren er und Bernd gerade damit beschäftigt, ihre Ketten zu spannen. Ich nutzte die Zeit in weiser Voraussicht, um meine Spiegel ein wenig fester anzuziehen. Dann ging es los. Kevin fuhr vor, ich in der Mitte und Bernd als Schlusslicht. Die ersten zehn Kilometer ließen wir es ruhig angehen, um die Motoren schonend auf Betriebstemperatur zu bringen. Kevin steuerte die Bundesstraße an und ich vermutete, dass er die Landstraße zum Ziel hatte, die wir vor einigen Wochen entdeckt hatten. Sie hatte viele übersichtliche Kurven, war etwa acht Kilometer lang und führte lediglich durch eine Ortschaft. Und vor allem bildete sie einen großen Kreis. Sie war also eine perfekte Rennstrecke und wurde dementsprechend häufig von uns aufgesucht. Auf der Bundesstraße blieb Kevin weiterhin an erster Stelle und gab die Geschwindigkeit trotz mittlerweile warmer Motoren mit gemächlichen 200 km/h vor. Einige Minuten später setzte er an der von mir vermuteten Stelle den Blinker und bog auf die Landstraße. Für gewöhnlich hielten wir an dieser Stelle noch einmal kurz an, um die Reihenfolge neu abzusprechen. Kevin ignorierte das und gab gleich Gas. Ich hatte nicht zugestimmt als zweiter zu fahren, also war ich auch nicht an die von uns aufgestellte Regel des Überholverbots gebunden. Ich zog ein wenig nach links und drehte den zweiten Gang etwa dreihundert Umdrehungen in den roten Bereich hinein, schaltete in den Dritten und zog mit Vollgas an der YZF vorbei. Die erste Kurve bremste ich spät aber dafür um so heftiger an, ließ ein wenig Metall und holte danach alles aus dem erstarkten Hondamotor heraus. Die Geraden zwischen den Kurven waren nicht allzu lang, aber sie genügten mir, um an diesem Tag bis auf 240 Sachen zu kommen. Bisher waren nicht mehr als 230 drin gewesen. Ich nahm die letzte Kurve vor der Ortschaft schnell, hörte jedoch keine Schleifgeräusche, drehte den Hahn noch einige Sekunden voll auf und bremste dann stark auf 60 km/h ab. Ich schaffte es, ohne nennenswerte Geschwindigkeitsüberschreitung an dem gelben Ortsschild vorbeizukommen. Der Rückspiegel war sauber. Kevin und Bernd kämpften sich weit abgeschlagen mit irgendwelchen Kurven herum. Als sie in das Dorf hineinkamen, stand ich bereits mit dem Helm in der Hand in der Bushaltestelle.

„Okay", sagte Kevin, „was war das?"

„Was war was?" fragte ich grinsend.

„Seit wann kannst du auf gerader Strecke einfach so an mir vorbeiziehen? Du willst doch nicht behaupten, dass das normal ist, oder?"

Ich hielt die Beiden noch einige Zeit hin, dann erzählte ich ihnen von meinem Trip nach Duisburg. Für Bernds FZR lohnte sich eh kein Tuning mehr, aber ich bin mir sicher, dass Kevin es stark bereute, seine 1500 DM für den Kauf eines Höckers ausgegeben zu haben.

43

Wir machten auch in den nächsten Tagen noch den einen oder anderen sportlichen Ausflug. Nur an ein einigermaßen ausgeglichenes Rennen war nicht mehr zu denken. Konnten die Yamahas ihre Nachteile, wie zum Beispiel das höhere Gewicht, das schlechtere Fahrwerk und die schlechteren Bremsen bisher immer durch ihren stärkeren Motor zum großen Teil kaschieren, so blieb ihnen jetzt überhaupt keine Sonne mehr. Ich machte mit der getunten Fire Blade auf gerader Strecke Meter gut, ich machte beim Anbremsen Meter gut, ich machte in der Kurve Meter gut, und ich machte auf schlechtem Straßenbelag Meter gut. Kurz gesagt, ich machte immer Meter gut. Kevin und Bernd waren dadurch natürlich ziemlich frustriert, und ich war schon fast ein wenig glücklich darüber, dass ich mein Motorrad erst zum Ende der Saison in die gesegneten Hände der drei Mechaniker gegeben hatte.

44

Es regnete schon seit vier oder fünf Tagen. Vielleicht waren es auch Wochen. Ich machte Überstunden. Abends trafen wir uns dann bei Kevin und flehten den Motorradgott an, die Wolken endlich wegzuschieben. Er tat es nicht. Seine Wege waren unbegreiflich. Wahrscheinlich sollten die Straßen mal so richtig sauber gespült werden. Vinnie kam schließlich auf die Idee, Video zu gucken. Wir waren eigentlich keine großen Fans von konstruierten Wirklichkeiten. Seine kleinen Abenteuer sollte man schon selber erleben. Das Wetter hinderte uns daran. Also stimmten wir zu. Ich fuhr. Mit meinem 86er Golf. Die nächste Videothek war in der Stadt. Gute 20 Kilometer entfernt. Vinnie verzog sich gleich zu den Filmen mit Richard Gere und anderen schleimigen Wesen. Wir steuerten die Actionecke an und machten uns auf die Suche. Es musste ein Film mit Motorrädern sein, die regelmäßig in den roten Bereich gedreht werden. Mad Max hatten wir schon etliche Male gesehen. Außerdem waren die Streifen mittlerweile so alt, dass man die Kisten bestenfalls noch als Liebhaberstücke ansehen konnte. Wir waren mehr an etwas neuerem interessiert. So ab Baujahr 90 und mit mindestens hundertzwanzig PS. Wir fanden nur ein paar dämliche Kopien von Mad Max. Irgendwelche Schwachstecker mit Kabeln am Kopf und halb verwesten Gesichtern, die mit selbstgebauten Mopeds durch die Wüste eierten. Wer will denn so was sehen? Es war immer die gleiche Story. Atomkrieg, wenige Überlebende die um irgend etwas kämpften und mit ihren dreißig PS herumdüsten. Wer drehte nur so einen Schrott? Warum konnten sie nicht einfach mal einen Film von einem Haufen abgefuckten Motorradfahrern drehen, die mit ihren FZRs, GSXRs, ZXRs, CBRs und so weiter durch die Gegend rasen? Ergänzt mit ein paar Vergewaltigungen und Morden wäre das doch mehr Inhalt als man in den meisten Filmen vorfand. Mehr wollten wir doch gar nicht. Aber das war anscheinend schon zuviel. Wir checkten noch ein paar hundert Filme durch. Immer die selbe Story. Auf dem Cover irgendein schleimiger Bodybuilder mit 'ner Kanone in der Hand und im Hintergrund eine leicht bekleidete Schlampe. Manchmal hatte auch die Frau die Kanone. Aber dann hatte sie dafür nichts an. Vinnie hatte sich mittlerweile von ihren Herzensbrechern getrennt und 'From Dust til Dawn' ausgesucht. Es sollte sich herausstellen, dass der Film einige Qualitäten hatte. Auf jeden Fall war er abgedreht. Aber zuerst mussten wir wieder zu Kevin fahren.

Wir zwängten uns in meinen Golf und fuhren los. Rote Welle. Wir standen bereits vor der dritten Ampel und wurden langsam ungeduldig. Der Scheibenwischer lief auf höchster Stufe und aus dem Radio kam nur Schrott. Ich spielte mit dem Gas.

„Nun mach hier man nicht den wilden mit deinen fünfzig PS", kam es von hinten. Ich blieb bei.

„Mad Eugen mit seiner vierrädrigen Rakete", stichelte Kevin.

Ich steigerte mich noch ein wenig. Sie lachten und brachten einen Haufen blöder Sprüche.

„Tage des Donners", „Außer Rand und Band", „Hoffentlich kannst du die Leistung bändigen", „Rauchende Golfs", ...

Ich tat ernst und entschlossen. Die Ampel sprang um. Ich ließ die Kupplung ruckartig kommen und fuhr mit durchdrehenden Reifen an. Die drei lachten sich schlapp und klatschten Beifall. Bei 30 km/h schaltete ich in den Zweiten und gab Vollgas. Ich wusste, dass ich den Golf in diesem Gang auf 80 km/h kriegen würde. Bei 70 blitzte es dann kurz auf. Ich konnte es gar nicht glauben. Nach all den Jahren hatten sie mich endlich wegen einer Geschwindigkeitsübertretung am Arsch gekriegt. Nur saß ich nicht auf meiner Fire Blade und heizte über irgendeine Landstraße, sondern in dieser lahmen Krücke mitten in der Stadt umgeben von drei johlenden Idioten. Das Leben war eben ein Witz. Und das hatte es einmal mehr unter Beweis gestellt.

45

Man konnte die Sache drehen und wenden wie man wollte. Es kam immer aufs Selbe hinaus. Alles hat ein Ende und so auch die Motorradsaison 1997. Der Regen wurde häufiger und die Straßen blieben länger nass. Wenn es im Sommer regnete, dann konnte die Sonne in einer halben Stunde wieder für beste Straßenverhältnisse sorgen. Jetzt dauerte es den halben Tag, bis man wieder die Rasten schleifen lassen konnte. Wenn es inzwischen nicht schon wieder geregnet hatte. Die heruntergefallenen Blätter machten den Grip des Asphalts endgültig zunichte. Feuchte Blätter auf dem Straßenbelag hatten die gleiche Wirkung wie grüne Seife auf einem Linoliumboden. Das Ganze war ein bisschen wie sterben. Tag für Tag konnte man beobachten, wie einem die Felle davonschwammen. Ich hatte das nun schon einige Male erlebt, aber es wurde dadurch nicht leichter. Ich wusste, dass vor mir fünf lange Monate der Leere lagen. Ich konnte dieser Welt ohne meiner Fire Blade einfach nichts mehr abgewinnen.

Wir meldeten immer am gleichen Tag ab, um es uns nicht unnötig zu erschweren. Den Vortag nutzten wir, um eine letzte gemeinsame Rundfahrt zu unternehmen. Keine wilde Raserei, sondern eine beschauliche Fahrt. Ein letztes in sich Kehren. Ich spürte, wie Kevin und Bernd darunter litten. Die ganze Scheiße würde jetzt fünf Monate ungefiltert auf uns niederprasseln. Ich würde die Zeit nutzen, um Überstunden zu schieben. Ich hatte Glück, mein Chef war ein begnadeter Unternehmer. Seine Geschäfte liefen hervorragend, und ich könnte praktisch rund um die Uhr arbeiten. Das hatte ich auch bitter nötig, denn die CBR hatte mich arg in die Miese gebracht. Ich nahm ihr das nicht übel, schließlich hatte sie auch allerhand dafür geboten. Ich schraubte das Nummernschild ab, setzte mich in meinen 86er Golf und fuhr zur Zulassungsstelle. Es dauerte nicht lange. Zwei frustrierte Motorradfahrer legten sich mit einen der Sachbearbeiter an und wurden zurückgestellt. Ich profitierte davon und brachte es hinter mich. Der Golf brachte mich sicher wieder zurück. Dann fing ich an zu putzen. Ich putzte die Felgen, den Tank, die Verkleidung, die Krümmer, die Schwinge, das Federbein und jede nur erdenkliche Schraube. Ich entfernte die Zündkerzen und kippte einen Esslöffel frischen Öls in jeden Zylinder, deckte die Löcher mit einem Stofflappen ab und ließ den Motor einige Male durchkurbeln. Anschließend schraubte ich die Zündkerzen wieder ein, steckte die Zündkerzenstecker wieder drüber und entfernte die Batterie. Bis auf die derben Schleifspuren an Fußrasten und am Hinterrad-Bremspedal sah sie jetzt aus wie am ersten Tag. Ich strich ihr über die Verkleidung und küsste den Tank.

„Schon komisch kleines", sagte ich. „Ich hab keine Ahnung, wo ich her komme und wohin ich gehe, ich hab keine Ahnung, was ich hier soll und ob das Ganze nicht doch nur ein böser Traum ist, aber ich weiß, wo du her kommst. Ich weiß, wie man jahrzehntelang geforscht und entwickelt hat, um dich so zu bekommen, wie du bist. Ich kann nachschlagen, wo deine einzelnen Stoffe herkommen, wie sie entdeckt, abgebaut und bearbeitet werden. Du bist für mich ein offenes Buch, ich mir selbst nur ein ungelöstes Rätsel. Aber du bist ein Produkt der Menschen. Ein Kunstwerk, ein Stück materialisierter Gedanken. An dir kann ich einen Teil des Inneren der Menschen erkennen. Einen Teil, der mir sonst verschlossen bleibt. Und ich kann dir sagen, dass du einer von den wenigen Teilen der Menschen bist, die mir lieb sind. Vielleicht sogar der einzige."

Ich brachte es nicht übers Herz, sie in die einsame Garage zu schieben. Also ließ ich mein altes Zweiersofa dem Golf Gesellschaft leisten und schob die Fire Blade ins Wohnzimmer. Die ersten Wochen der toten Zeit verliefen äußerst schleppend. Ich arbeitete viel und versuchte mich körperlich für die nächste Saison in Form zu bringen. Trotzdem gab es noch viele Leerräume zu füllen. Ich besuchte Kevin, Bernd und Vinnie einige Male, aber im Großen und Ganzen nervten wir uns mit unserer depressiven Stimmung eigentlich nur an. Also blieb ich immer öfter zu Hause. Ich gewöhnte es mir an, mit meiner Honda zu reden und kam auch ganz gut mit ihr klar. Aber sie konnte mir eben nicht das bieten, was sie mir auf der Straße bot. Ich brauchte für den Winter etwas anderes, mit dem ich mich auseinandersetzen konnte. Es dauerte lange, bis ich den Gedanken in meinem Kopf zuließ. Ein lebensmüder Biker vor so einem spießigen Kasten sitzend, das passte irgendwie nicht. Aber scheiß drauf, was passte schon noch. Ich schaltete den Computer ein. Gunnar hatte es so eingerichtet, dass ich direkt im Schreibprogramm landete. Ich brauchte nur noch auf die einzelnen Buchstaben zu drücken. Aber was sollte ich schreiben? Einen Abschiedsbrief? Oder einen Drohbrief? Ja, eine Bombendrohung wäre nicht schlecht. Vielleicht gegen Tierversuche, oder gegen Atomkraftwerke, oder gegen die Gleichstellung der Frau, gegen das Waldsterben, das Ozonloch, oder für einen erneuten Golfkrieg, es könnte aber genauso gut gegen das Bedrängen des Iraks durch Sanktionen sein. Was wusste ich schon von dieser Welt? Was heute richtig war, das konnte morgen falsch sein und umgekehrt. Wusste überhaupt irgend jemand etwas? Wir redeten alle zuviel. Ich Schloss die Augen und legte die Hände auf die Tastatur. Dann ließ ich es aus meinem tiefsten Innern kommen. Ich ließ das kommen, was wirklich in mir war. Keine aufgesetzte Scheiße, sondern die reine Realität. Die Bilder flogen an meinem geistigen Auge vorbei und die Finger hackten es in den Computer. Die ersten Wörter erschienen auf dem Bildschirm: ʹIch sah mir diese schwachsinnige Motorradsendung an. Sie testeten irgendeine Ducati. Die 916 SS oder so und behaupteten, dass sie der Renner schlechthin sei. Der Testfahrer fuhr das Ding so schlecht, dass ...ʻ

Tja, seit diesen ersten Zeilen sind schon einige Wochen ins Land gezogen. Im Nachhinein betrachtet war die 97er Saison eine der besten, die ich je erlebt hatte. Auch, wenn ich aus zeitlichen Gründen auf Assen und aus finanziellen Gründen auf das Fahren in Brünn verzichten musste. Das werde ich wohl dieses Jahr nachholen. So, ich muss jetzt Schluss machen. Meine Fire Blade wartete auf mich. Ich werde das Motoröl wechseln und die Batterie einbauen. Morgen geht es dann zur Zulassungsstelle und mit Volldampf in die 98er Saison. Vielleicht hört ihr ja nächstes Jahr mehr von mir. Vorausgesetzt die Delphine kriegen mich auch dieses Mal nicht am Wickel.

Eugen Wendmann

Am Limit

Eugen Wendmann erzählt wieder von Bikern, die mit über
130 PS starken Motorrädern besser klarkommen, als mit dem tristen Alltag
einer Wohlstandsgesellschaft. Er zeigt damit den täglichen Drahtseilakt auf
der Suche nach dem Limit mit einer Geschwindigkeit auf, die wohl nur von
den in seinen Romanen auftauchenden Rennmaschinen überboten werden
kann.

ISBN 978-3-932184-32-1, € 10,50

Eugen Wendmann

Der schwarze Weg

Die nächste Saison
ISBN 978-3-932184-43-7, € 10,50

racers-story

... 25 Sekunden ...

Die Geschichte eines anonymen Rennfahrers
ISBN 978-3-936120-89-9, € 15,00

Motorradrennsport – für manche ein Hobby oder eine Leidenschaft, für den
Autor der „racers-story" ist es ein Lebensgefühl. Nach seinem Rückzug als
Profi aus diesem Sport zieht er Bilanz – dabei geht es nicht um bloße Aufzäh-
lung gewonnener Rennen, überreichter Pokale und gefahrener Spitzenzei-
ten. Unter dem Pseudonym „xyx36" erzählt der Motorradrennfahrer davon,
wie ihn Ehrgeiz, Begeisterung, Erfolg und Erfolgsdruck, Ängste, eben das
ganze Spektrum der Gefühle zwischen Abgrund und Himmel während seiner
Karriere verändert haben. Der Leser begleitet ihn auf rasanten Fahrten und
nimmt nicht nur Anteil am Gefühlsleben, sondern erhält zahlreiche Hinter-
grundinformationen – von der Sponsorensuche bis zur Wahl des richtigen
Reifens.

Dietrich / Boeck

Halbzeit
Jenseits der Regeln

Roman
ISBN 978-3-86675-025-8, Paperback
254 Seiten, € 12,50

Halbzeit II
Heißer Asphalt

Roman
ISBN 978-3-86675-050-0, Paperback
252 Seiten, € 12,50

Halbzeit III
Tanz auf dem Vulkan

Roman
ISBN 978-3-86675-051-7, Paperback
254 Seiten, € 12,50

Leben auf der Überholspur:
Heiße Maschinen, scharfe Frauen und Geschäfte, die Geld bringen; hier herrschen andere Regeln! Im Rotlichtmilieu zwischen Berlin und Hamburg wird nicht nur mit Autos gedealt. Zu Beginn der 80er Jahre entwickelt sich eine Geschichte, die dem Leser den Atem nimmt: Drogen, illegale Auslandsgeschäfte, Sex und Harleys bestimmen den Puls. Diese Welt hat ihre eigenen Gesetze, und wehe dem, der sich daneben benimmt ...